AF099328

LES CHATS FONT PAS DES CHIENS

Lucy DUPLOM

LES CHATS FONT PAS DES CHIENS

Roman

Suite de
« CASSER TROIS PATTES À UN CANARD »

« Le Code de la propriété intellectuelle interdit les copies ou reproductions destinées à une utilisation collective. Toute représentation ou reproduction intégrale ou partielle faite par quelque *procédé que ce soit, sans le consentement de l'auteur ou de ses ayant droit ou ayant cause, est illicite et constitue une contrefaçon, aux termes des articles L.335-2 et suivants du Code de la propriété intellectuelle. »*

© 2024 Lucy Duplom
Édition : BoD · Books on Demand, 31 avenue Saint-Rémy, 57600 Forbach, bod@bod.fr
Impression : Libri Plureos GmbH, Friedensallee 273, 22763 Hamburg (Allemagne)
ISBN : 978-2-3225-5957-2
Dépôt légal : Janvier 2025

À toutes celles,
Et ceux aussi (bien qu'ils soient plus rares),
Qui se languissaient d'avoir un jour une suite,
C'est à présent chose faite.
Bonne lecture !

1

La brasserie du centre est bondée. Tous les employés des alentours viennent y déjeuner. Le service est rapide, la nourriture simple et excellente, et les patrons, des vieux de la vieille comme on dit, connaissent chacun de leurs clients et les appellent par leur prénom. Pour certains, leurs parents appréciaient déjà l'adresse il y a presque deux décennies.

Mathilde consulte pour la énième fois son portable et s'impatiente devant son expresso. Elle vient de terminer son plat du jour et son verre de vin, seule. Comme d'habitude, Léa est en retard. Et cette fois-ci, elle a eu le culot de ne même pas venir, malgré les douze appels et les cinquante-sept textos qu'elle a dû recevoir.

Désabusée, Mathilde avale d'une seule gorgée son breuvage corsé, et grimace brièvement à cause de son amertume. Zut ! Elle se rend compte qu'elle a oublié d'y ajouter le sucre – un seul petit sucre, mais qui a toute son importance. Elle ne l'aime que comme ça.

Alors que sa langue lui renvoie encore ce goût désagréable, elle s'approche du comptoir pour régler sa note. Elle enfile ensuite sa veste et s'apprête à partir, quand une voix qu'elle connaît par cœur l'interpelle.

— Mathilde ?

Elle se retourne vers la porte située au fond de la salle, celle qui donne sur une ruelle sans issue à l'arrière du restaurant – Mathilde, elle, entre et sort toujours par l'entrée principale. Encore une chose qui les différencie.

— Allez ma sœur, s'il te plaît ne m'en veux pas ok ? Je n'avais...

— Plus de batterie encore, c'est ça ? Trouve une autre excuse la prochaine fois, j'en ai assez, Léa.

— Bon d'accord, tu as le droit d'être en colère mais je vais t'expliquer...

— Alors, je ne suis pas en colère, je suis simplement fatiguée. Tu me fais le coup à chaque fois que nous devons déjeuner ensemble. Je bosse moi, et je n'ai pas que ça à faire de t'attendre. J'ai tardé à commander dans le cas où tu te déciderais enfin à arriver, mais non. Tu avais certainement mieux à faire...

— Bah justement, il faut que je te dise...

— J'ai dû manger en quatrième vitesse, du coup j'ai mal à l'estomac, mon magret n'était pas assez cuit et comme j'étais déjà trop en retard pour demander qu'on me l'échange, je l'ai mangé saignant, j'ai donc maintenant envie de vomir, du vin rouge a giclé sur ma chemise toute neuve et j'ai oublié de sucrer mon café ! Alors, s'il te plaît, épargne-moi tes excuses à la noix pour cette fois et laisse-moi m'en aller. Je reprends dans dix minutes et j'ai vingt minutes de marche. Y'a pas un truc qui cloche ?

— Ça y est ? Tu as fini de me hurler dessus ? Et puis, si tu veux t'en aller, vas-y Mathilde, *ta* porte est juste là, je ne te retiens pas.

Mathilde n'ajoute rien. Léa ne changera-t-elle donc jamais ? Elle jette un dernier regard blasé à sa sœur avant de quitter les lieux – et au pas de course, pas le choix.

Sur le trottoir, Mathilde est en nage. Elle regarde droit devant elle et marmonne à voix basse – comme une prière qu'elle serait en train de réciter. Elle espère que sa cheffe ne remarquera pas son retard. La dernière fois que cela lui est arrivé – encore à cause de sa sœur – elle en a pris pour son grade et a dû rattraper le temps perdu en restant plus tard tous les soirs de la semaine, à se morfondre sans compagnie, dans le local sombre des archives municipales.

Elle presse davantage le pas.

Soudain, une voiture ralentit et synchronise son allure avec la sienne.

— Sinon, je peux aussi te déposer, tu sais ?

Mathilde marque un bref temps d'arrêt qui n'aura pas échappé à l'œil aguerri de Léa.

— Trop fière pour accepter mais trop en retard pour refuser, n'est-ce pas ? Arrête de faire ta tête de mule et grimpe avant que ce soit moi qui change d'avis. On peut encore sauver les meubles si tu te grouilles.

Pendant tout le trajet, assises l'une à côté de l'autre, aucune des deux n'a ouvert la bouche. Léa s'est pincé les lèvres à plusieurs reprises, tentée de reprendre la conversation, mais l'air glacial de sa sœur l'en a dissuadée.

Toujours silencieuse, Mathilde descend de la voiture et claque la portière avec très peu de délicatesse. Au fond, elle aurait eu envie de remercier sa sœur de l'avoir déposée, mais non, c'est trop facile. C'est toujours elle qui fait le premier pas. Léa devra lui demander pardon avant qu'elle ne lui adresse à nouveau la parole.

C'est donc avec quatre petites minutes de retard que Mathilde franchit la porte de la bibliothèque, une grosse tâche écarlate sur son chemisier en satin blanc, un chignon légèrement décoiffé et des auréoles sous les bras. Elle adresse un sourire à Nicole – hôtesse d'accueil, collègue et amie – et commence à monter le grand escalier pour rejoindre incognito son bureau.

Tout en entamant sa montée, elle se dit : « Pourvu qu'elle ne soit pas plantée derrière sa fichue porte, les yeux rivés sur sa fichue montre, en train d'espionner mes moindres faits et gestes. Hors de question que je retourne dans ce local qui me fiche la chair de poule ! »

Pour le moment rien ne semble vouloir perturber sa course, mais cela n'aura pas duré bien longtemps. Alors que Mathilde pose un pied sur la cinquième marche, elle est stoppée dans son élan par la voix condescendante et nasillarde de Francine Leclerc.

— Mademoiselle Lucas-Joubert, je vous prie de venir dans mon bureau immédiatement !

Ses poils se hérissent aussitôt. Mathilde fait un demi-tour et rejoint le plancher des vaches sans se faire prier. Sa responsable a déjà tourné les talons. Elle l'attend, comme toujours, paresseusement assise derrière son bureau – qui doit être aussi vieux qu'elle – et doit déjà s'impatienter de la réprimander.

Tout est répugnant et flasque chez cette femme : sa peau (sa langue) de vipère, ses vêtements informes et ternes, sa démarche de mollusque, et surtout ses escarpins en plastoc transparents qu'elle porte été comme hiver. Il n'y a que sa voix qui contraste avec tout le reste. Vive et tranchante.

Mathilde passe à nouveau devant Nicole, dont le regard rempli de compassion ne laisse rien présager de bon, puis elle mime un rapide signe de croix de sa main droite et prononce du bout des lèvres :

— Prie pour moi.

2

La chambre de l'appartement est plongée dans le noir. Les épais rideaux des fenêtres sont tirés et ne laissent passer aucun rayon de lumière. Il est pourtant bientôt 11 h 00.

Léa, se lève. Elle enroule une partie du drap autour de son corps nu et, d'un coup franc et maitrisé, elle ouvre les deux pans de tissus opaques. Ses yeux se referment aussitôt, tant le contraste est agressif. Une fois acclimatés, elle les rouvre et admire l'autre corps allongé sur le lit et totalement dévêtu lui aussi.

Elle s'assoit à ses côtés et fait glisser le bout de son index le long de sa colonne vertébrale, puis elle annonce d'une voix non dépourvue de malice :

— Je vais prendre une douche et j'aurais besoin de quelqu'un pour me laver le dos. Ça te tente ?

Alix se retourne avec un léger grognement qui ne semble pas décourager Léa une seule seconde. Bien déterminée à l'emporter cette fois-ci, elle l'attrape par les bras et l'invite fermement à se redresser.

— Allez, viens avec moi !

L'autre ne semble pas vouloir capituler si vite.

— Et si tu revenais plutôt par ici ? Une journée entière sous la couette me tente davantage.

— Mon amour, s'il te plaît, je déjeune avec ma sœur aujourd'hui et si je suis en retard encore une fois, elle va me tuer. Et tu ne voudrais pas que je meurs, n'est-ce-pas ?

— Bien-sûr que non, mais...

Le téléphone d'Alix se met à sonner et interrompt sa réponse. Juste un numéro, sans nom. Le même. Encore.

— Tu ne décroches pas ?

— Non, c'est une erreur.

Une erreur ? Une nouvelle fois, Léa ne relève pas. Elle ne dit rien, elle veut lui faire confiance.

Alix reprend, comme si de rien n'était.

— ... tu es sûre que tu ne peux pas annuler ? S'il te plaît, s'il te plaît, s'il te plaît, s'il te...

— Bon, bon, ok, tais-toi tout de suite, ça me rend dingue quand tu fais ça !

— C'était l'idée oui.

— Grrr, bon ok tu as encore gagné.

— Irrésistible !

— T'emballe pas non plus. Je ne vais pas annuler mon rendez-vous avec ma sœur.

— Ah bon mais alors...

— Mais, la future grande star que je suis, peut bien t'accorder un petit rappel.

— Je savais que tu ne pouvais rien me refuser. Je suis totalement irrésistible, je te l'ai dit.

Alix fait basculer le corps de Léa sur le sien. Leurs visages sont très proches.

— On se fréquente depuis plus d'un an et j'avoue qu'à ce jeu-là tu gagnes encore à tous les coups. Comment tu arrives à faire ça ?

Entre chacun de ses mots, Léa colle sa bouche contre celle d'Alix et lui caresse lentement le visage, son beau visage : des traits juvéniles et matures à la fois, et ce regard vert émeraude qui l'a bouleversée dès qu'il a croisé le sien.

Alix parvient à s'écarter d'elle légèrement pour lui répondre.

— Tout est une question d'intensité dans le regard et de positionnement de la tête. Souviens-toi, j'ai usé de ça la toute première fois, et d'ailleurs, tu as battu tous les records en te jetant sur moi presque immédiatement.

— Je ne m'en souviens pas du tout. Il faudrait que tu me rafraîchisse la mémoire.

— Ok. Alors regarde bien.

Alix prend un air sérieux et poursuit son explication.

— Tu inclines légèrement la tête en avant, comme ça, et dans un mouvement lent et maîtrisé, tu clignes d'abord des paupières puis tu lèves les yeux, très lentement, vers celle que tu veux convaincre.

— Mouais, aucun souvenir, je confirme.

— Tu parles. Tu es en train de lutter à cet instant précis, avoue-le Beyoncé !

— Il va falloir en effet que je m'endurcisse un peu, sinon Dieu seul sait ce que tu pourrais me demander un jour et que je serais à nouveau incapable de te refuser.

Alix continue de la regarder fixement.

— Oh et puis flûte !

Léa l'embrasse de plus belle et se laisse emporter par ses désirs, oubliant cet appel anonyme qui lui encombrait l'esprit.

Alix et Léa s'étirent et entremêlent leurs doigts. Les longues dernières minutes étaient délicieuses et, au vu de l'état du lit totalement désordonné – un véritable foutoir en réalité –, on imagine sans mal les prouesses physiques que ces deux jeunes intrépides ont dû accomplir.

Le silence remplit à présent la pièce. Leurs deux respirations sont parfaitement coordonnées, et les rayons de ce soleil printanier éclairent le moindre centimètre carré de leur peau.

Soudain, paniquée, Léa se redresse d'un bond.

— Quelle heure est-il ?

Alix attrape son portable.

— Euh, alors…

— Dépêche !

— Oui bon, il est très exactement 12 h 37.

— Oh merde ! C'est pas vrai ! Mon amour, appelle tout de suite les pompes funèbres, c'est aujourd'hui qu'on fête mes funérailles !

3

Vingt ans plus tôt

Le périphérique parisien est toujours un clavaire à traverser. Quelle que soit l'heure à laquelle nous l'empruntons, on ne dépasse jamais les trente kilomètres à l'heure – et ça, c'est quand ça roule. Une vraie guirlande rouge vue du ciel.

Le SUV de Nathan s'apprête à quitter la voie. La prochaine bretelle les délivrera enfin des embouteillages qu'ils subissent depuis bientôt une heure.

— Tu penses que ça va leur plaire ?

— Marion, ça fait cinq fois que tu me poses la question depuis que nous avons quittés la maison. Louis en a d'ailleurs eu assez, il a remis son fichu casque sur ses oreilles depuis une bonne demi-heure.

— Je sais, mais l'année dernière, j'ai bien vu que Lucile n'aimait pas mon cadeau.

— Bah…

— Bah quoi ?

— Bah, ma chérie, il faut reconnaître qu'un mobile avec des canards rose flashy, n'était pas des plus ordinaires comme cadeau.

— Tu avais pourtant validé l'idée, je te rappelle.

— Sans vouloir te vexer, j'avais opté pour celui avec les petits moutons blancs. Ceux qui ne faisaient pas des coin-coin insupportables dès qu'ils tourbillonnaient.

— Ah, c'est sûr que bêê-bêê c'était mieux !

— Papa et maman ? Vous n'êtes pas un peu trop vieux pour parler comme ça ?

— Louis, remet ton casque mon trésor, j'ai de vieux comptes à régler avec ton père !

— Non, j'en ai marre d'écouter ma musique, c'est bien plus drôle de vous écouter, vous. Pis, c'est quand qu'on arrive ? J'ai hâte de voir mes cousines et j'ai envie de sortir de la voiture, j'ai des fourmis plein les jambes.

Marion lance un regard fâché à son mari. Elle n'est pas du genre à enterrer la hache de guerre aussi facilement. Quoique.

— Bon ok, c'est vrai qu'il était laid ce mobile mais je n'ai pas pu m'en empêcher, tu sais bien que…

— Oh, oui je sais, et je te le demande une dernière fois ma puce, arrête une bonne fois pour toute avec ces satanées bestioles. La cravate que tu m'as offerte l'an dernier me provoque encore des haut-le-cœur sévères.

Marion s'esclaffe de rire, suivie bientôt par Nathan, puis par Louis, qui ne comprend pas pourquoi ses parents rient aux éclats, mais ce n'est pas grave. Visiblement c'est très communicatif, et à son âge, il n'a pas forcément besoin d'une bonne raison pour cela.

Enfin garés dans l'allée fraîchement goudronnée, ils quittent tous les trois la voiture. Nathan sort une bouteille de vin du coffre, Marion attrape le cadeau dont elle n'est plus sûre du tout, et Louis souffle enfin. Il tient entre ses mains, deux feuilles de papier froissées. Il n'a pas voulu laisser ses dessins dans la sacoche de son père, et les as gardés sur ses genoux pendant tout le trajet, voilà le résultat. Impatient, et pour enfin se dégourdir les jambes, il se dirige en courant vers l'entrée, d'où il aperçoit sa tante venue les accueillir.

Leur nouvelle maison est splendide. L'alliance parfaite et élégante de la pierre et des matériaux plus modernes – un peu comme le grand hall d'entrée de l'immeuble de Nathan et Marion, si vous vous souvenez bien. Mais si, celui avec l'ascenseur entièrement transparent dans lequel Marion s'imaginait déjà… Bref !

Lucile et Léon mirent presque un an à tout rénover et personne ne se doutait de rien. Lorsque Lucile téléphona à sa belle-sœur pour les inviter à fêter une crémaillère-anniversaire, Marion et Nathan furent tout d'abord surpris par l'intitulé du rendez-vous familial, puis tout excités. Ces derniers temps, les jeunes parents n'avaient pas une minute à eux, entre les filles, leur travail, et de toute évidence un projet de déménagement bien gardé. Cela faisait donc un sacré bout de temps qu'ils ne s'étaient pas tous retrouvés. Alors, ils se contentèrent tout simplement de répondre par l'affirmative, sans leur demander des comptes sur leurs petites cachotteries.

La soirée va bon train. Léa et Mathilde semblent ravies de profiter de la famille – même si du haut de leurs deux ans, ce mot ne doit pas signifier grand-chose encore pour elles. Elles s'amusent à courir après Louis, de trois ans leur aîné, et leurs rires d'enfants animent le repas. Oui, c'est mission impossible de les tenir à table à cet âge.

Le cadeau de Marion a fait sensation cette année : deux petites poupées de chiffon achetées dans un magasin qui ne propose que des modèles uniques. Lucile lui confia un jour qu'elle les trouvait adorables et que les deux mignonnes en vitrine lui rappelaient les jumelles. La petite blonde pour Mathilde et la petite brune pour Léa.

Aucune des deux ne couine ou ne fait de bruit étrange, et la couleur de leurs vêtements est tout ce qu'il y a de plus ordinaire.

Au cours du repas, Nathan s'échappe un instant pour rejoindre sa sœur dans la cuisine. Lucile se tient dos à la porte et commence à nettoyer une partie de la vaisselle sale.

— Hey sœurette, tu la trouves comment maman ?

— Nathan, tu m'as fichu la trouille ! Mince, annonce-toi avant d'entrer la prochaine fois.

— Désolé. Maman semble exténuée et ça me fend le cœur de la voir comme ça.

— Elle est en effet très fatiguée et le voyage depuis la Normandie n'a pas dû arranger les choses. Ils vont rester ici une petite semaine pour qu'elle se repose un peu avant de repartir. J'ai discuté avec papa hier au téléphone, avant leur arrivée, et apparemment maman supporte bien le traitement mais elle ne parle jamais de ce qu'elle ressent. Peut-être pour n'inquiéter personne. Tu la connais comme je la connais, et sur ce point, j'imagine que nous sommes d'accord ?

— J'espère que ça va aller, je n'ose même pas aborder le sujet, ni avec elle ni avec papa. C'est plutôt lâche non ?

— Je ne dirais pas ça. C'est ton moyen de protection depuis toujours. Et si maman ne dit rien elle non plus, c'est peut-être pour la même raison finalement. Vous êtes pareils tous les deux. En évitant d'en parler, elle veut peut-être se protéger avant tout. Et ce serait tout à fait humain et compréhensible.

— Les chats font pas des chiens, c'est bien connu.

Marion entre au même moment dans la cuisine et intervient, amusée.

— Julia déteint sur toi mon chéri ! Habituellement c'est elle qui ne maîtrise pas correctement les expressions françaises. Souviens-toi des abeilles dans le ventre et de la pelle. Bien qu'en réalité, je ne pense pas que ce soit vraiment comparable, puisqu'elle n'employait même pas les bons mots mais...

Nathan et Lucile sourient timidement. Marion s'en rend compte et reprend de suite son sérieux.

— Oh pardon ! Je viens manifestement d'interrompre une discussion sérieuse. Maman, c'est ça ? Écoutez-moi tous les deux. Linda m'a parlé tout à l'heure et elle n'aime pas savoir que vous vous inquiétez pour elle. Sachez qu'elle est sereine pour la suite, quoi qu'il puisse arriver. Elle ne souhaite inquiéter personne et profiter de chaque moment avec sa famille, c'est tout. Charles a même laissé entendre que....

— Qu'ils allaient se rapprocher de nous ? Qu'ils allaient déménager ? s'impatiente Lucile en faisant claquer ses mains l'une contre l'autre devant son visage.

Nathan, lui, reste muet. Mais ses yeux écarquillés et sa bouche ouverte témoignent qu'il attend aussi une réponse.

— Ils y réfléchissent sérieusement en effet. Mais je ne vous ai rien dit, ok ?

— Rien du tout !

— Modus et bouse cossue !

— Dis-moi que tu l'as faite exprès celle-là ?

Nathan se contente d'adresser un clin d'œil à sa femme, qui se sent aussitôt rassurée. Elle craignait en effet qu'il soit devenu complétement idiot.

— Parfait ! Mon chéri, tu veux bien apporter le plateau de fromage sur la table, s'il te plaît ? C'est ce que je venais chercher à la base. Allez oust ! Laisse-nous entre filles.

Nathan quitte la cuisine et Lucile est la première à prendre la parole.

— Je serais tellement heureuse si mes parents venaient s'installer auprès de nous.

— Je veux bien te croire.

— Tu sais, ton cher mari, mon frère jumeau bien aimé, m'a dit que j'avais une mine affreuse en arrivant tout à l'heure.

— Hmm, ça fait deux ans que nous sommes mariés et j'avoue que je n'ai aucune emprise sur son manque de tact par moment et j'en suis désolée.

— Ne t'inquiète pas pour ça.

— Tu sembles fatiguée, c'est vrai, mais ta mine n'est pas si affreuse que ça, pour reprendre ses propos.

Marion se rapproche de sa belle-sœur et place une main amicale sur son épaule.

— C'est compliqué avec les petites ?

— Dans l'ensemble, elles sont mignonnes. Mathilde est assez calme. Léa en revanche, me donne du fil à retordre.

Depuis qu'elle sait marcher, c'est un vrai électron libre qui n'en fait qu'à sa tête. Et Léon n'est pas vraiment d'une grande aide en ce moment.

— C'est moi, ou il y a quelque chose dans ta voix que j'ai du mal à cerner lorsque tu parles de Léon ? Ça va entre vous ?

— Bah, se retrouver à quatre a mis notre relation à l'épreuve, c'est vrai, mais oui, je crois que ça va entre nous.

— Décidément, tu ne sais toujours pas mentir ma Lucile. Raconte-moi ce qui ne va pas.

Lucile prend une grande inspiration et s'assoie sur un des tabourets hauts disposés autour de l'îlot central. Elle se sert un verre de vin rouge et en propose un à Marion, qui l'accepte volontiers.

— Je n'arrive toujours pas à trouver mon équilibre dans cette nouvelle vie. On aurait précipité les choses selon toi ?

— Je te rappelle que j'ai épousé ton frère seulement huit mois après que nous nous soyons rencontrés, alors, je ne suis certainement pas la mieux placée pour te répondre. En revanche, Lucile, tu es quelqu'un qui a la tête sur les épaules, et Léon aussi, alors je suis persuadée que la décision de devenir parents a été mûrement réfléchie, et si vous l'avez fait au moment où vous l'avez fait, c'est qu'il fallait que ça se passe comme ça.

— Tu as peut-être raison.

— J'ai toujours raison ! complète Marion pour la taquiner. Lucile ? Il n'y a vraiment que ça qui te rend triste ?

Lucile boit une gorgée de vin puis repose son verre, le regard en direction du plan de travail.

— Il y a l'état de maman bien sûr mais il n'y a pas que ça. Léon a ouvert d'autres épiceries dans le secteur dont une qu'il a en gérance pas loin d'ici. C'est ce qui a justifié notre déménagement. Il ne m'a pas mise devant le fait accompli et je sentais bien que c'était important pour lui, alors j'ai accepté de m'éloigner de mon travail et de quitter la nounou des filles. J'ai eu presque un an pour m'habituer à cette idée, le temps des travaux. Mais, j'ai l'impression qu'il n'y a que moi qui en subis les conséquences aujourd'hui. Léon n'est pas très présent et je t'avoue que parfois c'est très compliqué de gérer tout toute seule.

— Il est possible que vous ayez besoin de plus de temps pour prendre vos marques, toi surtout, mais tout va bien se passer, tu verras. Et si tu as besoin d'aide, n'hésite pas, nous sommes un peu éloignées géographiquement maintenant, mais tu sais que rien n'est impossible.

— C'est gentil Marion. Merci beaucoup.

— Et à l'hôpital ça va ? J'ai appris que tu avais pris du galon, félicitations !

— Oui, merci. On m'a nommée cadre récemment. Je suis toujours au service néonatal mais j'ai arrêté les nuits depuis quelques mois. Nous nous en sortions difficilement avec les jumelles et les entreprises de Léon en plein essor, alors j'ai dû aménager mes horaires et…

— Bon les filles vous venez ? Le camembert est en train de se liquéfier !

La voix de Léon résonne depuis le salon et interrompt leur discussion. Marion boit le reste de son vin cul-sec et tend une main amicale en direction de sa belle-sœur.

— Tu viens ? Je ne peux pas résister à l'appel d'un fromage coulant et d'un bon verre de vin ! Ça va aller ?

— Ça va aller. Allons-y, et merci de m'avoir écoutée Marion. Je suis désolée de t'embêter avec mes soucis mais ça m'a fait du bien d'en parler à quelqu'un.

— Avec plaisir. Allez, on y retourne sinon on va devoir aspirer le calendos avec une paille.

4

Elle le redoutait et cela est arrivé. Mathilde a hérité de deux afterwork dont elle se serait bien passée. Hier déjà, après le travail, elle a mis deux heures à trier de vieux documents jaunis, et elle doit remettre ça ce soir. Et tout ça, pour moins de cinq minutes de retard. Vivement qu'elle prenne sa retraite cette vieille chouette de Leclerc.

« Et vous veillerez à bien respecter les trois piles, Mademoiselle : celle-ci à détruire, celle-là à conserver, et enfin la dernière à trier et ranger dans des boites neuves à étiqueter ».

Sa voix résonne encore dans sa tête et lui file des frissons dans le dos.

Ce soir est donc le dernier. Mathilde se croirait encore à l'école, bien qu'elle n'ait jamais reçu la moindre heure de colle. Tout en rangeant ses affaires et regardant les autres s'en aller pour rentrer chez eux, elle se demande si c'est bien légal ce que cette mégère se permet de lui faire subir. Cela lui rappelle l'expérience que sa mère lui confia un jour, lorsqu'elle était sous les ordres de cette vicieuse de Bérangère à l'hôpital. Lucile avait pourtant expliqué à sa fille, quand elle fut en âge de comprendre, de toujours se défendre face à un comportement qui lui paraîtrait inapproprié et contraire à ses valeurs, et surtout de ne jamais se laisser humilier, tout en restant polie et respectueuse, bien entendu.

Mais Mathilde n'ose pas. C'est son premier vrai travail et elle ne veut pas tout gâcher, alors elle accepte sans broncher – un peu comme sa mère le faisait à l'époque finalement. Léa se prendrait moins la tête. Elle l'aurait envoyée balader sans aucune retenue, et lui aurait fait bouffer sa montre d'occasion. Autant les deux sœurs sont identiques physiquement – mise à part la couleur de leurs cheveux – autant elles se différencient par leur caractère.

La porte du local est lourde et Mathilde grimace sous l'effort, d'autant qu'elle porte à bout de bras, tout un tas de documents destinés à rejoindre les autres dans les grandes boites en carton.

Lorsqu'elle parvient enfin à pénétrer dans la pièce, la porte se referme derrière elle plus vite qu'elle ne le pensait et la bouscule vers l'avant. Mathilde perd l'équilibre et tous les documents se retrouvent étalés par terre et, bien-sûr, totalement mélangés, sinon ce serait moins marrant.

— Et merde ! Il manquait plus qu'ça. Je vais passer des heures à tout remettre en ordre. Bon sang mais quelle idiote ! Et toi Léa, je vais te tuer !

— Ne sois pas si dure avec toi-même et avec cette pauvre Léa. Ce ne sont que de vulgaires documents dont tout le monde se moque totalement. S'ils ne sont pas parfaitement triés, franchement, personne ne s'en rendra compte. Tu crois vraiment qu'il y en a qui s'amusent à mettre leur nez là-dedans ?

Mathilde sursaute et redresse la tête en direction de l'intrus à la voix grave.

— Vous m'avez fichu la trouille ! Qu'est-ce que vous fichez ici ? Et puis, vous êtes qui d'abord ?

— Ah, oui désolé. Salut, je m'appelle Noah et je suis stagiaire au premier. Rayon mangas. Et toi, ma jolie ?

— Euh, Mathilde. Je travaille ici depuis bientôt un an, au deuxième. Rayon livres pour adultes.

— Hmm, très intéressant tout ça.

Mathilde se rend compte de ce qu'elle vient de dire. En effet, nombreuses interprétations sont possibles et manifestement, ce Noah, a eu vite fait de choisir la sienne.

— Euh… enfin… je veux dire, de la littérature que ne comprendraient pas les enfants…

— Tu veux que je sorte les rames ou tu vas t'en sortir toute seule ?

— Bon bref, tu as compris ce que je voulais dire, non ?

— C'est tout à fait clair, ma jolie.

— Arrête de m'appeler comme ça !

— Ouh, pas commode la d'moiselle ! Bon, on s'y met maintenant sinon on va être obligé de passer la nuit ensemble dans ce local qui pue. Cette idée ne me déplaît pas le moins du monde, à part pour l'odeur bien-sûr, mais j'avais en tête un tout autre programme pour ce soir.

Mathilde ne pensait pas qu'elle aurait de la compagnie et trouve ce jeune homme un peu trop à son aise, mais elle essaie malgré tout de tirer avantage de la situation : à deux, elle sera débarrassée de cette sale besogne bien plus vite, et pourra rentrer chez elle plus tôt que prévu. Elle lui répond donc, tout naturellement, et avec un entrain non dissimulé.

— Allons-y ! T'as raison ça chlingue ici. On se grouille, on se barre et on les emmerde tous autant qu'ils sont !

Mathilde est la première surprise par les mots qu'elle vient d'employer, mais finalement ce petit côté rebelle n'a pas l'air de lui déplaire. Et on dirait même, qu'il ne laisse pas indifférent le jeune homme non plus.

Près de trois heures plus tard, Noah pose enfin le dernier carton en haut de l'étagère. Mathilde lui tient l'échelle et se prend à lui reluquer les fesses un instant. Gênée, elle détourne aussitôt le regard.

— Tu peux continuer, ça ne me gêne pas du tout.

— Euh, je ne vois pas du tout de quoi tu parles.

— Mouais. Si on est amené à se revoir, il faudra vraiment que je t'apprenne à mentir.

— Oui, je sais, ma mère est pareille. Elle ne sait absolument pas mentir, ça se voit dès…

— Donc, tu reconnais que tu étais en train de me mater les fesses ?

— Oui bon, quelques secondes seulement. En même temps, elles étaient juste au niveau de mes yeux, ç'aurait été compliqué de faire autrement.

— Ok. Ça va pour cette fois. Mais fais gaffe, tu pourrais y prendre goût.

— Quel prétentieux, j'y crois pas !

— Eh ouais, c'est ce qui fait tout mon charme.

Noah descend de l'échelle et la remet en place dans une espèce de cagibi où sont entreposées toutes sortes de matériels de manutention dont, pour la plupart, Mathilde en ignore totalement l'usage.

Il frotte ses mains sales sur son pantalon et se félicite, lui et sa partenaire de corvée.

— Eh bien, on a assuré comme des chefs. On pourrait croire qu'on a fait ça toute notre vie.

— Alors, si cette fois-là pouvait être la dernière de *ma* vie, ce serait génial.

— Au fait, qu'est-ce que tu as bien pu faire, et à qui, pour te retrouver ici ?

— Je suis arrivée cinq minutes en retard mercredi après le déjeuner, et Madame Leclerc m'a chopée dans l'escalier.

— Non mais toi aussi, tu pourrais faire attention, tu te rends compte comme c'est grave, cinq minutes de retard ? Tu vas faire couler la boite à coup sûr.

Mathilde et Noah rient et se regardent dans les yeux, un long moment, sans geste ni parole. Mathilde se sent embarrassée. Noah la regarde avec insistance et elle ne sait pas comment réagir.

— Euh, il faut que je rentre. Merci beaucoup de m'avoir aidée Noah. À charge de revanche.

Mathilde s'apprête à ouvrir la lourde porte quand Noah l'interrompt.

— Je dois retrouver des potes dans un endroit où on fait plein de trucs sympas un vendredi soir et jusqu'à l'aube. Ça te dit de faire nuit blanche avec moi ?

5

Léa tourne en rond dans l'appartement. Mathilde n'est pas rentrée après le travail et ce n'est pas dans ses habitudes de ne pas prévenir. Il est vraiment tard et elle n'a toujours manifesté aucun signe de vie.

Les deux sœurs vivent ensemble et elles ne se sont pas adressé la parole depuis leur dispute.

Au bout de la cinquième tentative d'appel sans réponse, Léa se résout à lui envoyer un message. Sa sœur n'est manifestement pas décidée à décrocher, elle aura peut-être plus de chance avec un texto.

Je sais que tu ne veux pas me parler mais là je m'inquiète. Il est plus de 23 h 00 et je suis sans nouvelle. Réponds au moins à mon texto pour me dire que tu vas bien, s'il te plaît. L.

Quelques minutes plus tard, son portable toujours entre les mains, Léa reçoit un message de Mathilde. Elle l'ouvre immédiatement. Il se veut succinct mais tout de même rassurant, ou presque.

Je vais bien. Je ne rentre pas cette nuit. M.

Léa reste un long moment à lire et relire ces mots. Le message de sa sœur la surprend. Mathilde n'est pas comme ça d'ordinaire. Plutôt douce et calme, elle ne s'était jamais adressée à elle de cette façon si froide et détachée.

Léa se sent mal à l'aise tout à coup et se remémore toutes les fois où elle s'est mal comportée avec sa sœur. Elle a toujours eu le dessus sur Mathilde, depuis toute petite. Et même dans leur évolution, Léa était systématiquement la première en tout : marcher, parler, compter, écrire, envoyer balader les parents, quitter la maison. Elle en jouait et, sans le faire exprès peut-être, elle rendait sa sœur malheureuse. Mathilde s'est toujours sentie inférieure.

Léa s'en veut énormément. Il lui aura fallu plus de vingt ans pour en avoir conscience. Mathilde en aurait-elle assez de son comportement ? Aurait-elle décidé à présent de ne plus se laisser malmener par sa sœur ? Léa n'y avait jamais vraiment réfléchi, mais au fond, elle redoutait que ce moment arrive un jour. Alors, si Mathilde a réellement décidé de ne plus se laisser faire, elle a bien raison. Avec Léa et n'importe qui d'autre d'ailleurs.

La soirée prend un virage inattendu et Léa ressent le besoin irrépressible de sentir Alix contre elle. Elle compose son numéro et au bout de la première sonnerie, Alix décroche.

— Léa, tout va bien ?

— Ma sœur ne veut plus me parler, je me sens tellement mal. Son texto était horriblement glacial et tout est ma faute…

— Calme-toi et arrête de pleurer, je ne comprends rien.

— … et j'ai besoin de toi, là tout de suite.
— Tu veux que je vienne chez toi ? Maintenant ?
— Oui s'il te plaît.
— Mais, si ta sœur nous surprend et…
— Elle m'a dit qu'elle ne rentrerait pas de la nuit et d'ailleurs, je ne sais pas si je la reverrai un jour.
— Ne dis pas de bêtises. Laisse-moi le temps d'enfiler un truc et j'arrive.
— Merci beaucoup. Je t'aime Alix.
— Je t'aime aussi. À tout à l'heure.

Habituellement, Léa et Alix se voient chez Alix. Leur relation n'a pas encore été officialisée, d'un côté comme de l'autre, et d'un commun accord pour le moment. Léa attend la meilleure occasion pour l'annoncer à sa sœur. Elle a failli lui en parler l'autre midi pour justifier son retard, mais Mathilde ne lui aurait accordé aucune attention sur le coup. Plus tard, ce sera très bien, voire préférable, sans aucun doute. Mathilde sera de toute façon la première au courant, si elles se reparlent un jour.

Léa sait parfaitement ce qui la retient, ce qui lui fait peur aussi. Maintenant, elle espère de tout cœur que les choses finiront par s'arranger. Avant tout, il va falloir qu'elle apprenne à demander pardon. D'aussi loin qu'elle se souvienne, c'est toujours Mathilde qui faisait le premier pas. Ça aussi, il faut que ça cesse. Elle s'en fait la promesse.

Une brève sonnerie retentit à nouveau. Léa rattrape précipitamment son portable, espérant recevoir un nouveau message de Mathilde et, sans prêter réellement attention à l'émetteur, elle clique sur la notification.

Il me manque un minuscule détail qui me permettrait de venir te remonter le moral.

>Alix ?

Bah oui, à moins d'avoir appelé quelqu'un d'autre au secours, qui veux-tu que ce soit ?

>Euh, oui bien sûr, désolée. Qu'est-ce qui te manque ?

Ton adresse, mon cœur.

6

Vingt ans plus tôt

Affalé sur la banquette arrière parmi une kyrielle de doudous ramollis par le temps, Louis s'est endormi sur le trajet du retour. Le sortir de la voiture sans oublier personne n'a pas été une mince affaire.

Marion et Nathan ont passé une excellente soirée. Revoir Charles et Linda, Lucile, Léon et les jumelles, leur a fait chaud au cœur.

En revanche, ils semblent tous les deux ailleurs depuis qu'ils sont rentrés, chacun avec l'esprit encombré par ce qui l'inquiète.

Nathan brise la glace en premier.

— Tu m'en veux encore pour cette histoire de mobile ?

— Pas du tout. J'ai reconnu qu'il était hideux et j'ai tapé dans le mil avec mon cadeau cette année. C'est oublié, ne t'en fais pas. Et puis, ce serait totalement idiot de se fâcher à cause de ça.

— Alors qu'est-ce qui ne va pas ? Je vois bien que tu n'es pas totalement là depuis la fin du repas.

— C'est Julia.

— Comment ça, c'est Julia ?

— J'ai réalisé ce soir qu'elle me manque terriblement.
— Tu n'as aucune nouvelle depuis deux mois ?
— Très peu. Quand ce n'est pas le réseau qui lui fait défaut, c'est le temps qui lui manque. On a dû échanger moins de trente minutes en tout et pour tout, depuis son départ.
— Si ma mémoire est bonne, elle t'a dit qu'elle partait pour deux mois et demi ? Alors, encore un peu de patience ma chérie, elle sera bientôt là.
— Je sais, mais elle me manque tant. Et c'est flippant aussi de me dire que je suis à ce point perdue quand elle n'est pas près de moi.
— Je suis là moi !
— Bien sûr, mais ce n'est pas pareil. Nos rendez-vous hebdomadaires me manquent, nos fous rires, nos virées entre filles, son humour pourri. Elle me manque. Tout me manque.
— À t'entendre, on croirait qu'elle est morte. Marion, tout va bien. Julia va très bien et elle va revenir très vite, j'en suis certain.
— Tu dois me trouver ridicule mais je n'y peux rien et je suis désolée de t'infliger ça.
— Lorsque je t'ai épousée, je savais que je signais aussi pour Julia. Y'a pas de mal, ne t'en fais pas.

Marion embrasse tendrement Nathan.

— Je t'aime tellement.
— Je sais. Si j'étais toi, je m'aimerais tellement aussi.
— Bon, au lieu de faire le malin, dis-moi plutôt ce qui te perturbe toi aussi ? Même si j'en ai une vague idée.

— Je m'inquiète vraiment pour maman. Je vois bien qu'elle décline et je n'arrive pas à me faire à cette idée.

— Ta mère a de la ressource et elle est bien entourée. L'équipe médicale est très compétente et ce genre de cancer se soigne de mieux en mieux. Je suis convaincue qu'elle traversera cette épreuve et que tu retrouveras très vite une maman en meilleure forme et guérie. Tu dois garder espoir.

— Que Dieu t'entende.

Marion caresse tendrement le visage de Nathan puis reprend d'un air grave.

— Nathan, il faut que je te dise quelque chose, mais si elle apprenait que je t'en ai parlé, elle m'en voudrait et elle aurait raison. Alors, tu dois me promettre que tu ne lui diras rien.

— Euh, je ne sais absolument pas de quoi tu me parles mais d'accord, je te le promets.

— Je m'inquiète beaucoup pour Lucile.

— Pourquoi ? Qu'est-ce qu'il y a ?

— Je ne l'ai pas trouvée en forme ce soir. Elle se pose énormément de questions sur sa vie depuis l'arrivée des jumelles, l'évolution professionnelle de Léon et ce déménagement qui, contrairement à ce qu'elle m'a dit, semble être un vrai déchirement pour elle.

— Elle t'a dit quoi exactement ?

— Qu'elle avait accepté de suivre Léon qui a pris la gérance d'une épicerie proche de l'endroit où ils habitent désormais. Il en a une dizaine maintenant dans la région. Elle s'est donc éloignée de son travail, elle a dû rechercher une nounou pour les filles alors que la précédente était une perle, et surtout, Léon ne semble pas lui accorder beaucoup de temps pour l'aider dans leur quotidien. Elle a donc été contrainte également d'aménager ses horaires à l'hôpital.

— C'est si grave que ça ?

— Nathan, j'ai peur qu'elle craque à tout moment. Elle était si fragile lorsqu'elle s'est confiée à moi. Je pense que la perspective que tes parents puissent s'installer tout près, lui redonnera un peu de force pour surmonter tout ça. J'espère que ce n'est qu'une mauvaise passe comme en rencontrent beaucoup de couples à l'arrivée d'un enfant, et dans leur cas précis, de deux. Mais je voudrais que tu sois présent pour elle toi aussi, juste au cas où.

— Bien sûr. Je n'ai rien remarqué du tout ce soir, j'étais davantage préoccupé par l'état de maman que par celui de ma sœur. Quand nous étions petits, j'arrivais pourtant à savoir quand elle n'allait pas bien. Je lisais en elle comme dans un livre ouvert. Mais avec l'âge, elle a acquis cette capacité à masquer son mal-être, à prétendre que tout va bien même quand ce n'est pas le cas.

— Faire bonne figure quoi qu'il arrive. Ça ne te rappelle pas quelqu'un ? Comme tu le disais si maladroitement tout à l'heure, les chats font pas des chiens. On ne la changera pas, comme on ne changera pas ta mère, alors faisons en sorte d'être là pour elles et tout ira bien.

— Je t'aime tellement.

— Je sais. Si j'étais toi, je m'aimerais tellement aussi. Allez, viens, je suis exténuée, on va se coucher. Demain, je tenterai de contacter Julia. Où qu'elle soit en ce moment même, j'espère qu'elle pense un peu à moi.

7

— Alors comme ça, tu viens ici tous les vendredis soir ?
— J'essaie en tout cas. La musique est sympa, les cocktails sont délicieux et les filles sont à tomber.
— Dis-moi ? Tu les trouves renversantes avant ou après avoir englouti leurs délicieux cocktails ?
— Ça dépend. Là, par exemple, il y en a une que je trouve absolument ravissante et pour l'instant, je suis tout ce qu'il y a de plus sobre.

Mathilde tourne la tête dans tous les sens à la recherche de cette fille, mais elle s'aperçoit qu'il y a majoritairement des hommes autour d'elle. Au bout de quelques secondes, elle croise le regard de Noah qui lui sourit malicieusement.

— Et j'aime davantage encore, les filles belles qui ignorent qu'elles le sont.

Mathilde fronce légèrement les sourcils puis finit par comprend ce qu'il veut dire. Elle se sent un peu idiote sur le coup et change aussitôt de sujet.

— Euh, et tes amis, ils sont où ?
— Mes amis ?
— Oui, tu m'as dit tout à l'heure que tu devais retrouver des potes à cette adresse. Ils t'ont posé un lapin ou quoi ?

— Bon ok, j'ai peut-être un peu exagéré. *Un* pote aurait été plus proche de la réalité. Mon meilleur ami devait en effet me rejoindre, mais j'ai reçu un texto tout à l'heure et il a d'autres projets pour ce soir.

— Ok. Donc on n'est que tous les deux si je comprends bien ? Ça sent l'arnaque ton truc, si tu veux mon avis.

— Belle, perspicace et méfiante en plus. Tu caches d'autres talents sous cette jolie chemise ?

— Tu es toujours aussi direct avec toutes les filles avec qui tu sors boire un verre ou c'est uniquement avec moi ?

— Avec absolument toutes, mais particulièrement avec toi, pour être honnête.

— Ça a le mérite d'être franc. Réponse acceptée. Et puis cet endroit me plaît beaucoup, alors même si je dois te supporter seule, je vais rester encore un peu.

— Et si je t'avouais que je suis en fait un tueur en série, recherché par la police pour un quadruple meurtre de jeunes filles blondes, seules, accostées dans un bar à la nuit tombée, tu resterais quand même ?

— Alors, de une, tu ne m'as pas accostée, nous sommes arrivés ensemble, et de deux, si tu t'avises de poser ne serait-ce qu'une main sur moi, j'hurlerai tellement fort que plus personne ne te laissera jamais entrer ici à l'avenir.

— L'amour du danger me fait me lever chaque matin.

— Bon, alors c'est parfait ! Tchin Noah.

— Tchin Mathilde.

Noah s'est absenté un instant pour passer un appel. Il voulait manifestement convaincre son meilleur ami de changer ses plans pour ce soir. Il est à l'extérieur et

Mathilde en profite pour admirer à travers la vitre, sa silhouette parfaitement dessinée – elle en a déjà apprécié une partie tout à l'heure dans le local. Noah est charmant, charmeur aussi, mais un peu trop sûr de lui à son goût. Elle décide malgré tout de se laisser porter et elle verra bien où tout cela va la mener.

Noah se retourne et lui fait un signe de la main. Merde ! Prise en flagrant délit de reluquage encore une fois. Trop embarrassée pour lui rendre son geste, elle fait un cent quatre-vingts degrés sur son tabouret et porte son verre à sa bouche.

Mathilde jette un œil à son portable. Cinq appels manqués de sa sœur et un texto. Il est plus de 23 h 00. Léa doit certainement s'inquiéter mais peu importe. Mathilde ne cédera pas cette fois. Elle prend tout de même le temps de lire le message, on ne sait jamais, il s'est peut-être passé quelque chose de grave.

Léa va bien, elle était tout simplement inquiète. Avant de ranger son portable dans son sac, Mathilde rédige un rapide texto. Son grand cœur lui a fait la morale mais elle ne s'étale pas pour autant. Juste l'essentiel.

Elle se sent mal de réagir comme ça. Léa ne mérite quand même pas qu'elle se comporte ainsi envers elle. Elle doit se faire un sang d'encre et, bien que Mathilde n'y prenne aucun plaisir, c'est sa manière de lui donner une bonne leçon. C'est elle qui tient les rênes maintenant – au moins le temps d'une soirée. Et puis son texto l'aura certainement rassurée un peu ?

Noah est toujours dehors en grande discussion. Il vient d'allumer une cigarette. Mathilde tord le nez – elle n'aime pas les fumeurs – mais elle se rassure en se disant qu'il s'en accorde peut-être une de temps en temps, c'est pas si grave.

Elle passe le temps en admirant chaque recoin de cet endroit qui l'a totalement séduite dès qu'elle a franchi la porte : un beau parquet en bois fraîchement ciré habille le sol, des suspensions de style rétro tombent du plafond et renvoient une lumière tamisée, un espace réservé aux amateurs de billard français occupe le fond de la salle, et des clients de tout âge sont installés devant le bar et autour des tables rondes. Ils portent des tenues à la fois chics et décontractées qui se fondent parfaitement dans ce décor lounge et cosy. Mais ce qui attire surtout l'attention de Mathilde, est cette scène face à elle. Recouverte d'un immense tapis rouge, elle est arrondie et accueillante. Un magnifique piano à queue blanc et un micro sur pied, y sont harmonieusement déposés et attendent sagement que de futurs artistes, sans aucun doute envahis par le stress, s'en saisissent pour exposer leur talent aux yeux de tous les curieux ici présents.

— Ça te plaît ?

— Noah ! Tu m'as fait peur, ça va devenir une habitude ma parole !

— Excuse-moi. Tu aimes ?

— J'adore. Cet endroit est carrément incroyable. Je ne le connaissais pas alors que je déjeune dans la brasserie qui fait l'angle pratiquement tous les midis.

— Pourtant, depuis l'impasse, on ne peut pas le rater !

— J'emprunte toujours la porte principale, une vieille habitude. Je n'ai donc jamais remarqué l'enseigne. Il suffit de pas grand-chose parfois. Je vis dans le quartier depuis des années, et une simple manie m'a fait passer à côté d'une adresse que j'aurais aimé découvrir bien plus tôt.

— Bah désormais tu la connais. J'adore venir ici. Le vendredi soir, c'est *le* soir qui offre la chance de leur vie à des jeunes talents, des artistes en devenir, de faire leurs premiers pas, de se faire connaître ou tout simplement de se payer un bon kiffe. Au fait, j'ai eu mon pote, il arrive d'ici une demi-heure. Il est trop facile à convaincre.

— Et puis-je savoir ce que tu lui as dit pour qu'il change ses plans aussi vite ?

— Je lui ai dit que j'étais avec une amie.

— Une amie ? Carrément ?

— Amie, collègue, c'est pareil, non ? Il n'a pas résisté à l'envie de rencontrer ma nouvelle collègue super sympa.

— Deux pour le prix d'un, je suis vraiment gâtée. En revanche, rassure-moi, ton pote est aussi prétentieux que toi ou tu es unique en ton genre ?

— Il n'y en a pas deux comme moi. Rassurée ?

— J'hésite encore, mais tant que ton ami ne porte pas le prénom d'un psychopathe, genre Norman ou Émile, ça me va ?

— Alors tu n'as vraiment aucune crainte à avoir. Il s'appelle Louis et il n'a jamais tué une mouche de sa vie.

8

Les deux corps de Léa et Alix savourent encore leur dernière communion. Ils frissonnent de plaisir, se frôlent, se collent l'un à l'autre. Léa n'a jamais ressenti cela auparavant. Elle sait désormais que c'est cette relation qu'elle attendait, celle qui la ferait être elle-même.

Son esprit est néanmoins toujours préoccupé par l'absence de sa sœur, et sa réponse glaciale lui revient sans cesse comme une gifle qu'elle n'a pas vu venir. *Je vais bien. Je ne rentre pas cette nuit. M.*

— Léa, tout va bien ?

— Je suis encore préoccupée par le message de ma sœur mais, je vais bien. Et toi ?

— C'était génial. Tu me rends complétement dingue et le fait d'être chez toi cette fois-ci, a ajouté quelque chose de particulier, de plus intense, comme si on se libérait d'un poids qui nous empêchait jusqu'à maintenant d'être nous-mêmes. Tu comprends ce que je veux dire ?

— Je comprends parfaitement. Mais il reste encore du chemin à parcourir. Je te promets que je vais parler à ma sœur. Tu sais à quel point son avis compte pour moi. Petite, j'étais l'intrépide, l'électron libre. Elle était la raison, la sagesse. Je n'ai jamais rien dit mais elle m'a énormément apporté tout au long de notre vie. Elle m'a aidée à me construire. Je ne serais pas étonnée qu'elle soit au courant. Elle l'aura certainement perçu depuis longtemps et elle aura eu cette décence et ce respect qui la caractérisent tant, de ne rien provoquer et attendre que cela vienne de moi.

— Tu fais comme tu le sens Léa. Ne te mets pas la pression. Je ne te la mettrai jamais moi non plus. Prends le temps qu'il te faudra et si tu as besoin de moi, je serai là.

— Je sais et tu l'as encore prouvé ce soir en déboulant à une heure tardive comme un super-héros pour secourir sa belle en détresse.

— C'est tout à fait normal. Tu l'aurais fait pour moi.

— Euh, je n'en suis pas si sûre.

— Saleté !

— Moi aussi je t'aime. Ça te dit qu'on sorte ?

— Quoi, là maintenant ?

— Oui, maintenant. Je connais un endroit super sympa en ville. Il n'y a que ceux qui connaissent qui peuvent le trouver. Il reste ouvert toute la nuit et j'ai une folle envie de m'amuser.

— Non, Léa, je ne veux pas y retourner, on en a déjà parlé. Ma dernière expérience me provoque encore des insomnies. Ne m'oblige pas à y aller s'il te plaît.

— Quelqu'un de cher m'a dit un jour que l'indifférence était la meilleure des vengeances. Ignore-les, ils n'en valent pas la peine. J'ai mis du temps à le comprendre moi aussi. Et puis je ne serais comblée que si tu m'accompagnais. On peut simplement boire un verre et écouter les autres, si tu veux.

Alix veut faire plaisir à Léa et en même temps c'est au-dessus de ses forces de retourner là-bas. Pour autant...

— Boire un verre et écouter les autres, on est d'accord ?

— Oh, merci, merci, merci !

— En revanche, on a un problème.

— Ici Houston, je vous écoute.

— J'ai quitté tellement vite mon appart que j'ai enfilé le premier truc que j'ai trouvé. Ce beau pyjama rayé.

— Aïe ! Je doute qu'on te laisse entrer dans cette tenue, en effet. Bon, tant pis, tu m'attendras sur le trottoir et je te balancerai des cacahuètes. Tu les adores en plus, elles sont à la fois pas trop grasses et bien salées... Aïe ! Non mais ça va pas de me taper comme ça !

— Arrête tes conneries ! Non mais sérieusement Léa, je ne peux pas y aller comme ça, on dirait un prisonnier qui se serait évadé.

— Ça fait belle lurette que les taulards ne portent plus ce genre de vêtements. Et tu pourrais lancer une mode, qui sait !

— T'as fini de te moquer de moi ?

— Bon ok, allez viens, on va bien trouver quelque chose à te mettre.

9

Vingt ans plus tôt

Marion a toujours trouvé que c'était un jeu d'imbéciles de courir sans but. Elle le répétait suffisamment à Julia, qui lui répondait qu'elle verrait bien ce que ça fait le jour où elle y prendrait goût. Mais pour cela, il fallait qu'elle commence. Et c'est chose faite. Depuis un an, Marion se résout à faire deux footing par semaine et elle doit reconnaître une nouvelle fois que son amie avait raison.

Julia la traîna littéralement par les fesses la première fois. Elles couraient dans le parc. Julia se dit que si le lieu du calvaire plaisait à son amie, c'était déjà pas si mal comme première motivation. Marion crut décéder sur place ce matin-là, mais contre toute attente, elle voulut remettre ça la semaine suivante. Et depuis, même seule, elle garde ce petit rituel. Elle reconnait que c'est délassant, et motivant aussi lorsqu'on voit les résultats sur la balance.

Nathan, quant à lui, regrette un peu ses « poignées gonflées par l'amour », comme il s'amusait à surnommer ses petits bourrelets. Il doit admettre néanmoins, que la nouvelle silhouette de sa femme n'a finalement rien à envier à la précédente.

Marion court depuis une bonne heure autour de l'étang. Peut-être le quinzième tour, elle ne les a pas comptés, son esprit est ailleurs. L'été est bientôt là et elle devrait s'en réjouir, c'est sa saison préférée, mais autre chose la préoccupe. Cela fera bientôt huit mois que Julia est partie et elle n'est toujours pas rentrée.

Son absence est de plus en plus dure à supporter et égoïstement, Marion se demande pourquoi elle a choisi de tout quitter – y compris sa meilleure amie – pour aller faire le tour du monde en bateau avec son amant ?

La région parisienne ne parvenait pas à combler Damien autant que sa côte méditerranéenne. Les eaux lui manquaient et il avait besoin de retrouver cette liberté que lui procurait la navigation. Julia, elle, partagée entre l'irrésistible envie de le suivre et sa crainte du changement, a fini par choisir de tout quitter à son tour. Pour un temps seulement.

« Ma, ce n'est que pour deux mois, trois tout au plus. Nous n'aurons assurément pas le temps de tout voir de notre belle planète, mais Damien en a besoin, et vu ce qu'il a fait pour moi à l'époque, je ne peux pas lui refuser. Je vais l'accompagner et je te promets de revenir très vite. Mi-janvier, je pourrais à nouveau te serrer dans mes bras et t'inviter dans notre resto préféré. D'ac ? ».

Mi-janvier ? Tu parles. Le mois de juin est déjà bien entamé et toujours pas de Julia.

Plusieurs fois ces derniers mois, Marion a rendu visite à Étienne et Laurence, et eux aussi déplorent le manque de nouvelle de leur fille. Ils aimeraient tant pouvoir la voir, la sentir, la serrer dans leurs bras. Et Marion aussi. Qu'elle puisse leur raconter de vive voix, tout ce qu'elle aura vécu pendant cette trop longue période éloignée d'eux.

Chacun reçoit régulièrement des photos et des cartes postales du monde entier. Mais ces clichés et ces quelques mots banals déposés à la va-vite, ont certes le mérite d'exister, mais ils ne remplaceront jamais le son de sa voix, la manière si particulière qu'elle a de gesticuler quand elle raconte une histoire palpitante, ou encore les mots rassurants qu'elle sait trouver quand un de ses proches en a besoin. Non, rien ne remplacera jamais tout ça. À part Julia elle-même.

Ses jambes la brûlent, son rythme cardiaque et sa foulée ne sont plus du tout synchronisés. Son cœur semble vouloir se rebeller et sortir de sa poitrine, pour crier à qui veut l'entendre, toute la peine qu'il ressent à ce moment même. Mais à cette heure très matinale, mis à part quelques autres courageux, il ne trouvera pas grand monde à qui se confier. Ou alors aux canards de l'étang peut-être ?

Marion ressent le besoin de faire une pause. Elle s'assoit sur son banc favori et reprend son souffle. Elle ferme les yeux un instant et la pression redescend doucement. Au bout de plusieurs minutes, elle attrape son portable pour vérifier l'heure et, instinctivement, elle recherche le prénom de Julia dans son répertoire. Elle s'apprête à lancer un appel et se souvient que depuis peu, son numéro n'est plus attribué. Un sentiment de stress la rattrape aussitôt.

Respire, respire. Marion prend alors conscience que, désormais, elle ne peut compter que sur le bon vouloir de sa meilleure amie pour lui donner ne serait-ce qu'un tout petit signe de vie.

10

L'ambiance est à son apogée.

L'établissement est le repère de toute la jeunesse bien élevée du quartier et de ses environs, proches et moins proches. Des allées et venues incessantes animent la petite rue et attirent quelques curieux – un peu moins jeunes parfois, mais ce mélange générationnel fait aussi le charme de l'endroit et contribue, de manière générale, à faire la réputation d'un lieu, n'est-ce pas ? Qu'elle soit bonne ou mauvaise d'ailleurs. Et en l'occurrence pour celui-ci, on devinera sans mal le ressenti de tous ceux qui le quitteront au petit matin.

C'est le cas de Mathilde, qui est vraiment ravie d'avoir accepté de suivre Noah ce soir. Elle se sent vraiment bien et y reviendra sans aucun doute, et pourquoi pas partager ce moment avec sa sœur. Elle est prise de remords tout à coup. Elle se penche pour attraper son portable mais elle est interpelée par Noah qui s'était à nouveau absenté pour accueillir son ami.

— Mathilde, je te présente Louis, mon meilleur ami.

La jeune femme veille à replacer son téléphone dans son sac et redresse la tête en direction des deux hommes.

— Louis ? Mais qu'est-ce que tu fais ici ? Je ne savais pas que tu étais rentré ? Tu vas…

— Attendez, attendez, c'est quoi l'embrouille là ? Vous vous connaissez tous les deux ?

— Noah, je te présente mon cousin. Monsieur Louis Joubert-Martin en personne.

— Waouh, dis-donc, vous aimez les noms composés dans la famille !

— Et comment tu sais que je porte un nom composé ?

— Je l'ai lu sur le trombinoscope affiché dans le hall de la bibliothèque. C'est d'ailleurs à ce moment-là que j'ai totalement flashé sur toi, même si la photo n'est pas à ton avantage. Tu avais 12 ans là-dessus ou quoi ?

— Bon ça suffit Noah, arrête de l'embêter ! Et toi ma petite Mathilde, viens dans mes bras tout de suite.

Mathilde et Louis s'étreignent un long moment sous le regard toujours surpris de Noah. La vie est faite de coïncidences, mais là, il faut admettre que c'est plutôt fort de café : la fille qui lui plaît atrocement et qu'il a décidé de séduire, n'est autre que la cousine de son meilleur ami. Rien de si exceptionnel en soi, mais Noah se demande comment se fait-il qu'il n'ait pas rencontré Mathilde avant, alors qu'ils semblent si proches, elle et Louis. Il n'a pas vu son ami depuis un an, lui non plus, c'en est peut-être une des raisons.

Les embrassades s'éternisent, Noah intervient.

— J'imaginais autre chose comme soirée que de tenir la chandelle, alors si vous pouviez vous écarter un peu l'un de l'autre ce serait sympa.

— Désolé mon pote. Plus d'un an qu'on ne s'est pas vu, je suis si content de la revoir. Et, je ne m'attendais pas à ce que la bombe atomique dont tu me parlais au téléphone, soit en réalité ma petite cousine.

— Juste une collègue super sympa, hein, Noah ?

Pour une fois, il ne trouve rien à répondre. Mathilde continue.

— Je suis contente de te revoir moi aussi, Louis. Un an déjà ! Je venais de trouver mon boulot à la bibliothèque et toi tu partais pour ton tour du monde. Tata Marion était d'ailleurs bien triste quand tu lui as annoncé. Elle est restée des heures au téléphone avec maman qui ne savait plus quoi faire pour lui remonter le moral. Et, lorsqu'elle s'est enfin faite à cette idée, c'est ta sœur qui décidait d'aller vivre chez Julia. Vous ne l'avez pas épargnée, la pauvre.

— Euh, les gars, sérieux, faites un effort, je me sens un peu tout seul sur ce coup ! C'est qui Tata Marion et c'est qui Julia ?

Louis prend son ami en pitié et lui explique brièvement l'arbre généalogique de la famille.

— Marion est ma mère. Elle a épousé Nathan, mon père que je n'ai connu lorsque j'avais deux ans et des brouettes, il est le frère jumeau de Lucile, la mère de Mathilde... et de Léa accessoirement, car Mathilde a une sœur jumelle, elle aussi, mais nous sommes un peu moins proches tous les deux.

— Oh punaise mec, tu m'as fichu mal à la tête, il faut que je commande un deuxième verre.

— Commande-moi la même chose, s'te plaît !

Amusée, Mathilde prend le relais.

— Et Julia est la meilleure amie de ma tante.

— Ta tante Marion, la mère de Louis, c'est ça ?

— C'est ça, tu vois quand tu veux !

— Et pour finir, Julia est aussi la marraine de Louis, qui lui a refilé son amour pour les escapades à l'autre bout de la planète.

— Les chiens ne font pas des chats ! reprend Noah qui semble avoir raccroché tous les wagons.

Avant de continuer, Louis remercie d'un signe de la tête, le serveur qui vient de déposer son verre devant lui.

— Oui, à la différence près que nous n'avons aucun lien de parenté, Julia et moi. Mais on n'a qu'à dire que l'expression fonctionne aussi dans ce cas-là. Après tout, Julia est un peu comme ma tante.

— Bon, bah on va fêter ces retrouvailles alors ? Tchin tous les deux !

Tout en triquant avec Noah, Mathilde se penche vers lui et parle près de son oreille.

— Au fait, contrairement à toi, je ne t'ai pas demandé ce que tu avais fait pour te retrouver coincé dans ce local avec moi tout à l'heure, et j'avoue que je suis curieuse.

— Bah, figure-toi que j'ai mené ma petite enquête et, de source sûre, j'ai appris que la bombe du trombinoscope n'avait pas respecté les horaires et serait punie ici après la fermeture. Je me suis simplement arrangé pour trainer un peu et attendre que tu pousses cette porte. En revanche, je ne m'attendais pas à ce que tu t'étales comme une…

— N'exagère rien non plus.

— C'est pourtant bien ce qui s'est passé.

— Noah, j'ai simplement perdu l'équilibre. Ces fichus dossiers m'ont échappé des mains et m'ont entraînée vers l'avant, c'est tout.

— Ok, je reconnais que c'est plus joliment formulé que ce que je m'apprêtais à dire.

— Bref, on oublie. En revanche, dis-moi, ton détective privé ne s'appellerait pas Nicole, par hasard ?

— Vous saurez, ma très chère Mathilde, que je ne révèle jamais mes sources.

11

Alix gare sa voiture dans une rue transversale. Les places se font moins rares qu'en pleine journée, mais la forte affluence des lieux à cette heure tardive, rend le stationnement malgré tout compliqué.

Léa descend la première et contourne la voiture verte pour rejoindre Alix, qui tente de s'extirper de son siège. Le jean que lui a passé Léa aurait mérité une ou deux tailles de plus. Le coton finira certainement par se détendre un peu, sinon il lui faudra détacher un bouton. Mais peu importe, la chemise qui lui habille le haut – en jean elle aussi – se chargera de tout camoufler si nécessaire.

— Merci d'avoir accepté de sortir avec moi.

— T'inquiète, j'ai failli m'endormir au volant mais on est bien d'accord que c'est toi qui conduis au retour ?

— C'est moi qui conduis au retour, promis.

— Tu sais aussi ce que ça implique ?

— Que je vais boire du jus de pomme toute la soirée et je m'en moque. J'ai une idée précise de ce que je vais faire, de ce que *nous* allons faire, et qui me laissera beaucoup moins de temps pour picoler.

— Non, Léa. Pas ça.

— Alix, il faut que tu le fasses. C'est le meilleur moyen de vaincre ton traumatisme. Arrête de te sous-estimer, ce que tu fais est magique.

— Ne dis pas n'importe quoi.

— Je suis sincère. C'est ce qui m'a frappé la première fois que je suis entrée ici. Tu étais la personne la plus sexy, la plus élégante, la plus déterminée et passionnée de toute la salle. Je suis littéralement tombée amoureuse de toi dès les premières notes que tu as jouées ce soir-là. C'est moi qui devrais avoir honte d'être à tes cotés.

— Si tu dis encore une connerie pareille, on fait demi-tour, je t'avertis ! Regarde-nous, franchement. Deux nanas qui n'ont manifestement pas conscience de leur talent. Tu sais quoi ? Tu as raison. Au diable les regards que l'on craint, au diable les peaux de banane ou les nouvelles insultes qu'on pourrait nous balancer. On va entrer et on va leur montrer de quoi on est capable, ensemble… Léa ?

— Je viens juste de remarquer que tes yeux sont assortis à ta voiture. Tu l'as fait exprès ?

— Léa, tu n'as strictement rien écouté ?

— Absolument rien du tout.

Les représentations se succèdent. Elle sont toutes aussi surprenantes et remplies de sincérité les unes que les autres. Certaines voix sont incroyablement magnifiques et les accords au piano feraient frémir même les plus insensibles.

Mathilde en prend plein les oreilles. Elle admire et écoute attentivement la jeune femme noire qui chante depuis quelques minutes. Elle la trouve sublime et elle lui rappelle une personne qu'elle connait bien. Mathilde ferme les yeux un instant pour ressentir davantage la palette d'émotions que l'artiste renvoie à son auditoire.

Un souvenir lui revient alors. Elle voudrait pouvoir l'ignorer et continuer de profiter du moment, mais il est plus fort qu'elle. Il la bouscule et s'immisce dans son esprit. Elle n'a plus le choix de se laisser emporter.

Alors, tout le décor change autour d'elle, les lumières, les gens aussi. Elle se retrouve dans une grande salle, différente de celle où elle se trouvait il y a encore quelques secondes. La décoration, bien que raffinée, semble avoir été faite par des amateurs. Ses parents, Léon et Lucile, et ses grands-parents maternels, Charles et Linda sont là. Elle ne distingue pas clairement les autres personnes, mais il y a du monde. Elle ne se souvient plus exactement pour quelle occasion ils sont tous réunis, mais, là, tout de suite, ce n'est pas ça l'important.

Mathilde lutte vainement pour revenir au moment présent. Rien ne se passe.

Soudain les lumières s'éteignent et Léa s'avance devant la grande assemblée, timide mais déterminée. La tête bien droite, elle cherche Mathilde du regard. Lorsque ses yeux rencontrent enfin ceux de sa sœur, Léa ne les quitte plus. Elle y puise toute la force et le courage dont elle a besoin puis, elle prend une grande inspiration et place le micro devant sa bouche. Elle chante divinement bien, avec une voix à la fois douce et puissante, semblable à celle qui a réveillé ce souvenir. Mathilde n'avait jamais entendu sa sœur chanter avant ce soir-là, et l'émotion qu'elle a ressentie était si forte, qu'elle continuait elle aussi de regarder sa sœur dans les yeux, jusqu'à la toute dernière parole. Ce que Léa venait d'accomplir était absolument magnifique et admirable aussi.

Elle a toujours voulu devenir chanteuse ou du moins une grande artiste – une artiste tout court n'était pas assez bien pour elle. Elle a toujours eu des ambitions démesurées, mais pourquoi pas. Après tout, elle en avait, elle au moins. Elle le criait haut et fort et s'était attiré les découragements et les moqueries de quelques provocateurs, probablement empreints de jalousie, et les tentatives maladroites de dissuasion de la part de ses parents n'auront rien arrangé. Mathilde n'a jamais pris la défense de sa sœur malgré ce qu'elle avait ressenti à ce moment-là. Mathilde n'a jamais rien dit et Léa n'en a plus jamais reparlé elle non plus.

Elle quitta la maison à 19 ans, et partit s'installer dans l'appartement qu'elle occupe encore aujourd'hui. Mathilde la rejoindra l'année d'après.

Des applaudissements la sortent de sa rêverie et la voix de Noah finit par la ramener définitivement au moment présent.

— Eh bien, on peut dire qu'elle sait chanter celle-là ! C'était magnifique. Tu es restée les yeux fermés tout le long de la chanson, complètement envoûtée.

— Euh, oui, c'était super. Noah, Louis, excusez-moi, il faut que j'aille prendre un peu l'air.

— Bien sûr. Tu veux de la compagnie ? On ne sait jamais, je ne suis peut-être pas le seul tueur en série de sortie ce soir ?

Mathilde s'est déjà volatilisée.

— C'est quoi cette histoire de tueur en série ? Qu'est-ce que tu as bien pu lui raconter ? Noah, je te préviens, tu as intérêt à bien te comporter avec elle. Pas comme le goujat que tu sais être parfois. On est bien d'accord ?

— Détends-toi, je n'ai absolument pas l'intention de lui faire du mal ou de la prendre pour une idiote. Loin de là. Elle me plaît et je me comporterai en vrai gentleman.

— Tant mieux. Mais, dans le doute, c'est quand même toi qui paye la tournée.

— Avec plaisir. Quand tu m'as contacté en début de semaine, j'étais si heureux. Il faut que tu me racontes tout.

— Pas de souci. On a tout le temps à présent.

— Ça veut dire que tu vas rester pour de bon ?

— Peut-être bien. Ces douze mois de voyage et de rencontre m'ont beaucoup apporté et appris sur la vie. C'était dur au début, mais tu m'as bien aidé et je ne regrette absolument rien. J'ai juste envie de me poser maintenant.

— Je comprends. Et ta sœur, comment elle va ?

— D'après mes parents, elle va bien. Je ne l'ai pas encore prévenue de mon retour. Je l'appellerai demain.

Alix et Léa viennent de s'installer, elles se sont inscrites auprès du gérant de l'établissement à leur arrivée. Il était manifestement ravi de les revoir toutes les deux.

— Hey, les filles ! Ça fait un bail qu'on ne vous a pas vues. On souhaite se remettre en selle à ce que je vois ?

— C'est un peu l'idée, oui ! répond Léa en plaçant une main tendre sur la cuisse d'Alix, qui ne semble plus sûre de rien.

— Ok. Il y a du monde ce soir alors je n'ai pas le choix de vous inscrire en dernier. Ça ira ?

— On n'a pas prévu de se coucher avant le lever du jour de toute façon, alors il n'y a aucun souci.

Le patron leur adresse un clin d'œil amical et s'en va donner les nouvelles instructions à l'animateur de la soirée.

Les deux jeunes femmes attendent patiemment d'être annoncées pour monter sur scène.

12

Vingt ans plus tôt

Dimanche matin. L'été est bien installé. Il fait déjà chaud à cette heure-ci. Marion se prépare pour son footing matinal, Louis est encore au lit et Nathan vient de la rejoindre dans la cuisine.

— Je vais courir. Tu penses à moi au retour, je meurs de faim à chaque fois.

— Tu es sûre que c'est bien raisonnable ?

— On parle de deux croissants au beurre, mon chéri, je n'ai l'intention d'avaler des cailloux.

— Tu sais très bien ce que je veux dire, Marion.

— C'est fortement conseillé de garder une activité physique, tu sais. Ne t'en fais pas, je serai prudente. Je ne pars que quarante-cinq minutes, ça te va ?

— Ok. Sois prudente.

— Oui, je viens de te le dire. À tout à l'heure. Je t'aime.

Tout en franchissant la porte, Marion ajoute :

— Et pas plus de deux ou trois minutes au four pour les croissants, sinon ils sont tout secs. Ciao mon amour !

Nathan est épuisé par l'énergie débordante de son épouse. Comment elle fait ? Il paraît que les trois premiers mois de grossesse sont les plus difficiles – avec les trois derniers – mais, elle, elle pète le feu. Pas une seule nausée, aucune fatigue inhabituelle ou mauvaise humeur à déplorer. Rien de tout ça, non. Juste une Marion épanouie, heureuse et rayonnante.

Demain, c'est la première échographie et Nathan doit certainement stresser un peu. Pour lui, c'est réellement une première. Il n'a pas eu la chance de connaitre ces moments-là avec Louis et il compte bien profiter de chaque instant avec ce nouvel enfant. Il espère aussi qu'il se comportera comme un papa raisonnable, mais sa démonstration surprotectrice de ce matin, prouve que cela sera sans doute plus difficile qu'il ne le croit.

Marion entame son quatrième tour de l'étang – elle tient les comptes cette fois-ci – et ressent soudainement une pointe dans le bas du ventre. La douleur est tout à fait supportable mais elle préfère s'assoir un instant. Elle boit quelques gorgées d'eau dans la gourde que Nathan avait laissée bien en évidence dans l'entrée, et qu'elle a pris soin d'emporter sous peine de l'avoir sur le dos pour le reste de la journée.

Elle s'appuie contre le dossier du banc pour détendre légèrement son dos et, sans qu'elle puisse réagir ni même se retourner, deux mains viennent se poser sur ses yeux. Cette situation lui en rappelle une autre mais cette fois-ci elle sait que ce n'est pas de Nathan. Non. Il s'agit d'une autre personne dont l'odeur lui est tout aussi familière. Cela faisait si longtemps, trop longtemps et elle l'avait presque oubliée.

— J'espère que vous portez de bonnes chaussures de running, c'est important pour les amortis.

Marion ne bouge pas d'un iota. Cette voix. Sa voix. Elle a envie de hurler de joie mais n'en fait rien. Elle se contente de répondre.

— Elles sont parfaites, oui. C'est une amie qui me les a conseillées.

— Et ça fait un sacré bout de temps, n'est-ce pas ?

— Beaucoup trop longtemps, en effet.

— Félicitations ! À en croire l'état de vos semelles, vous devez certainement courir plusieurs fois par semaine.

— Cette même amie m'a traînée par les fesses un jour et m'a assuré que je finirais par y prendre goût. Elle avait raison. Je cours seule depuis plusieurs mois. J'aime ça mais je préférais mille fois courir avec elle.

— Ma, je te demande pardon. Pardon pour mon silence, pardon de t'avoir abandonnée si longtemps, pardon pour tout.

— Mouais, tu devrais surtout me demander pardon pour toutes les cartes postales pourries que tu m'as envoyées. Sans déconner, tu ne pouvais pas faire un effort ?

— T'es marrante toi, impossible d'en trouver avec de beaux mecs musclés et complément à poil !

— Bon, c'est pas si grave. Les cocotiers étaient grands, poilus et robustes, c'était déjà pas si mal !

— Je vois qu'en matière d'humour douteux, t'as fini par me rattraper. Tu t'es entraînée sans moi ou quoi ?

— Je suis si heureuse de t'entendre Ju, si tu savais… et si maintenant tu pouvais retirer tes mains de mon visage que je puisse enfin te voir, ce serait encore mieux.

— Ah, oui, merde ! Désolée. Voilà, voilà.

Julia retire immédiatement ses mains et vient s'assoir à côté de Marion. Les deux amies se regardent droit dans les yeux comme si elles se découvraient pour la première fois. Puis, elles se serrent l'une contre l'autre et restent enlacées un long moment. L'émotion est si forte, qu'elles ne savent même plus si elles sont en train de rire ou de pleurer. Certainement les deux en même temps.

— Tu es rentrée quand ? Damien est avec toi ? Raconte-moi tout, je t'en supplie. Et j'ai un million de choses à te dire moi aussi.

— Ce serait trop long à t'expliquer ici. Je te propose de rentrer prendre une douche, tu pues. Moi, je vais profiter de mes parents aujourd'hui et on se rejoint dans notre resto préféré à 20 h 00, comme au bon vieux temps ?

— Comme au bon vieux temps et avec grand plaisir, Ju.

Marion referme la porte de l'appartement avec la vitalité d'une pile électrique chargée à bloc. Louis est réveillé et court vers sa mère. Elle s'accroupit et l'enlace.

— Hey, comment tu vas mon grand ? Bien dormi ? Où est papa ?

— Oui, maman ça va mais tu sens pas bon. Dis, c'est quand que je vais à l'école des grands déjà ?

— Dans quelques jours, Louis. Le CP, tu sais, c'est génial. Tu vas apprendre à lire, à écrire, à compter…

— Mais je sais déjà faire tout ça.

— Oui, je sais, mais là tu verras, ce sera encore mieux qu'avec papa et maman et tu deviendras encore plus fort. Allez, va prendre ton petit déjeuner d'accord ? Maman va prendre une douche, apparemment tout le monde pense que j'en ai besoin. Et où est papa ?

— Papa a râlé un peu parce que tu mettais du temps à rentrer et il était inquiet. Là, il est au téléphone avec papi Charles dans la chambre, je crois que papa pleure et les croissants sont cramés.

— Bon, c'est pas grave pour les croissants mon cœur. Fais-toi un bol de céréales et allume la télé, mais chut ! Je reviens te voir dans quelques minutes.

— Maman, Théo pourra venir jouer aujourd'hui ?

— Oui si tu veux, j'appellerai Valérie un peu plus tard.

Marion, s'assoit sur le lit et caresse lentement le dos de Nathan. Il ne prononce pas un mot. Le portable collé à son oreille, il écoute. Marion distingue la voix de Charles à l'autre bout mais ses paroles sont incompréhensibles, et à elle seule, l'expression de Nathan ne lui permet pas de comprendre clairement ce qui se passe. Elle se doute en revanche, que leur échange est en lien avec l'état de santé de Linda.

Marion attend patiemment jusqu'à ce qu'il raccroche.

— Alors, mon amour ?

Nathan reste silencieux et s'effondre en larmes dans les bras de Marion, qui sent son cœur se serrer fort dans sa poitrine. Puis, il reprend son souffle et parle enfin.

— C'était mon père. Les médecins ont dit que la tumeur avait bien rétréci. Le traitement semble fonctionner comme ils l'espéraient. Maman devra suivre un nouveau protocole de chimiothérapie dès la semaine prochaine pour éradiquer les dernières lésions, mais c'est encourageant, non ?

— Oh, Nathan, j'ai tout de suite imaginé le pire vu ton état mais je suis si heureuse pour toi, pour Linda, Lucile et Charles aussi. Une belle lueur d'espoir pour nous tous.

— Je te demande pardon d'avoir réagi comme ça mais la pression était trop forte.

— Je comprends.

— Quand j'ai vu le nom de mon père s'afficher sur l'écran, j'ai cru que…

— Hey, t'en fais pas. Tout va bien, d'accord ? Bon, mis à part que tu as fait cramer mon p'tit déj !

— C'est Louis qui m'a balancé, le morpion ?

— En effet, mais ne t'inquiète pas, ça ne me fera aucun mal de manger sainement. On a des biscottes allégées ?

— Je t'aime Marion. Merci d'être là pour moi et merci pour ce que tu m'apportes chaque jour depuis…

— Tu comptes me resservir ton discours de mariage ou quoi ?

Marion embrasse son mari, puis elle ajoute, en sautillant partout :

— Et comme une bonne nouvelle n'arrive jamais seule, tu ne devineras jamais qui j'ai croisé dans le parc ?

— Un certain colvert, friand de croûtons de pain dur ?

— Sois sérieux un peu, tu veux ?

— J'en ai aucune idée.

— Et si je te dis : silhouette de rêve, chevelure blonde et vrai moulin à parole. Tu penses à qui ?

— Bon ok, je te fais marcher depuis le début. Julia a sonné à l'interphone à peine dix minutes après que tu as été partie. C'est moi qui lui ai dit que tu courais autour de l'étang.

— Ah ! Et c'est tout ce que tu lui as dit, j'espère ?

— Je n'aurais pas eu le temps de toute façon, elle n'est même pas montée. Elle était aussi excitée que toi en ce moment-même, sinon plus, et je pense que j'ai dû parler tout seul pendant quelques longues secondes. Mais c'est pas important, j'ai dû amuser les passants.

— Je suis si contente, tu n'imagines même pas à quel point !

— Oh, si, je m'en doute un peu, et je suppose aussi que tu ne manges pas avec nous ce soir ?

— Exact. Même heure, même adresse, comme au bon vieux temps.

13

Toutes les tables sont occupées et le bar ne désemplit pas. Le club est plein à craquer. On n'arriverait pas à retrouver sa propre mère parmi tout ce peuple. C'est fou le nombre de personnes qui arrivent à garder une pêche d'enfer et un sourire radieux, alors qu'elles savent pertinemment qu'elles ne vont pas fermer l'œil de la nuit. Les nuits blanches, ça me connait pourtant, mais j'aurais bien aimé que les miennes soient tout aussi amusantes.

Mathilde revient s'installer auprès de Louis et Noah.

— Pardon les garçons, ce petit bol d'air frais m'a fait du bien. Alors, qu'est-ce que j'ai loupé ?

— Oh, presque rien. Hein, Louis ?

— Pas grand-chose en effet. Juste un acrobate avec un perroquet qui parle, un chimpanzé qui fait du skateboard et une girafe qui jongle avec des noix de coco.

— Et tu oublies le joueur de castagnettes irlandais.

— Tu es sûr qu'il était irlandais ?

Noah et Louis explosent de rire. Mathilde ne tardera pas à les suivre, tant les images qui jaillissent dans son esprit sont hilarantes.

Il est pratiquement 04 h 00 du matin et les derniers artistes se produisent avec la même intensité que les premiers. Les prestations sont étonnamment bluffantes pour des amateurs et chacune respire l'authenticité.

Alix et Léa attendent de l'autre côté de la scène, derrière un épais rideau de velours qui les isole du reste de la salle. Elles seront les prochaines à se produire et Alix commence à se sentir mal.

— Léa, je ne me sens pas bien du tout. J'ai une boule dans la gorge qui monte et qui descend, je sens que je vais vomir. Je ne veux pas revivre ce que j'ai vécu l'année dernière.

— Écoute-moi, tu ne revivras pas ce que tu as vécu l'année dernière, je t'assure. L'établissement n'est plus le même, tu l'as bien vu en arrivant. Ce n'est plus du tout la même clientèle et, depuis, tu penses bien que le patron a dû faire du ménage. C'est un peu grâce à ça que la réputation du lieu a pris une envolée spectaculaire. Ces sauvages n'auront plus jamais leur place ici, tu m'entends ? Tu vas assurer. Et je suis heureuse de pouvoir à nouveau partager cette scène avec toi. Tu me fais confiance ?

— Je te fais confiance.

La voix de l'animateur réclame le silence et annonce la dernière représentation de la soirée.

— Et pour clôturer cette soirée particulièrement riche en émotions, je vais demander à deux jeunes artistes de nous rejoindre sur scène. Cela faisait plus d'un an qu'elles n'avaient pas franchi cette porte, et les habitués se souviendront probablement pour quelle raison. Pour notre plus grand bonheur, ce soir, elles ont décidé de fouler à nouveau notre tapis rouge. Mesdames et Messieurs, je vous demande d'accueillir chaleureusement, Alix et Léa.

La salle applaudit bruyamment. Sur le coup, Mathilde ne réagit pas au prénom de Léa, mais quand les deux jeunes femmes montent sur scène et qu'elle aperçoit cette belle brune à la silhouette élancée et la tête bien droite, elle se met immédiatement à pleurer. Louis l'a remarquée lui aussi et se penche vers sa cousine.

— On dirait que c'est…
— Oui, Louis c'est bien elle.
— Oh punaise, c'est la sœur jumelle dont tu parlais tout à l'heure, la brune au micro ? Elle te ressemble comme deux gouttes d'eau.
— Oui, Noah, voici Léa.
— C'est quand même dingue comme histoire. Je m'en souviens très bien. La première fois qu'elles se sont produites ici ensemble, de gros lourdauds avaient balancé des insultes homophobes en plein milieu de leur prestation. Ta sœur est restée forte mais la petite rouquine au piano a été vraiment choquée, et depuis je ne les avais pas revues.
— C'était qui ces gars ?
— Je ne les avais jamais vus avant. Ils ont été fichus dehors vite fait. J'ai appris plus tard que l'un d'eux était le frère d'un des vigiles de l'époque. Rassurant hein ? Il a été viré aussi sec pour ne pas être intervenu. Il paraîtrait même que ce sans-cervelle les aurait surprises dans les loges avant le spectacle et aurait tout provoqué. Les pauvres. C'est cool de les revoir sur scène. Quel courage ! Décidément, cette soirée a son lot de bonnes surprises.

Mathilde est bizarre et Louis s'en aperçoit.

— Qu'est-ce qu'il y a ?

— C'est juste que depuis mercredi, on ne s'adresse plus la parole avec Léa. Je ne suis pas rentrée après le travail aujourd'hui et volontairement, je ne l'ai pas prévenue et bien-sûr, elle s'est inquiétée. Elle a cherché à me joindre plusieurs fois mais je n'ai pas décroché. Je lui ai envoyé un simple texto pour l'informer sèchement que je ne rentrerais pas ce soir. Louis, je m'en veux. Elle est comme elle est, mais c'est ma sœur, et elle ne mérite pas que je me comporte comme ça envers elle.

— Ne sois pas aussi dure avec toi-même. Je connais Léa et ce n'est pas un simple texto qui va l'ébranler. Et puis, je te rappelle comment elle se comportait avec toi quand vous étiez plus jeunes ?

— C'est vrai, mais ça ne justifie rien pour autant. Je me suis longtemps demandé pourquoi elle était si distante et constamment sur la défensive dès qu'on abordait ensemble certains sujets, et avec ce que vient de dire Noah, je le comprends peut-être un peu mieux maintenant.

— Sincèrement Mathilde, tu t'en étais jamais doutée ?

— Si. Au fond, j'en étais même convaincue, mais nous n'avons jamais réussi à en parler. Peu importe, si elle est heureuse aujourd'hui, c'est tout ce qui compte pour moi. Je suis fière d'elle. La voir sur cette scène, épanouie, est la meilleure réponse qu'elle pouvait donner à tous ceux qui n'ont jamais cru en elle. C'était son rêve et, bien qu'il reste encore beaucoup de chemin à parcourir, j'espère que ce soir, quelque chose d'inattendu la propulsera encore plus loin. Là où elle a toujours voulu être, vers ce qu'elle a toujours voulu devenir.

Les premières notes de piano retentissent et la douceur qu'elles transportent laissent sans voix tous les spectateurs. Mêmes les moins disciplinés du fond de la salle se taisent pour profiter du son mélodieux. Puis, une voix vient s'ajouter à la mélodie. Elles s'accordent magnifiquement, se mélangent avec une harmonie parfaite, comme les corps des deux jeunes femmes quelques heures plus tôt. Le morceau qu'elles interprètent est d'une justesse millimétrée et impose silence et respect dans toute la salle.

Mathilde, Louis, Noah et tous les autres sont littéralement absorbés et sous le charme. Une prestation de clôture sous les étoiles.

14

Vingt ans plus tôt

— Prendrez-vous un apéritif pour commencer ?
— Oh que oui ! On a des retrouvailles à fêter, alors vous pouvez repartir avec votre carafe d'eau et nous apporter du champagne ! Vous êtes nouveau ici, non ?
— Euh, oui, mais…
— Sacré beau gosse, en tout cas ! Rien à voir avec celui de l'époque. Hein Ma ?

Le serveur est plutôt surpris par le franc-parler de Julia et cherche de l'aide dans le regard de Marion.

— Ne faites pas attention à elle, elle est toujours comme ça. Apportez une coupe de champagne pour la demoiselle et laissez la carafe où elle est, ce sera pour moi. Pourrais-je simplement avoir une rondelle de citron s'il vous plaît ?
— Ma, t'es tombée sur la tête ou quoi ? Qu'est-ce qui a bien pu se passer pendant mon absence, pour que tu sois infidèle à ton sacrosaint verre de vin ? Oh mon dieu, dis-moi que c'est pas vrai ?
— Je ne peux pas te dire que c'est pas vrai, Ju.
— Oh merde ! Merde, et j'étais même pas là ! Et tu vas bien ? Pas trop malade ? Tu en es à combien ?

— Euh, je dirais à peu près cinq kilos. J'avoue que les croissants du matin sont devenus mon péché mignon et j'ai du mal avec les biscottes allégées.

— Bourrique, je parlais de combien de mois !

— Oui, j'avais compris Ju, je te taquinais et je vois que tu cours toujours aussi vite. On a la première écho demain, j'entame tout juste le quatrième mois.

Julia commence à compter sur ses doigts.

— Février. Un petit verseau, c'est génial !

— Si tu le dis. Je n'y connais absolument rien en signe astrologique et je doute réellement que ç'ait un quelconque impact sur la personnalité de la personne.

— Ma, tu me déçois beaucoup. Justement, tout part de là. Regarde, toi. Le capricorne est malin, doté d'un bon sens de la répartie, c'est une personne de confiance et éminemment digne. C'est aussi un chef naturel qui mettra tout en œuvre pour réussir sa vie, son couple. Alors, ce sont des sottises ou pas ?

— Ok, j'admets que ça me ressemble un peu. Pour autant, il ne faut pas en faire une généralité.

— Que nenni. Le verseau, lui, chérit sa liberté. Il n'aime pas être entravé par des normes ou des conventions. Il trace sa propre route et lorsqu'il prend une décision, il est difficile de le faire changer d'avis. Donc, quand ta petite cacahuète sera là et qu'elle deviendra une belle noix de cajou sûre d'elle et libre comme l'air, on en reparlera.

— Tu ne cesseras jamais de m'étonner. Mais où tu vas chercher tout ça ?

— Ça m'intéresse beaucoup c'est tout.

— Mouais.

— Bon bref, dis-moi que si c'est une fille tu l'appelleras comme sa marraine ? Tu sais, dans certains pays ça se fait beaucoup de donner le prénom de son parrain ou sa mar...

— Certainement pas, sans vouloir te vexer.

— Ok. C'est dommage pour la petite, c'est tout. Mais par pitié, évitez les prénoms à consonnance américaine. Les Brenda et les Beverly me sortent par les trous de nez.

— On restera très conventionnel ne t'en fais pas et puis, pour l'instant, rien ne dit que ce sera une fille.

— Tu verras. Je me rase entièrement la tête si tu attends un deuxième p'tit gars. Quant au prénom, c'est tant mieux. Et le futur papa est ravi, j'imagine ? Et Louis ?

— Ils sont heureux tous les deux. Nathan est un peu maladroit et en fait trop parfois. Son coté surprotecteur me ferait souvent dégoupiller, mais il est touchant. C'est une première pour lui, et ces différentes étapes incontournables le mettent un peu mal à l'aise.

— Oui, laisse-lui un peu de temps. Je suis certaine qu'il sera parfait, comme il l'est avec Louis depuis qu'ils se sont officiellement rencontrés. D'ailleurs, comment va mon filleul adoré ? Il a dû drôlement changé en quelques mois.

— Il a grandi oui et il lui tarde la grande école à présent. Il sait lire et écrire quelques mots déjà, tu sais ?

— Du genre : dégourdi, débrouillard et extrêmement malin ?

— Pas exactement. *Papa, maman* et *Louis*, c'est déjà un bon début.

— Ça ne me surprend pas. Il est comme sa marraine celui-là, je le sais depuis la première seconde où j'ai posé les yeux sur ce test de grossesse dans ta minuscule salle de bain.

— J'espère seulement qu'il sera un peu moins dérangé que sa marraine ! Bon et toi alors ? Raconte-moi tout.

Julia fait mine de ne pas avoir entendu.

— Hey l'beau gosse ? Vous êtes en train de le distiller le champagne ou quoi ?

— Ju, mais pourquoi tu es aussi stressée ? Ce côté limite agressif ne te ressemble pas. Qu'est-ce que tu as ?

Le serveur apporte la coupe de champagne et la rondelle de citron dans une petite assiette, avec quelques bricoles à grignoter. Marion le remercie gentiment et Julia a déjà pratiquement vidé son verre.

— Je suis partie, Ma. Je l'ai quitté en plein milieu d'une escale en Sicile. Je n'en pouvais plus. Je comprenais son besoin de partir, de retrouver le plaisir de naviguer, d'une vie sans attache. Mais je crois que cette vie-là n'était pas faite pour moi en réalité.

— Je suppose que tu lui en as parlé et il t'a certainement comprise, non ? Qu'est-ce qu'il t'a dit exactement quand tu as décidé de rentrer ?

— Je ne lui ai absolument rien dit.

— Quoi ?

— J'ai été lâche, odieuse même. Il ne méritait pas ça. J'ai profité d'une excursion à Syracuse pour m'échapper.

— Pour t'échapper ? Ju, tu dérailles complétement ! Tu parles comme si Damien était un psychopathe qui te retenait prisonnière. Enfin, ressaisis-toi et contacte-le pour t'excuser. J'imagine qu'il doit être mort d'inquiétude. Tu t'en rends compte au moins ?

— Bien évidemment et c'est bien ça le problème. Je me suis comportée comme une gamine pourrie gâtée qui fait un caprice, et tout ça pour ne pas avoir à affronter une discussion qui m'aurait probablement déstabilisée. Je savais pertinemment qu'il insisterait pour que je reste avec lui et qu'il ne comprendrait pas mon besoin, presque vital, de retrouver mes habitudes. Je lui ai accordé un sursis de plusieurs mois et malgré ça, il en voulait toujours plus et j'ai pris peur. Ma, si quelqu'un peut me comprendre, c'est bien toi. S'il te plaît, dis-moi que tu me comprends.

— Je comprends parfaitement ton envie de retrouver ta vie, tes repères, ton boulot, moi…

Marion esquisse un sourire tendre à ce moment-là, puis continue.

— … en revanche, la manière dont tu l'as quitté est incontestablement irresponsable. Ju, assume tes choix, bon sang ! Damien les aurait probablement entendus si tu avais pris la peine de les lui expliquer. Je t'ai connue bien plus sûre de toi et audacieuse. C'est de côtoyer des poissons-clowns et de manger des racines qui t'a ramolli le cerveau ou quoi ?

— Ma, les poissons-clowns sont très intelligents et les racines apportent tout un tas d'oligoéléments importants pour notre santé… Bien que nous n'en ayons pas mangées, à part peut-être du gingembre, si tu vois ce que je veux dire.

— Bon, ok, je retire ce que j'ai dit juste avant, en fait tu n'as absolument pas changé.

— De ce côté-là, on s'entendait plutôt à merveille c'est vrai, mais ça ne fait pas tout. Je n'ai rien à lui reprocher en réalité. Grâce à lui, je vivais la vie de château. Et même sur un bateau, c'est pas si mal. Plus exotique, tu vois ? Mais j'en ai eu assez. J'avais besoin de rentrer.

— Ju, c'est une décision tout à fait compréhensible mais tu dois être honnête avec lui. Il mérite de savoir. Promets-moi que demain tu le contactes, ou sinon…

— Ou sinon quoi ?

— Ou sinon, tu pourras toujours te brosser pour que je te donne les résultats de ma première écho. Enfin, s'il te reste encore des cheveux sur la tête !

15

Mathilde n'a pas souhaité attendre la fermeture du bar, ni le retour de sa sœur parmi la foule qui les attendait, Alix et elle, pour les féliciter. Elle a préféré rentrer. Noah a proposé de la raccompagner et elle a accepté. Avec Louis, il se sont promis de se revoir très vite pour qu'il finisse de lui raconter ses dernières aventures.

Au pied de l'immeuble, Noah coupe le moteur de sa bécane et attrape le casque que lui tend Mathilde. Ses cheveux blonds sont lâchés et Noah résiste difficilement à l'envie d'y glisser ses doigts. Il se contient.

— Merci de m'avoir raccompagnée, Noah, mais encore une fois, ce n'était pas prudent de rouler sans protection.

— J'adore avoir la crinière au vent et bouffer des moucherons, t'inquiète. Pour la prochaine fois, j'investirai dans un deuxième casque, c'est promis.

— Pour la prochaine fois ? Vous êtes bien sûr de vous, monsieur le roi de la jungle !

— Mathilde, j'ai vraiment passé une excellente soirée et une merveilleuse nuit en ta compagnie.

— Mouais, j'avoue que c'était pas mal.

— Pas mal ? C'est tout ?

— Bon ok, ça faisait bien longtemps que je ne m'étais pas autant amusée. J'ai passé un excellent moment moi aussi.

— Tu penses qu'on pourrait se revoir ?

— Alors, à moins que je me fasse virer dans le weekend parce que le tri des archives a été fait n'importe comment, je dirais qu'on se reverra sans doute lundi matin au boulot.

— Je parlais de nous revoir, tous les deux.

— Noah, j'avais très bien compris ton intention. J'avais simplement envie de te taquiner un petit peu. Et sache que ce petit air sérieux te va très bien.

— J'essaierai de l'adopter plus souvent alors. Donc, tu en dis quoi ?

— J'en dis que ça pourrait se faire.

Mathilde dépose un baiser sur la joue de Noah et tourne les talons. Elle avance vers le hall d'entrée et lutte pour ne pas se retourner. Noah, quant à lui, ne la quitte pas des yeux, jusqu'à ce que la porte de l'immeuble la rende complétement invisible. Il enfile son casque, celui qu'elle portait quelques minutes plus tôt. Son doux parfum embaume tout l'intérieur. Noah se sent bien, séduit, conquis. Il démarre dans un vrombissement que les battements de son cœur couvriraient presque, puis rentre chez lui.

Alix raccompagne à son tour Léa. Finalement c'est elle qui a conduit sur le retour. Aucune des deux n'a avalé la moindre goutte d'alcool ce soir. Elles voulaient garder les idées claires et être totalement dévouées à l'instant présent. Le franc succès qu'elles ont remporté aura permis à Alix de reprendre confiance en elle et, de manière générale, les aura reboostées toutes les deux.

Dans la voiture, Léa est tout excitée et si elle pouvait continuer de sauter partout comme elle le faisait dans la rue tout à l'heure, elle le ferait sans hésiter, mais l'habitacle plutôt étroit de la *Mini Cooper* d'Alix, l'en empêche.

— Une standing ovation ! Carrément, t'imagines ? Tous ces gens debout pour nous. C'était incroyable ! Je suis fière de toi d'être remontée sur cette scène. Je t'avais dit de me faire confiance. Tu l'as fait et je t'en remercie, pour toi, pour moi, pour nous.

— On forme un sacré duo, je dois le reconnaitre Mademoiselle Lucas-Joubert. Merci à toi de m'avoir incitée à le faire. Sans toi, je n'aurais jamais pu. Et aussi… euh… je…

— Oh, non, je n'aime pas ce ton hésitant. La Alix que je connais n'hésite jamais, elle fonce, parfois tête baissée sans trop réfléchir, mais elle fonce ! Alors quoi, qu'est-ce qu'il y a ?

— Ça fait un moment que je veux te le dire et je pense qu'après ce que nous venons de vivre, c'est le bon moment pour moi.

— Un mariage à Las Vegas, rien que nous, déguisées en ce que tu voudras, me semble une très bonne idée.

— Léa, sois sérieuse deux minutes s'il te plaît.

— Pardon. Excuse-moi, vas-y, je t'écoute.

— Voilà. Je souhaite te dire combien tu comptes pour moi. Depuis que nous nous fréquentons, je ne me suis jamais sentie aussi bien et en phase avec quelqu'un. Aujourd'hui, je suis convaincue que tu es celle qu'il me faut et j'ai envie qu'on avance ensemble, qu'on se voit tous les jours, qu'on partage notre vie. J'ai envie de crier au monde entier que je t'aime et j'emmerde tous ceux que ça dérange. Je sais que je suis ta première expérience avec une femme et peut-être que tu hésites encore de ton côté, mais je tenais à ce que tu saches ce que je ressens. Et surtout ne crois pas que je te mets la pression, ce n'est pas du tout…

— Alix, tout va bien. Je n'ai jamais été aussi sûre d'être au bon endroit et avec la bonne personne à cet instant précis, et tes mots me donnent envie de faire quelque chose de complétement fou.

Léa baisse la vitre du côté passager et sort la tête par la fenêtre.

— Mais qu'est-ce que tu fabriques ? Léa s'il te plaît ! Sois prudente, il ne manquerait plus que tu te fasses assommer par un réverbère !

— Alix Marchand, je vous aime éperdument. Alors, oui, vous êtes une femme et moi aussi, et j'en ai strictement rien à faire. Que tous ceux que ça dérange aillent se faire…

— Léa, c'est bon, je pense que tout le monde a compris l'idée, rassois-toi maintenant et referme la vitre, ça caille.

Léa obéit et reprend avec quelques décibels en moins.

— Tu combles ma vie chaque jour, et même si j'ignore ce que tu allais me demander juste avant que je te coupe impunément la parole, la réponse est oui.

— Ah, tu es sûre ?

— Certaine, pourquoi ?

— Bah, j'allais te demander de te teindre les cheveux en vert pour être assortie à ma bagnole.

Mathilde referme la porte et reste un moment appuyée contre le battant. Son esprit est toujours sur ce trottoir, touché par l'attitude de Noah qui se dépatouillait comme il pouvait pour exprimer son envie de la revoir. Rien qu'elle et lui, une seconde fois. Mathilde est conquise elle aussi.

Toujours ailleurs, elle se débarrasse de ses chaussures et de ses vêtements. Elle passe une tenue un peu plus confortable et s'installe au milieu de ses draps. Elle a bien l'intention de dormir toute la journée tant elle est épuisée, mais cela valait le coup.

Allongée au calme, le jour est bien installé à présent et elle n'arrive pas à s'endormir. Elle repense à cette soirée, au retour de son cousin et à l'incommensurable surprise de découvrir sa sœur sur cette scène. Pour elle, Léa est déjà une grande star. Elle aimerait pouvoir lui dire qu'elle est fière d'elle et qu'elle y a toujours cru, malgré ses silences et peut-être son manque de considération parfois pour la passion de sa sœur. Puis, le visage de Noah hante à nouveau sa conscience. Sa compagnie lui fait du bien et elle aimerait avoir une baguette magique pour que ce weekend soit déjà terminé et ainsi le revoir plus vite.

Un bruit de clé dans la serrure de l'entrée rompt le silence qui régnait jusqu'alors dans tout l'appartement. Léa ! Mathilde sort de son lit et se dirige d'un pas décidé vers le vestibule.

— Salut Léa.

— Oh, Mathilde, tu es rentrée. Comment tu vas ? Tu étais où ? Tout va bien ? Je me suis fait un sang d'encre depuis hier sans nouvelle.

— Sans nouvelle n'est pas tout à fait exact. Je t'ai quand même envoyé un texto.

Mathilde sourit. Léa connait sa sœur et sait que c'est sa manière de dénouer une ambiance tendue ou de se faire pardonner. Mais, elle-même s'est fait une promesse, alors elle ne laisse pas le temps à Mathilde de poursuivre.

— Je suis tellement désolée. Mathilde, je te demande pardon pour mercredi midi, pour toutes les autres fois aussi et pour tout ce que j'ai pu dire ou faire et qui t'a rendue malheureuse...

Mathilde écoute sa sœur sans régir. Juste quelques larmes commencent à se former aux coins de ses yeux fatigués.

— ... je ne m'en rendais pas compte. Ce n'était pas contre toi, j'en voulais à la terre entière à cette époque. Je ne savais pas qui j'étais et je me sentais incomprise. Par toi, les parents, les copains. Tout le monde. Mais ce soir, il s'est passé quelque chose d'incroyable Mathilde. J'ai réalisé à quel point j'ai perdu du temps à me voiler la face. Tu étais là et je ne t'ai jamais fait suffisamment confiance pour te parler, me confier. Je sais que tu aurais trouvé les mots pour me rassurer, mais j'ai préféré me morfondre et renier qui j'étais, plutôt que d'affronter le regard des autres et surtout le tien.

— Léa, tu étais magnifique ce soir.

— Mais de quoi tu parles ? Tu... tu y étais, tu étais au *Select* cette nuit ? Tu... tu m'as vue ?

— J'ai tout vu, j'ai tout entendu, j'ai tout aimé. Tu étais merveilleuse sur cette scène. Ça m'a rappelé cette petite fête de famille, ton premier vrai public. Les réactions de certains m'ont fait souffrir comme si elles m'étaient destinées et je dois te demander pardon moi aussi pour ne pas avoir réagi ce jour-là, ni jamais.

— Je t'aime tant Mathilde. Je sais que tu t'es toujours sentie inférieure à moi par ma faute, mais en réalité, je n'étais pas celle que tu croyais, la Léa douée en tout, avec des ambitions hors normes. C'est grâce à toi si j'avais cette gnaque, cette rage de vivre, mais ta modestie t'empêche encore aujourd'hui de t'en rendre compte. C'est toi qui m'élevait et qui a fait de moi celle que je suis devenue. Oui, j'ai changé, et c'est en partie grâce à toi.

Mathilde ne dit rien. Elle regarde sa sœur dans les yeux, sèche ses larmes et se place bien en face d'elle, les deux mains sur ses épaules.

— Léa, je te remercie de me dire tout ça. En effet, tu n'as pas toujours été tendre avec moi et je n'ai jamais rien dit parce que je savais que ce côté rebelle et farouche, cachait en réalité une souffrance dont tu n'as jamais su te libérer. Je regrette beaucoup de choses, mais celle que je regrette le plus, c'est que tu n'aies jamais saisi la main que je te tendais.

— Oh, Mathilde, je…

— Mais ce soir, j'ai enfin compris que tu avais trouvé ce que tu cherchais, et je suis fière de toi. Louis l'est aussi. Il a vraiment été surpris de te voir sur scène et…

— Louis était là, lui aussi ? Il est revenu quand ?

— Depuis le début de la semaine mais je l'ignorais. Ce soir, il a rejoint son meilleur pote avec qui j'avais prévu de passer la soirée, mais c'est pas important. Léa, après tout ce qu'on vient de se dire, après ce que je viens d'entendre, je n'aurai qu'une seule chose à rajouter si tu me le permets.

— Bien sûr, laquelle ?

— Quand est-ce que tu me présentes officiellement ta jolie pianiste rousse ?

16

Vingt ans plus tôt

— Monsieur et Madame Joubert, vous voulez bien me suivre s'il vous plaît ?

Le médecin prépare la table d'auscultation et branche le moniteur. La première échographie est toujours un grand moment. C'est généralement là où les parents prennent conscience qu'un petit être existe.

— Madame Joubert, vous pouvez vous allonger et, Monsieur, asseyez-vous juste ici si vous voulez.

Marion est un peu stressée mais elle va bien. Elle admire son mari qui ne semble pas savoir comment se comporter. Elle est attendrie par ce mélange d'excitation à la fois mature et infantile. Nathan attend résolument que l'examen commence.

— Bon, allons-y. Attention, le gel est un peu froid. Ce premier trimestre s'est passé comment ?

Nathan ne laisse pas le temps à Marion d'ouvrir la bouche et répond aussitôt.

— Je ne l'ai jamais vue aussi débordante d'énergie, elle pète le feu. D'ailleurs, pensez-vous qu'il est raisonnable de faire de la course à pi…

— Mon chéri, tout va bien. Docteur, dites-lui qu'il est important de garder une activité physique pendant la grossesse s'il vous plaît. Si ça vient de vous, il cessera peut-être de m'embêter avec ça.

— Je ne peux que rejoindre l'avis de votre femme Monsieur Joubert, et cela n'a rien à voir avec de la solidarité féminine, que les choses soient claires entre nous.

La gynécologue esquisse un léger sourire et poursuit son explication.

— L'activité physique est bénéfique, autant pour la mère que pour le bébé. Elle permet de diminuer les maux de la grossesse tels que le diabète gestationnel ou l'hypertension artérielle par exemple, de limiter la prise de poids et de mieux gérer l'accouchement.

Nathan a presque la bouche ouverte. S'il avait un carnet sous la main, Marion est presque sûre qu'il prendrait des notes.

— Mieux gérer l'accouchement ?

— Eh oui, un accouchement, c'est plutôt sportif, surtout si le travail est long. Alors, autant continuer de travailler son tonus musculaire tout au long de la grossesse. De façon douce et modérée bien sûr.

— Ah, tu entends ça ma chérie, mo-dé-rée !

— Chut ! Excusez-le docteur, continuez.

— La course à pied est tout à fait conseillée, ne vous en faites pas. Et pour finir, des études montrent également que les femmes qui ont pratiqué un sport durant la grossesse, ont un accouchement plus rapide. Bien que vous n'en êtes pas à votre premier et, qu'en règle générale, le deuxième est de toute façon souvent moins long.

— Rassuré mon amour ?

— Rassuré.

— Donc un premier trimestre sportif et plein d'énergie, parfait ! Sinon, aucune douleur particulière ?

— Aucune. Tout va vraiment très bien.

— Les premiers clichés sont parfaits. On voit déjà bien les quatre membres. Le fœtus fait environ sept centimètres et pèse un peu moins de vingt grammes. Vous souhaitez entendre le cœur ?

— Oui, bien sûr.

Les battements cardiaques envahissent soudain la salle et, bien que ce ne soit pas la première fois pour elle, Marion est très émue. Nathan quant à lui, sort discrètement un mouchoir en papier de sa poche et se mouche en silence – du moins, il essaie.

— C'est toujours impressionnant, je vous l'accorde. On n'imagine pas comment le son peut être aussi distinct alors que tout est si petit. Je confirme qu'à ce niveau-là, tout est parfait également. Votre bébé est en pleine forme.

— C'est une excellente nouvelle, ajoute Marion, encore sous le coup de l'émotion. Nathan reste silencieux.

— Souhaitez-vous connaître le sexe ?

Marion et Nathan se regardent.

— Vous pourriez le savoir dès maintenant ?

— Le fœtus est parfaitement placé pour que j'en ai une idée assez précise, oui. Mais c'est vous qui décidez.

Le regard que se lancent à nouveau les futurs parents ne laisse pas de place à l'interprétation.

— Nous patienterons jusqu'à la prochaine échographie. Dans le doute, nous ne voudrions pas faire de fausse joie au grand frère qui souhaite une petite sœur et rien d'autre, pour reprendre ses propos.

— Je comprends. Alors, je vous donne rendez-vous dans trois mois. Vous verrez avec ma secrétaire pour la date de la prochaine échographie.

— Entendu.

— Je vous laisse. Madame, continuez de bien vous porter, et Monsieur, je sais que ce n'est pas évident pour les papas, qui peuvent se sentir un peu à l'écart de tout ça, mais faites-lui confiance et laissez-la faire ce qui lui semble bon. Une maman sait ce genre de chose, d'accord ?

— Bien docteur ! répond Nathan qui semble avoir fait un bon dans le temps et se retrouver face à sa maitresse d'école qui lui ferait une petite morale. Il a conscience de la manière dont il agit depuis le début, et il va faire un effort pour laisser Marion respirer un peu.

De retour dans la salle d'attente, Julia les rejoint, elle n'en pouvait plus de patienter et leur fait bien comprendre.

— Punaise, j'ai failli débouler, j'ai cru qu'il se passait quelque chose d'anormal. Vous êtes restés des plombes là-dedans, j'en pouvais plus moi. Alors ? Comment va mon p'tit ange ? Il mesure combien ? Et il a tout ce qu'il faut là où il faut, j'espère ? Et elle vous a donné le sexe ou pas ? Dis-moi que c'est une princesse, Ma, s'il te plaît ? Tata Julia lui fera plein de tresses et l'emmènera en boite de nuit en cachette…

— Ju, je t'en supplie. Les dernières dix secondes m'ont plus fatiguée que les trois derniers mois. Calme-toi. Tu as respecté notre accord, je vais donc tout te raconter, mais pas ici.

— Bien sûr que je l'ai respecté, je n'ai qu'une seule parole. Bon, on rentre, j'ai hâte de tout savoir et, surtout, si je vais devoir me séparer de ma chevelure de rêve.

Quelques mois plus tard

Aujourd'hui, les futurs parents ont rendez-vous pour l'échographie du dernier trimestre et désormais, l'examen n'a plus aucun secret pour eux.

— Dites-moi Madame, Monsieur vous a-t-il laissée tranquille depuis la dernière fois ?

— Il a été irréprochable.

— Parfait. Le grand frère doit être heureux lui aussi, j'imagine ?

— Il est ravi oui, en revanche il ne comprend toujours pas pourquoi elle est encore dans mon ventre.

— C'est encore très abstrait pour un enfant de son âge, mais il pourra bientôt la tenir dans ses bras. Bon, alors, voyons comment va cette petite fille ?

Le médecin fait glisser l'appareil sur le ventre bien rond et tendu de Marion, puis elle fait une moue qui ne les laisse pas insensibles.

— Que se passe-t-il, docteur ?

— Rassurez-vous, rien de méchant. Votre bébé s'est retourné depuis le précédent contrôle. Il est en siège.

— En siège ?

— Oui, Monsieur, cela veut dire que la tête du bébé est en haut, alors qu'elle devrait être orientée vers le bas pour faciliter le passage au moment de l'accouchement. Mais ne vous inquiétez pas, le bébé finit très souvent par reprendre la bonne position tout seul.

— D'accord. Et si elle reste comme ça, qu'est-ce qui va se passer ?

— Nous essaierons de la retourner manuellement quand le travail aura commencé et si cela est trop compliqué, nous prévoirons une césarienne. Mais, il est encore un peu tôt pour que vous vous inquiétiez de cela. Comme je vous l'ai dit, il est plus que possible qu'elle se retourne durant les deux derniers mois. Soyez confiants, d'accord ?

— Merci docteur. Sinon, elle est en forme ?

— Oui. Les mesures sont normales et l'estimation de sa taille et de son poids à la naissance est tout à fait correcte.

Marion resta un long moment au téléphone avec Julia ce jour-là. Elle voulait lui faire part de ses craintes et comptait sur sa légendaire bonne humeur pour lui remonter le moral. Marion est inquiète. Elle espère que tout se passera bien, pour elle et pour sa petite fille.

La chambre est désormais prête, le berceau et la table à langer sont montés, des toiles minimalistes décorent les murs blancs, et de petites étagères en bois offrent une assise à de nombreux animaux en peluche, tous achetés par Julia qui n'a pas su faire un choix – elle les a tous pris.

Louis est impatient de découvrir sa petite sœur. Sa rentrée à l'école primaire s'est très bien passées. Les jumelles ont fait leurs premiers pas d'écolières elle aussi, et Léa montre déjà un fort caractère. Mathilde reste souvent en retrait, dans l'ombre de sa sœur. Lucile et Léon parviennent à prendre leurs marques, petit à petit, mais

Marion sent bien que Lucile n'est pas encore totalement conquise par cette nouvelle vie.

Julia tint parole et contacta Damien dès le lendemain de leur repas de retrouvailles avec Marion. Le pauvre garçon se remettait difficilement de leur rupture, mais il comprit les arguments que Julia lui avança et fut plutôt rassuré de savoir qu'elle ne s'était pas faite enlevée par une mafia italienne, spécialisée dans le trafic d'organes ou encore le proxénétisme. Dans de pareilles circonstances, quiconque aurait probablement imaginé le pire aussi. Damien ne lui en veut pas d'être partie comme ça. Ils s'appellent même encore de temps en temps. Julia vit désormais ses voyages par procuration et cela lui convient parfaitement. Damien lui manque beaucoup mais, qui sait, il aura peut-être envie de retrouver la terre ferme un jour.

Julia reprit le travail au cabinet auprès de Sandrine et Miguel, qui n'étaient pas mécontents de retrouver leur associée préférée. Le cabinet était bien trop calme pendant tout ce temps.

Charles et Linda sautèrent finalement le pas. L'arrivée imminente de leur petite fille précipita un peu les choses. Ils vivent désormais près de chez Lucile et Léon. Leur petite maison de banlieue est bien assez grande pour tous les deux et jouit d'un petit jardin arboré, que Charles se plaît à entretenir quand le temps le permet.

Les précédents résultats étaient plutôt encourageants et les médecins n'avaient émis aucune objection à ce que le couple quitte la région normande. Le dossier médical de Linda fut transféré à la nouvelle équipe soignante avec toutes les indications nécessaires à la continuité des soins.

Malheureusement, son état de santé s'est dégradé il y a quinze jours. Le dernier protocole n'est pas parvenu à éliminer les dernières lésions comme l'espéraient les médecins, et aussi la famille. Linda se fait une raison. À bout de force et désormais le plus souvent alitée, elle regrette surtout les après-midis passés dans les bras de son époux, à danser, à rire, à chanter. Elle adorait ses moments partagés, complices, vrais et sincères, et qui aujourd'hui lui sont physiquement pénibles.

Malgré tout, elle garde le moral. Elle profite de sa famille dès qu'elle le peut, et même si parfois l'agitation des plus jeunes et le bruit que cela provoque, la fatiguent énormément, elle ne se plaint pas. Chacun fait de son mieux pour lui apporter toute l'aide et le confort dont elle a besoin et surtout qu'elle mérite.

Et, elle peut compter sur Charles pour cela. Il est à ses côtés depuis plus de trente ans et il ne compte pas que cela change.

17

Mathilde et Noah se voient tous les jours. Ils déjeunent ensemble le midi dans la petite brasserie préférée de Mathilde et, quand le temps le permet, ils organisent un pique-nique dans le parc. Leur relation devient de plus en plus sérieuse mais aucun d'eux n'a encore osé se déclarer officiellement. Sous leurs apparences plutôt confiantes, ces deux-là sont deux vrais timides.

Francine Leclerc a pris officiellement sa retraite et il faut reconnaitre qu'il n'y avait pas grand monde à son pot de départ. Mathilde et Noah s'y sont rendus par curiosité et ont ressenti malgré tout de la peine pour elle. Mais, comme le dit si bien le célèbre adage, « On ne récolte que ce que l'on sème » !

Mathilde remplace désormais Nicole à l'accueil et gère toute la communication interne de la bibliothèque. Nicole quant à elle, a été promue et occupe désormais le bureau du rez-de-chaussée enfin libéré de la vieille chouette qui l'utilisait jusqu'alors. Même le mobilier semble ravi de sa nouvelle utilisatrice. Noah, quant à lui, a terminé son stage le moins dernier. Il aimerait ouvrir sa propre boutique de livres, essentiellement des mangas, dont des ouvrages de seconde main.

Cet après-midi, alors qu'ils se promènent ensemble dans les rues du quartier, Noah se prend à rêver devant la vitrine d'un ancien fleuriste, dont le local semble toujours inoccupé. Toutes les vitres sont recouvertes d'une peinture blanche grossièrement étalée, et une pancarte indique que les propriétaires recherchent un nouveau locataire. Il s'arrête un instant et s'adresse à Mathilde.

— Tu imagines, là, juste au-dessus de la devanture, écrit en lettres capitales : NOAH'S MANGAS ET OCCAZ.

— Alors en toute franchise, je pense que tu peux trouver mieux, mais continue, je suis curieuse de découvrir la suite.

— Je ne vous permets pas de vous moquer de mon futur bizness, Mademoiselle Lucas-Joubert. Vous n'en direz pas tant quand les clients se bousculeront devant la porte et devront attendre des heures avant de pouvoir entrer.

— Vous avez entièrement raison, Monsieur… Monsieur comment d'ailleurs ?

— Euh, Noah tout court, ça suffira.

— Oh, c'est pas juste. Tu as un point d'avance sur moi parce que tu as triché en lorgnant sur le trombinoscope, et malheureusement pour moi, qui ai tenté de te copier, les stagiaires n'y figurent pas. Alors, crache le morceau, ça ne doit pas être si terrible que ça.

— Porneaud. Je m'appelle Noah Luc Porneaud. Tu es satisfaite ?

Mathilde explose de rire sans trop le faire exprès.

— Franchement, tu pouvais te moquer de moi l'autre jour avec mes livres pour adultes !

— Vas-y, te gênes pas ! J'en ai déjà pris pour mon grade à l'école et aujourd'hui encore. Plusieurs fois, j'ai tenté d'écrire Parneaud avec un « a » sur mes CV ou autres formulaires administratifs, mais dès qu'on me demande de justifier mon identité, la réalité me rattrape.

— Tes parents n'ont jamais pensé à changer une lettre justement ? Il paraît que c'est possible dans certains cas.

— De toute évidence, mes parents ont dû considérer que notre cas n'était pas si désespéré que ça, vu qu'ils s'en accommodent depuis toujours.

— Quand on y réfléchit, c'est pas si méchant. Imagine deux secondes ce que doivent endurer Madame Sacamerde ou Monsieur Grosmollard.

— Vu sous cet angle, tu as certainement raison. Ça veut dire que si un jour je te demandais de devenir ma femme, tu accepterais de porter mon nom ?

— Certainement pas.

Noah reste silencieux. Mathilde s'en amuse encore et tente néanmoins de passer à autre chose.

— Alors, tu voulais me dire quoi tout à l'heure devant la vitrine ?

— …

— Je t'ai coupé dans ton élan et je te demande pardon de m'être moquée de ton nom.

— …

— Noah, je plaisantais. Arrête de bouder et dis quelque chose, un truc, n'importe quoi !

— Un truc, n'importe quoi.

— Bon ok. Si un jour tu me demandais de t'épouser, je te promets d'y réfléchir sérieusement. Mathilde Porneaud n'est pas si vilain en fait et c'est plutôt sexy en plus, tu ne trouves pas ?

— Mathilde, veux-tu sortir avec moi ?

— Ce n'est pas déjà ce que je fais, là ?

— Mathilde !

— Oui pardon. Ce serait avec grand plaisir Monsieur Porneaud. Je m'étais promis de me lancer avant la fin de journée si tu ne te décidais pas avant. Et je te remercie de l'avoir fait car j'ai horreur de faire le premier pas. Ça fait mauvais genre pour une fille.

— Ce n'est plus tellement le cas aujourd'hui, tu sais ?

— On pourrait commencer dès ce soir si tu veux ? Ma cousine organise un repas de famille pour le retour de Louis. Ce sera l'occasion aussi pour Léa de présenter officiellement sa petite amie. Et, je pensais que tu pourrais m'accompagner si tu voulais.

— Ta cousine ?

— Oui, la petite sœur de Louis. Tu pourrais suivre un peu s'il te plaît ?

— Sérieusement, vous êtes combien dans ta famille ? Moi, je n'avais que mon père et ma mère, et c'était déjà bien suffisant.

— Pourquoi tu en parles au passé, Noah ?

— C'est une longue histoire et je ne voudrais pas gâcher la future fête qui s'annonce.

— Donc, tu es d'accord ?

— Si c'est l'occasion pour nous aussi de faire des présentations officielles, alors oui, je t'accompagne à cette soirée avec plaisir. Et maintenant venez par ici, future Madame Porneaud.

Noah attire Mathilde tout près de lui dans un geste assuré. Ils sont très proches l'un de l'autre. Leurs souffles se mélangent puis leurs lèvres se rencontrent pour la première fois. Une explosion de sentiments les embarquent ailleurs, loin. Dans un endroit où personne ne les regarde, où il n'y a qu'eux sur ce trottoir, devant cette vitrine dont on ne saura jamais précisément ce que Noah allait en dire.

18

Vingt ans plus tôt

Finalement, Marion accouchera par césarienne. La naissance est programmée pour demain matin. En effet, elle a rencontré quelques complications le mois dernier, en plus du fait que la petite ne se soit pas retournée. Un nouvel accouchement par voie basse lui a été déconseillé, sous peine de séquelles irréversibles pour elle et pour l'enfant.

Une nouvelle fois, Marion avait besoin du réconfort de son amie. Il est tard mais Julia s'est libérée. Une affaire importante lui prend tout son temps libre en ce moment, en plus des journées à rallonge qu'elle subit au cabinet.

— Ju, j'ai tellement peur.

— Ma, tu sais qu'au fond je n'en sais strictement rien, mais tout va bien se passer. Il faut que tu y crois.

— Et si je n'y arrive pas ? Et si elle souffre à cause de moi car je n'aurai pas fait ce qu'il fallait ?

— Arrête un peu de t'infliger ça. Tu seras parfaite comme tu l'as été pour la naissance de Louis. J'étais là je te rappelle, et tu as assurée comme une cheffe. Alors, même si celui-là s'annonce différent, tu es restée la même maman courageuse et combative, et il n'y a absolument aucune raison que ça se passe mal, tu m'entends ? Tu vas te calmer, tu vas faire une bonne nuit de sommeil et demain, tu vas tout déchirer, comme tu sais si bien le faire. C'est compris ?

— Qu'est-ce que je ferais sans toi, Ju ?

— Bah, tu t'ennuierais à en mourir ! Euh... non, oublie ce que je viens de dire ! Et merde, le jeu de mot à la c...

Julia se dandine sur le canapé, elle ne sait plus où se mettre.

— Ju, c'est bon. Ça m'a plaisir que tu viennes ce soir et ça m'a fait du bien de te parler. Tu seras pas loin demain hein ?

— Je serai juste à côté de toi. Enfin, de l'autre côté du mur pour être exacte, je ne veux pas m'attirer les foudres de ton mari...

Julia chuchote à ce moment-là, elle ne voudrait pas que Nathan l'entende.

— Tu peux parler normalement, quand il dort, il dort. Il n'aura certainement même pas remarqué que tu étais là.

— ... d'accord, si tu savais comme je l'envie d'avoir des nuits parfaites.

— Et moi donc ! Depuis deux semaines je n'arrive pas à fermer l'œil, je ne sais pas comment me mettre, j'ai aigreur d'estomac...

— Oui bon stop, Ma, tu sais que je déteste quand tu donnes ce genre de détail. Donc, oui je serai là. Tu ne croyais tout de même pas que j'allais te laisser bichonner ma princesse toute seule ? Elle m'a évité la boule à zéro, je lui dois un amour éternel.

Le lendemain matin

Nathan enfile la blouse, les surchaussures et la charlotte de tissu sur sa tête. Marion, quant à elle, est déjà au bloc opératoire. Cela ne fait que quelques minutes seulement, mais Nathan a l'impression que cela fait une éternité qu'ils ont été séparés. Il a besoin de la voir et de savoir comment elle va.

— Monsieur Joubert, nous pouvons y aller. Vous resterez derrière le champs opératoire. Vous pourrez voir votre épouse et lui parler. Elle sera consciente pendant toute l'intervention. Tout va bien se passer.

— Je l'espère, oui.

Nathan ignore combien de temps il est resté là, à caresser la tête de Marion et la rassurer comme il pouvait. Il imagine Louis et Julia qui doivent s'impatienter dans la salle d'attente. Lucile, quant à elle est restée auprès de ses parents et trépigne sans doute, elle aussi, devant son téléphone, en attente de nouvelles.

Soudain, les pleurs d'un nourrisson réchauffent un peu la température assez basse de la pièce. Marion va bien. Elle redresse légèrement la tête pour voir Nathan. Ils se sourient, soulagés et heureux d'entendre ce doux son, signe de vie.

— Félicitations à tous les deux. C'est une très jolie petite fille. On va la garder encore un peu pour les premiers soins d'usage et on vous la confie très vite. Madame, vous avez été courageuse. Et vous aussi Monsieur. Je vous laisse avec ma collègue. À tout de suite.

Marion et Nathan croient rêver. Tout s'est passé pour le mieux et leurs inquiétudes des derniers mois se sont enfin dissipées. Ils ont hâte de pouvoir la serrer dans leurs bras.

Quelques minutes plus tard, le médecin revient. Ses bras paraissent gigantesques à côté du petit corps qu'il porte avec précaution. Il le tend à Marion. Elle peut enfin sentir sa fille contre elle, son odeur et son poids presque insignifiant. Ses cheveux sont très foncés et contrastent avec sa peau claire et nacrée. La petite a les yeux fermés, mais au moment où ses parents s'adressent à elle avec douceur, elle les ouvre et semble réagir au son de leur voix.

— Avez-vous réfléchi à un prénom ?

— Nous ne sommes toujours pas décidés. Mais, nous disposons encore d'un peu de temps, non ?

— Tout à fait. Vous disposez de quelques heures pour faire officiellement la déclaration. Pour le moment, nous n'inscrirons que le nom de famille sur le petit bracelet. Souhaitez-vous qu'elle porte vos deux noms ?

— Oui tout à fait. Joubert-Martin.

— Parfait. Monsieur, je vous propose un peau-à-peau si vous le souhaitez. Vous pouvez retourner en chambre avec votre enfant, et votre femme vous rejoindra dans un instant. Nous devons terminer les derniers soins. Vous pouvez également convier votre famille, si certains membres sont ici. Il faudra simplement ne pas faire trop de bruit pour la petite.

Nathan est donc raccompagné dans la chambre qu'il a quitté quelques heures plus tôt. Il défait le haut de sa blouse et retire son pull. La sage-femme place alors le petit corps chaud de sa fille contre son torse, et il ne peut retenir ses larmes.

— C'est tout à fait normal, la première fois, comme les suivantes. Laissez-vous aller, Monsieur. Votre petite fille est vraiment magnifique. Je vous laisse seuls à présent. Je reviendrai plus tard. Si vous avez besoin de quoi que ce soit, appuyez sur le bouton, juste ici. Avez-vous de la famille qui attend en bas ? Souhaitez-vous que je leur demande de monter ?

— Oui, je veux bien merci beaucoup. Il y a mon fils aîné et une amie. Vous ne pourrez pas la louper, elle trimballe une immense peluche en forme de cygne.

L'infirmière sourit gentiment puis se retourne et quitte la pièce.

— Je n'ai pas trouvé plus gros et ils n'avaient plus de canard.

— Salut Julia. T'inquiète pas pour ça, Marion en a terminé avec sa passion dévorante. Un cygne, c'est très bien aussi. En revanche, on va attendre encore un peu avant de l'offrir à la petite, ok ? Elle va s'étouffer au milieu de tous ces poils.

— Toujours hésitants à ce que je vois ?

— Toujours. Marion voulait vous attendre pour le faire.

— Franchement, combien de fois je lui ai dit d'arrêter de se triturer l'esprit avec ça. *Julia* c'est parfait et ça lui irait à merveille. Regarde-la, trop choupinou.

Louis lâche la main de sa marraine et s'avance vers son père. Il est tout intimidé.

— Je te présente ta petite sœur mon grand. On ne lui a pas encore trouvé de prénom mais dès que maman sera là on le choisira ensemble, tu veux bien ?

— D'accord. Elle est où maman ?

— Encore avec le docteur mais elle va bien, ne t'en fais pas. Et toi non plus, ok ? ajoute Nathan en s'adressant à Julia, qui sous ses airs détendus, est stressée comme pas deux.

— Je peux la prendre dans mes bras s'il te plaît ?

— Bien sûr. Fais attention à sa tête. Garde bien ta main en-dessous pour la maintenir.

Nathan regarde son amie, attendri.

— Mais dis-donc, tu sais que ça te va plutôt bien ? Tu devrais y réfléchir.

— Oh, c'est déjà tout réfléchi mon cher Nathan. Je laisse ma place aux autres pour les vergetures, les nuits blanches et les soucis d'adolescents boutonneux. Je préfère de loin gagater avec ceux des autres et garder mon corps de rêve et mon visage sans gros cernes dégoutants.

— Ça a le mérite d'être clair.

— Je dirais même plus, limpide !

— Tu sais, je n'ai jamais vraiment compris pourquoi Marion t'aimait autant, mais je pense que je commence enfin à comprendre.

— Mieux vaut tard que jamais.

Louis s'est assis à côté de son père et Julia pouponne du mieux qu'elle peut. Puis, la porte s'ouvre et Marion rejoint enfin les siens. Ses traits fatigués n'échappent à personne mais son sourire franc les rassure immédiatement. Louis et Julia se rapprochent d'elle et l'embrassent avec précaution.

Les médecins lui ont dit qu'elle ressentirait quelques douleurs mais les médicaments devraient faire rapidement effet. Elle pourra se lever sans trop de difficulté d'ici la fin de la journée.

Tous les quatre s'émerveillent devant le nourrisson emmailloté, quand le téléphone de Nathan sonne – il venait tout juste de le rallumer pour prévenir sa famille.

— Lucile ! J'allais justement te téléphoner, tu verrais comme elle est belle. Tout s'est bien passé et elles vont bien toutes les deux.

— Je suis vraiment très contente pour vous.

— Lucile, tout va bien ? Papa et maman sont à côté de toi ?

— Le moment est mal choisi, Nathan, mais je dois te dire quelque chose et j'espère que tu ne m'en voudras pas de le faire maintenant.

— Qu'est-ce qu'il y a Lucile, bon sang ?

Marion et Julia ne le quitte pas des yeux. Elles redoutent malheureusement de quoi il s'agit. Elles imaginent qu'il en est de même pour Nathan, mais il a besoin d'entendre ce que sa sœur est sur le point de lui annoncer pour en prendre réellement conscience.

— Je suis tellement désolée Nathan. Maman nous a quittés il y a quelques heures. Elle n'a pas souffert. Nous étions autour d'elle avec papa. Elle est partie sereine.

Nathan ne dit rien. Son regard s'embrume et fixe un point dans le vide. Il ne veut pas craquer devant Louis. Devant personne d'ailleurs. Marion se meut difficilement et parvient néanmoins à consoler son mari, assis à côté d'elle sur le lit. Julia continue de câliner le bébé et Louis s'inquiète auprès de sa mère.

— Maman, pourquoi papa est triste ?

— Mamie Linda est partie au ciel mon grand.

— C'est ce qu'on dit quand les gens meurent et qu'on ne les reverra plus jamais ?

— Exactement mon chéri. C'est vrai, j'aurais pu te le dire de cette manière, tu es grand et tu comprends beaucoup de choses maintenant.

Nathan s'est un peu calmé et Marion lui demande de mettre l'appel sur haut-parleur. Lucile est toujours en communication.

— Bonjour Lucile, c'est Marion.

— Oh, Marion, je suis si triste que maman ne soit plus là et à la fois tellement heureuse pour vous. Je suis désolée d'avoir gâché…

— Tout va bien Lucile. Tu n'as rien gâché du tout, bien au contraire. Je suis de tout cœur avec Charles et toi, et je vous adresse mes sincères condoléances à tous les deux.

Puis, avant de reprendre la parole, Marion regarde Nathan avec une bouleversante intensité et, sans se parler, ils se comprennent. Ils savent. Julia regarde son amie et comprend aussitôt elle aussi. Elle lui adresse un léger signe de la tête en guise d'approbation, puis Marion se lance.

— Lucile, Charles. Jusqu'à présent, nous étions indécis, mais une évidence se présente désormais à nous et nous sommes certains que vous serez tous les deux d'accord avec notre décision.

19

— Allô ?

— Hello sœurette, c'est Louis, ton frangin.

— Jusqu'à preuve du contraire, je n'ai qu'un frère donc oui j'avais deviné. Et tu as changé de numéro ?

— Toujours aussi aimable à ce que je vois. Tu as l'air vraiment ravie de m'entendre, ça fait chaud au cœur.

— Arrête tes sornettes, Louis. Tu es rentré quand ?

— Il y a presque une semaine, et je sais ce que tu vas me dire.

— Que tu aurais pu te manifester avant ? Non. Tu fais ce que tu veux. J'ai été assez claire, il me semble, quand tu es parti.

— De toute évidence, tu m'en veux toujours. Linda, j'avais besoin de m'échapper. Je pensais que tu avais compris quand je…

— Quand tu m'as abandonnée ? Tu es parti pendant un an, Louis, et je nous pensais suffisamment proches tous les deux pour que nous en dicutions ensemble avant. Mais, non, tu as préféré me mettre devant le fait accompli et à quelques jours seulement de nous quitter. Je me suis retrouvée toute seule. J'avais besoin de toi.

— Tu n'as jamais eu besoin de personne, Linda. Tu es comme marraine, tu sais où tu vas et tu arrives à surmonter tous les obstacles qui se mettent en travers de ta route. Et c'est d'ailleurs admirable, sache-le. Tu étais en première année de droit, qu'est-ce que ç'aurait changé que tu le saches avant, dis-moi ? Tu m'aurais suivi ou empêché de partir ?

— Rien de tout ça, non, mais je ne me serais pas sentie trahie par mon propre frère. Tu m'as manqué pendant tout ce temps. Papa et maman étaient présents, Julia aussi, mais c'était pas pareil sans toi.

— Tu parles, on ne passait pas un jour sans se taper dessus !

— Bah, justement, je m'ennuyais. Il n'empêche que je t'en veux encore, et beaucoup.

— Je ne pensais pas que ça t'avait autant affectée. Je te demande pardon. Tu m'as beaucoup manqué aussi. Je vais rester auprès de toi à présent et tu auras désormais tout le plaisir de profiter de ce grand frère que tu es heureuse de retrouver et que tu aimes énormément.

— Espèce d'imbécile !

— Moi aussi, je t'aime. Sans rancune ?

— Sans rancune. Mais ne t'avise plus de reprendre une décision importante sans m'en parler avant. Capische ?

— Punaise, j'ai l'impression d'entendre marraine, c'est affolant ! D'ailleurs, comment se passe votre cohabitation. Aucun regret ? Tu arrives à la supporter tous les jours ?

— Tout se passe à merveille. Sinon, tu promets ou pas ?

— Oui, je te le promets.

Louis a toujours été très protecteur envers sa petite sœur. Un peu comme son père l'était – et l'est encore – avec sa mère.

Linda, elle, n'avait pas besoin d'un garde du corps, elle savait se défendre et se débrouiller toute seule. Petite déjà, elle démontait ses jouets – et ceux de son frère – pour en comprendre le fonctionnement, elle défendait ses camarades de classe quand elle le jugeait nécessaire et surtout, elle adorait mettre en scène des audiences de tribunal avec ses poupées en guise de jurés. Souvent, Louis incarnait le rôle du juge et malgré tous ses efforts pour être à la hauteur des espérances de sa sœur, cela se terminait systématiquement en dispute, car « Monsieur le Juge Louis n'avait pas été assez sévère avec les méchants ».

La justice doit être implacable et les coupables méritent d'être sévèrement punis, point barre. Aucune demi-mesure, zéro nuance. Côtoyer Julia quotidiennement, la rend indépendante et déterminée. Elle serait capable de débouler à toute berzingue sur un chemin semé d'embûches, sans même éprouver le moindre découragement ou la moindre frayeur.

Comme le disait si bien Louis tout à l'heure, elle n'a jamais eu besoin de personne, mais son frère et sa famille comptent plus que tout et se retrouver loin de lui si longtemps l'a rendue malheureuse. Elle a malgré tout poursuivi ses études de droit et entame à présent sa troisième année de licence. À presque 21 ans, Linda sait où elle veut aller et dans deux ans, elle pourra enfin contribuer à punir pour de vrai les méchants de ses jeux d'enfants. À l'issue, elle souhaite se spécialiser en droit des affaires, comme Julia. Elle représente le modèle de femme libre et courageuse qu'elle a toujours voulu devenir.

Julia est donc aussi la marraine de Linda. Elle ne voulait pas faire de jaloux et surtout, il était évident pour elle d'officialiser le fait que s'il arrivait malheur à sa meilleure amie et son mari, elle puisse prendre leur relais et s'occuper de leurs deux enfants, qu'elle aime comme s'ils étaient les siens. Avant le baptême de Linda, elle s'était renseignée pour être certaine d'en avoir le droit – le droit de la famille n'est pas son fort – mais dans le cas contraire, elle aurait de toute façon pris le gauche.

Linda a déjà tout prévu pour fêter le retour de son frère, et a prévenu tous les invités. Cette initiative a ravi chacun d'entre eux et malgré la précipitation, ils ont tous répondu présents. Il lui manque un dernier détail à régler mais bizarrement, depuis quelques minutes, elle repousse l'échéance.

Cette soirée sera aussi l'occasion pour elle de fêter son passage en troisième année qui, elle l'espère, la propulsera dans le monde du travail très vite. En attendant, elle va pouvoir montrer tout ce dont elle est capable, à l'occasion d'un stage en immersion, qu'elle effectuera le mois prochain au sein du cabinet dans lequel travaille Julia. Elle et ses associés, croulent sous les dossiers, et Noëlle, leur assistante juridique, n'a pas rechigné devant un peu de main-d'œuvre supplémentaire, et qui plus est, dynamique, jeune et motivée. Ils ont donc unanimement accepté. Julia ne prend aucune décision sans leur consentement à tous. C'est une règle d'or.

Linda s'en fait une joie – à la fois du repas familial et de ce début de vie active – mais avant, elle doit se lancer et passer un coup de téléphone.

— Allô ?

— Coucou marraine, c'est ta filleule préférée.

— Oui Linda, ton prénom s'est affiché. J'ai peut-être cinquante balais mais mon portable est moderne, qu'est-ce que tu crois !

— Mouais. Tu peux te vanter de sa modernité, tu ne sais même pas l'utiliser ! Bon bref. Tu ne devineras jamais qui m'a appelée hier soir ?

— Attends, surtout tu n'me dis rien, laisse-moi deviner. Louis ?

— Tu étais au courant de son retour ou quoi ? Ne me dis pas qu'il t'a contactée en premier et que…

— Détends-toi. Non, il ne m'a pas appelée, d'ailleurs il va m'entendre celui-là ! Il a au moins rassuré sa mère, j'espère ?

— Il vit encore chez les parents, je te rappelle.

— Ah oui c'est vrai. Donc, non, je ne l'ai pas eu, c'est juste qu'au son de ta voix, il fallait être vraiment débile pour ne pas le deviner. Et comme tu le sais, ta marraine est loin d'être une idiote.

— Ok, ok. Donc, j'ai un truc à te demander.

— Vas-y, je t'écoute.

— Est-ce que tu serais d'accord pour organiser une petite fête pour célébrer son retour ?

— Et on serait combien ?

— Juste dix. Douze avec nous deux.

— Ah quand même !

— S'il te plaît, je t'aiderai à tout préparer, c'est promis.
— T'avais déjà dit ça la dernière fois Linda, et tu n'as rien fait du tout. Mais c'est d'accord, ça peut être sympa et ça fera sans aucun doute plaisir à Louis. En revanche, ça se prépare un minimum. On cale une date rapidement ok ?
— Euh, bah c'est que...
— Linda ?
— Hmm.
— T'as pas fait ça ?
— Pas fait quoi ?
— Et j'imagine sans doute que je suis encore la dernière au courant, c'est ça ?
— Hmm.
— Et t'as prévu de la faire quand ta p'tite fête, au juste ?
— Ce soir.
— Ce soir ? Mais qu'est-ce qui m'a pris le jour où je t'ai proposé de venir t'installer chez moi ?
— J'avoue que ça m'a bien aidée, mais je te rappelle que c'est toi qui a insisté, alors je...
— Stop !
— T'es fâchée contre moi ?
— Oh, si peu. J'envisageais de faire du shopping cet après-midi figure-toi, mais, à cause de toi, la belle robe que j'ai vue en vitrine ce matin devra attendre encore un peu avant d'épouser mes belles courbes.
— Tu es la meilleure marraine du monde ! Je t'aime.
— Oui, moi aussi. Bon, je raccroche maintenant, j'ai des courses à faire.

20

Dix ans plus tôt

Nathan patiente devant la grille. Marion le rejoindra un peu plus tard, elle déposait les enfants chez Julia. Charles, Lucile et Léon ne devraient plus tarder.

Chaque premier dimanche du mois, à 11 h 00 précises, ils se rejoignent ici, tous les cinq, depuis bientôt dix ans.

Ils suivent l'allée D jusqu'aux grands pins, puis ils tournent sur la gauche pour longer l'allée E. Le caveau dans lequel repose Linda, déborde de belles couleurs, et le marbre est toujours aussi luisant à la lumière du jour. Il est triste de voir combien de défunts semblent avoir été oubliés. Des tombes dépourvues d'ornement, et d'autres totalement recouvertes de grandes herbes sauvages, se distinguent par endroits. Peut-être que le dernier membre de la famille n'est plus de ce monde lui aussi, et les recueils et fleurissements se sont éteints avec lui.

En tout cas, la famille Joubert compte bien perpétuer ce rituel dominical aussi longtemps qu'elle le pourra.

Marion vient d'arriver. Il pleut à présent. Chacun se met à l'abri sous le parapluie qu'il a pris soin d'emporter, au regard d'un ciel menaçant au réveil. La grisaille et l'humidité rendraient presque plus tristes ces visites, mais pas pour les Joubert. Quelles que soient les saisons, peu importe les années, ils apprécient toujours autant se retrouver pendant ces quelques longues minutes, à raconter ce qui les inspire et parfois aussi ce qui les ennuie. Linda est toujours là pour les écouter. Très souvent, ils rient aussi, ils rient franchement. Ils ne se retiennent pas, quitte à choquer d'autres visiteurs dont le comportement se veut plus conventionnel dans ce genre d'endroit. Mais, la mère, l'épouse et la belle-mère qu'était Linda, ne souhaitait pas de pleurs, pas de tristesse, et chacun d'eux le sait, chacun d'eux le respecte.

Durant cette dernière décennie, les adultes ont évolué, les enfants ont grandi, et des personnalités se dessinent désormais.

Marion et Nathan sont toujours aussi complices et amoureux. Leur vie à quatre n'est pas tous les jours de tout repos, mais ils ne se plaignent pas. Louis et Linda sont des enfants adorables et leurs parents sont fiers de ce qu'ils sont en train de devenir.

Louis a maintenant 15 ans et fera sa prochaine rentrée au lycée. Plus tard, il souhaite voyager, parler plusieurs langues, découvrir les pays du monde entier. Marion et Nathan soupçonnent Julia de lui avoir déjà conditionné le cerveau.

Linda, elle, a 10 ans. C'est sa dernière année à l'école primaire. Le collège qu'a fréquenté son frère et qu'elle rejoindra l'année prochaine, est un peu éloigné de chez eux. Elle devra dorénavant prendre les transports en commun et elle s'en fait une joie, elle qui a toujours voulu être indépendante. Mais ce qu'elle ignore encore, c'est que son grand frère fera un bout de chemin avec elle.

Marion abandonna son métier de photographe de nouveau-nés, dans lequel elle ne parvenait plus à s'épanouir comme au début. Sous les encouragements de son mari, elle suivit une formation de dix-huit mois, qu'elle valida avec succès. Depuis trois ans, elle est sophrologue pour enfants et son cabinet est situé à deux pas de l'école que dirige Nathan. Il changea d'établissement lui aussi, il y a quelques années et, comme le précédent, il le gère avec détermination et bienveillance.

Depuis quelques mois, Marion s'est spécialisée dans la sophrologie en direction des enfants atteints de troubles du spectre autistique. Elle les aide à gérer leur stress, leur anxiété ou encore à exprimer leurs émotions. Le milieu scolaire est souvent difficile pour eux et la sophrologie leur offre une voie d'apaisement et de renforcement de leurs capacités personnelles. Marion les encourage et les rassure. Elle se sent utile auprès de ces enfants mais aussi de leurs parents, qui parfois perdent pied. La plupart du temps, elle ne leur apporte qu'une écoute et du réconfort, mais c'est très souvent tout ce dont ils ont besoin.

Son cabinet ne désemplit pas depuis des mois et elle peut être fière d'apporter son aide à ces familles qui, jour après jour, lui témoignent toute leur reconnaissance.

Lucile et Léon se sont séparés. Ils disent que c'est temporaire. Est-ce la vérité ou plutôt pour ne pas inquiéter les filles et leur entourage ? Lucile vit chez son père depuis quelques semaines. Léon et elle, ne s'entendaient plus comme au début de leur relation. Lucile ne s'est jamais réellement habituée à leur nouveau chez eux. Léon avait du mal à comprendre et n'était pas avare de reproches envers elle. Charles encourage sa fille à crever l'abcès une bonne fois pour toutes. Très souvent, il suffit de se parler, et que chacun entende le point de vue de l'autre pour que les choses s'arrangent.

Lucile est consciente de cela, mais pour le moment, cette pause lui semble la meilleure façon de prendre du recul. Elle sait que sa décision fait souffrir tout le monde – son père, Léon et ses filles – mais elle avait besoin de se retrouver pour faire le point. Ils ont emménagé dans leur nouvelle maison il y a dix ans maintenant. Avec le temps, elle avait fini par s'y faire. Marion l'y aida, avec des mots réconfortants à chaque appel que Lucile lui passait dans un moment de doute et d'incertitude. Mais le manque de considération de Léon lorsqu'elle exprimait des regrets ou questionnements quant à leur avenir ensemble, finit par la persuader de s'en aller pour un temps.

Mathilde et Léa s'en accommodent malgré elles. Bien qu'elles n'aient que 12 ans, elles sont très matures. Léa exprime plus facilement son désaccord et peut être dure parfois envers ses parents. Mathilde reste plus effacée comme souvent et, malgré la souffrance qu'elle doit ressentir elle aussi, elle fait mine que tout va pour le mieux.

Au collège, elles se retrouvent parfois confrontées à des moqueries et des provocations cruelles : « Ah, les deux filles des divorcés ! », « Vos parents ne s'aiment plus, la honte ! », « C'est à cause de vous tout ça ! ». Léa ne se laisse pas intimider par ces propos qu'elle juge méchants et puériles. Elle réagit aussitôt et avec violence parfois, et se retrouve systématiquement à devoir s'expliquer dans le bureau de la Principale. Elle assume à chaque fois de s'être défendue, mais dans le fond, elle en souffre comme Mathilde, et aimerait par moment obtenir le soutien de sa sœur. Mais le dialogue est difficile, voire impossible, et chacune reste convaincue dans son coin, que l'autre ne lui accorde aucune importance.

Et pourtant.

Charles quant à lui, prit sa retraite quelques années après le décès de son épouse. La solitude est parfois lourde à porter mais il trouve de quoi occuper son esprit. Il jardine, il lit beaucoup aussi et profite de ses enfants et petits-enfants dès qu'il en a l'occasion.

Aujourd'hui, il apprécie la compagnie de Lucile. Il est malheureux de cette situation, néanmoins il ne souhaite pas s'en mêler davantage. « Ce sont vos histoires les enfants, pas les miennes ».

Lucile sait en revanche, que tant qu'elle aura besoin de son père, il sera là pour elle.

21

— Léa, tu es sûre qu'ils vont m'accepter ?

— Alix, tu es la personne la plus merveilleuse que je connaisse, alors, non, ils ne vont pas t'accepter, ils vont t'adorer.

— Tu sais très bien ce que je veux dire.

Léa place ses mains autour du visage d'Alix et lui demande de la regarder dans les yeux.

— Je n'ai jamais évoqué mon homosexualité avec mes parents, ni personne. Seuls Mathilde et Louis sont au courant maintenant. Je suis tout aussi anxieuse que toi et malgré tout, je suis certaine que tout se passera bien, tu verras.

— Si tu le dis. En revanche, je me sens ridicule dans cette robe. Tu as tellement insisté pour que je la porte que j'ai voulu te faire plaisir, mais je ne me sens pas du tout à l'aise dedans.

— Quand est-ce que tu vas arrêter de faire les choses pour faire plaisir aux autres ? Tu es splendide dans cette robe, mais si tu préfères porter ton sempiternel jean troué, tu fais comme tu veux. Mais grouille-toi, car on va être en retard !

Mathilde étire ses bras. Elle regarde Noah encore endormi à côté d'elle. Après leur balade en ville et leur premier baiser, ils se sont retrouvés ici. Noah loue une chambre au mois dans un hôtel, le temps de trouver mieux, comme il dit. La relation avec ses parents semble compliquée et Mathilde ne l'a jamais questionné pour tenter d'en savoir davantage. Elle n'ose pas. Le temps l'aidera à passer le cap, j'imagine, à moins que ce ne soit Noah qui le fasse le premier.

L'endroit est spartiate mais agréable, propre et bien rangé – si l'on fait abstraction des vêtements étalés sur le plancher, jetés maladroitement quelques heures plus tôt.

— J'ai passé un très bon moment.

— Moi aussi, Noah. Et ton appart' est vraiment classe.

— Tu prends un malin plaisir à te moquer de moi à la moindre occasion, hein ?

— J'avoue. Pourtant, ce n'est pas ma marque de fabrique mais plutôt celle de ma frangine. J'ai toujours été réservée, en retrait. La deuxième quoi !

— Le principe des jumeaux n'est pas de naître en même temps ?

— Si. Mais il en faut toujours un qui sorte en premier. Et dans notre cas, c'est Léa qui est née la première.

— J'y connais pas grand-chose en relation gémellaire mais j'ai toujours entendu dire qu'il y en a constamment un qui prend le dessus sur l'autre, et le plus souvent, il n'en a pas conscience.

— Je doute en effet que Léa le fasse exprès, mais tu as assez bien résumé ma relation avec ma sœur.

— En tout cas, elle a une voix magnifique et j'avoue que j'ai ressenti quelque chose d'assez intense l'autre soir, mais tu es bien plus appétissante qu'elle !

Sans lui laisser le temps de réagir, Noah se jette sur Mathilde et l'embrasse avec un désir qu'il a du mal à dissimuler.

— Hop, hop, hop ! J'aurais bien envie de remettre ça moi aussi, mais on va être en retard si on ne se dépêche pas, et je déteste me faire remarquer en arrivant la dernière.

— Tu es sévère avec moi, là !

— Je vais prendre une douche vite fait, ça te laissera le temps de calmer tes ardeurs.

— Maman ! Je ne retrouve plus aucun vêtement ! Tu as décidé de vider tous mes placards pendant mon absence ou quoi ?

— J'ai simplement fait du tri dans tes vieilles affaires, Louis. Inutile d'en faire toute une histoire.

— À ce stade, maman, ce n'est plus du tri, c'est le vide intergalactique ! Où sont les fringues que je ressors pour les occasions ?

— Tu as regardé sur les étagères du haut et dans ta penderie ? Je n'ai jeté qu'un carton de vieux machins que tu n'utilisais plus et qui encombraient ta chambre.

— Papa ? Tu peux me prêter une chemise s'il te plaît ? Maman voulait manifestement que j'aille à la petite fête organisée par ma sœur, habillé comme un clochard !

Nathan et Marion s'amusent en entendant les propos de leur fils. Louis râle toujours autant et son impatience légendaire leur avait manqué. *Il* leur avait manqué.

Louis n'a jamais réussi à quitter cet appartement dans lequel il a grandi. Son départ, l'année dernière, fut aussi déchirant pour ses proches que pour lui-même. Mais il devait partir, quitter tout ce confort et vivre autre chose. Malgré tout l'amour qu'il recevait, il ressentait un vide. Il sait qu'il va devoir voler de ses propres ailes à présent, avoir une situation professionnelle stable et un vrai chez lui. Mais pas trop loin de la famille quand même.

Depuis son retour, bien décidé à avancer, il n'a pas chômé. Il a répondu à des annonces et envoyé des candidatures spontanées dans toutes les agences de voyage de la ville et des environs, ainsi qu'à l'office de tourisme. Louis parle couramment l'anglais et l'espagnol, et les nombreux pays qu'il a visités seront sans aucun doute un atout pour se démarquer des autres. Il recherchera un appartement une fois un boulot en poche.

— Louis, dépêche-toi s'il te plaît, papa est déjà dans la voiture et je suis prête à fermer la porte. Tu sais que ta marraine a horreur que ses invités soient en retard.

— Maman, tout le monde sait que Julia est casse-pieds, mais c'est comme ça que tout le monde l'aime. Je termine de lacer mes pompes et j'arrive.

Lorsque Marion aperçoit Louis en face d'elle, elle se rend compte combien il a changé en un an, combien il est devenu beau garçon et combien il lui a manqué. Elle prend alors conscience du temps qui passe et une petite pointe de nostalgie vient lui barbouiller l'estomac.

— Je t'aime tellement, Louis. Je suis heureuse que tu sois rentré à la maison.

— Moi aussi maman. On y va ?

Lucile et Léon se préparent à partir eux aussi. Ils ont prévu de récupérer Charles chez lui. Un détour sera nécessaire, mais ils ne souhaitaient pas qu'il prenne sa voiture. À presque 80 ans, cela ne serait pas prudent – bien que le doyen de la famille soit encore parfaitement lucide et autonome pour un certain nombre de choses. Le côté protecteur de Lucile l'amuse et le touche beaucoup aussi. Elle s'assure constamment qu'il va bien et qu'il ne manque de rien. Charles est habitué à présent, Lucile agit ainsi depuis que sa mère n'est plus là, et leurs quelques années de vie partagées auront renforcé cela.

Les bras chargés de présents pour les hôtesses du jour, Lucile exprime son plaisir mais Léon semble davantage intéressé par l'état de ses pneus que par ce qu'elle est en train de lui dire.

— J'ai hâte d'y être. Ça faisait si longtemps qu'on ne s'était pas tous retrouvés. Ça va être super ! Je remercie ma nièce et Julia pour cette initiative, et je suis heureuse de revoir mon neveu aussi. Pas toi ?

— Ils sont pratiquement à plat ! Je vais devoir m'arrêter à la station-service pour les regonfler, et il faudra faire le plein aussi, sinon on n'arrivera jamais jusque là-bas. Préviens ton père qu'on aura quelques minutes de retard.

Lucile ne relève pas le fait que Léon n'a strictement rien écouté – elle est habituée – en revanche, son manque d'anticipation a le don de l'agacer.

— Léon, franchement, tu avais tout l'après-midi pour t'en occuper, il faut toujours que tu attendes le dernier moment pour faire les choses et ça m'énerve !

— Lucile, j'en n'ai que pour quelques minutes, détends-toi, ok ?

— Laisse tomber. J'appelle mon père. Et à la station tu ne traînes pas s'il te plaît, tu connais Julia.

Il leur aura fallu environ trente minutes, pour vérifier la pression des pneus, remplir le réservoir d'essence, reprendre la route et récupérer Charles en chemin. Comme sa fille, ce dernier se fait une joie de cette soirée.

Julia sort les derniers amuse-bouches du four et Linda finit de dresser la table. Douze convives. Malgré la réaction de Julia lorsque sa filleule l'a mise devant le fait accompli, elle adore recevoir. Les grandes tablées lui rappellent celles des films de noël qu'elle aimait tant regarder avec Marion, il y a quelques années. Ceux-là mêmes où les histoires d'amour étaient improbables, les scénarios gnangnan et la fin systématiquement prévisible : la belle potiche épouse le beau riche. Mais peu leur importait. Elles s'imaginaient, elles aussi, installées autour de cette table, entourées des personne qui leur sont chères, à partager tous ces délicieux plats, concoctés avec amour quelques heures plus tôt.

Ni Julia, ni Marion n'a de frère et sœur, les parents de Julia sont eux-mêmes enfants uniques, et Marion n'a jamais eu de vraie famille non plus. C'étaient pour elles des occasions rêvées de vivre ce genre de moments, au travers d'un écran. Chaque générique de fin marquait un nouvel engagement : elles se faisaient la promesse qu'un jour, elles vivraient des moments comme ceux-là et auraient droit à leur grande tablée, elles aussi.

Julia admire le résultat et félicite sa filleule.

— C'est magnifique, Linda. Même moi, je n'aurais pas fait mieux. Bravo ! Maintenant, il ne manque plus que les invités. Quelle heure est-il ?
— 19 h 45, ils ne devraient plus tarder
— On lance les paris ?
— T'es pas sérieuse ?
— Absolument sérieuse. À toi l'honneur.
— Bon alors, dans l'ordre : Mathilde et son compagnon, puis papa, maman et Louis, ensuite Léa et son ami, et enfin tatie, tonton et papi.
— Que Lucile et Léon arrivent en dernier, ça ne fait aucun doute, mais moi je dis que Léa arrivera avant tout le monde.
— Ok. Celle qui perd débarrasse la table et apporte le p'tit déj au lit à la gagnante demain matin.
— Pari tenu. Que la meilleure gagne !

22

Dix ans plus tôt

Louis est debout dans la cour, au milieu de tous les autres qui attendent d'être appelés eux aussi. Le sésame qui les délivrera enfin de cette longue attente et révèlera le nom de ceux qui partageront leur année scolaire. Louis rentre en Seconde. Il regarde les visages et les silhouettes qui déambulent autour de lui, à la recherche de yeux ronds et expressifs, de cheveux bruns en bataille et d'une allure de joueur de rugby. Mais Louis sait qu'il ne viendra pas. Il est déjà loin et doit, lui aussi, vivre ce moment seul.

L'angoisse monte. Des gouttes de sueur perlent sur son front, dans son cou et le long de son dos. Comment apprivoiser un nouvel environnement ? Comment se faire de nouvelles connaissances ? Comment apprendre ses leçons et sécher les cours aussi parfois ? Et surtout, comment draguer les filles ? Tout ça, sans l'autre.

Cet été fut le dernier que Louis passait avec Théo. Copains de crèche, puis fidèles acolytes jusqu'à la fin du collège, confidents, quelques fois punching-ball, et amis de toujours, voilà ce qu'ils étaient l'un pour l'autre.

Les deux jeunes hommes savaient que ce serait un dur moment à passer, et leur relation très exclusive ne les aida pas à vivre cette séparation de façon positive. Elle fut leur pire ennemie. Ils se pensaient inséparables, ils avaient les mêmes envies, les mêmes peurs, les mêmes projets de voyages, de travail, de vie ensemble. Mais, il a fallu que le destin vienne tout chambouler, tout compromettre, tout gâcher. Les deux amis se firent la promesse de se rendre visite régulièrement, de s'appeler tous les jours, de ne pas s'oublier.

Mathilde et Léa attendent elles-aussi de connaître la composition de leur classe.

C'est leur deuxième rentrée dans ce collège. L'année dernière, elles étaient séparées et, sans se l'avouer bien-sûr, elles aimeraient être ensemble cette fois. Autour d'elles, les visages familiers de leurs camarades de classe de l'année précédente semblent tout aussi stressés qu'elles.

Et soudain, un nom.

— Lucas Aurèle.

Léa sent la colère l'envahir. Elles étaient ensemble l'année dernière. Une vraie peste celle-là, qui n'était pas la dernière à se moquer d'elle et de sa sœur, par rapport à leur situation familiale. La requête de Lucile, quant au fait que sa fille et elle soient séparées, n'a manifestement pas été prise en considération.

Aurèle récupère son sac d'une main et prend cet air condescendant qui ferait dégoupiller Léa. Et elle le sait pertinemment. En passant devant elle, elle la bouscule volontairement et affiche ce rictus machiavélique qu'elle maîtrise à la perfection. Léa s'apprête à réagir quand, au même moment, son nom résonne dans la cour. Elle la laisse s'éloigner pour l'instant, mais cette garce ne perd rien pour attendre.

— Lucas-Joubert Léa.

Même l'alphabet a décidé de positionner Léa avant Mathilde. Elle se dirige vers le reste de sa classe sans accorder le moindre regard à sa sœur, ni à Aurèle qui, elle en revanche, ne la quitte pas des yeux. Secrètement, Léa espère que le prochain nom sera celui de sa sœur. Il lui faut plus que tout une alliée cette année. Elle croise fort les doigts dans la poche de sa veste.

— Lucas-Joubert Mathilde.

Ça y est. Son cœur bondit dans sa poitrine. Elles sont ensemble, en classe de cinquième B. Mathilde rejoint le rang à son tour et se place à côté de sa sœur.

Le sourire provocateur d'Aurèle la nargue mais elle ne lui accorde aucun intérêt. Cette fille n'attend que ça et, contrairement à sa sœur comme trop souvent, Mathilde ne lui fera pas cet honneur.

Le début d'année se passe plutôt bien. Les deux sœurs semblent même se rapprocher. Elles échangent un peu plus que d'habitude, sans pour autant atteindre cette juste complicité qu'on attendrait de jumeaux. Mais pour l'une des deux, c'est déjà un grand pas.

Un après-midi, alors que Mathilde suit son cours d'éducation physique en demi-groupe, un affrontement éclate dans le couloir proche du gymnase. Le professeur ne parvient pas à retenir ses élèves, trop curieux d'aller voir ce qui se passe. Mathilde redoute que Léa soit impliquée là-dedans. Déjà, la semaine dernière, elle a fait deux séjours dans le bureau de Madame Lavalle, qui l'a dans le collimateur depuis la sixième et ne lui accorde aucun bénéfice du doute. Si Léa Lucas-Joubert est impliquée dans un conflit ou dans une bagarre, elle est forcément la seule et unique responsable.

Lucile et Léon se rendent disponibles à chacune des convocations de la Principale et essaient de rester le plus courtois possible. Ils sont fermes aussi envers Léa, dont l'attitude n'est certes pas acceptable, mais l'indiscutable manque d'impartialité de la part de cette femme envers leur fille, commence sérieusement à les énerver. Une fois, Lucile n'a pas mâché ses mots et depuis, c'est pire. Léa lui en veut d'être intervenue.

Mathilde arrive enfin dans le couloir.

Un rassemblement d'élèves surexcités scande des encouragements, et tous ces poings levés l'empêchent de voir la scène qui se déroule sous leurs yeux avides de sensations fortes.

« Vas-y Aurèle, arrache-lui sa tignasse et pique-lui sa veste de bourgeoise. Son père est blindé, il lui en rachètera une ! »

« Ouais, c'est clair. Et les personnes comme elles ne devraient pas avoir le droit d'être mélangées aux autres. C'est dégueulasse ! »

Mathilde aperçoit enfin sa sœur au milieu de toute cette agitation de collégiens assoiffés d'adrénaline. Il n'y en a pas un qui viendrait les séparer, bien-sûr que non, le spectacle est bien trop intéressant.

À califourchon sur sa camarade, Léa frappe, elle cogne de toutes ses forces. Malgré ces voix qui la motivent à continuer, Aurèle n'a pas le dessus. Léa est plus forte, et sa colère rend ses gestes encore plus directs et violents. L'autre a maintenant le nez en sang. Elle git sur le sol et se retrouve vite entourée par une horde d'élèves venue la défendre. Léa, elle, court se réfugier dans les toilettes, et les insultes fusent de plus belle.

« Sale marginale ! Espèce de dégénérée ! Regarde ce que tu as fait ! C'est ça, dégage d'ici ! »

Une rage envahit subitement Mathilde. Elle sent cette colère monter en elle et elle est prête à exploser. Elle sait pertinemment qui a lancé les hostilités, c'est comme ça depuis l'année dernière, depuis que ses parents se sont séparés. Mais elle est intimement convaincue que ce n'est pas la seule raison qui justifie leur comportement inacceptable envers sa sœur.

Sans un mot, qui ne ferait qu'aggraver la situation, Mathilde abandonne le chahut du couloir et pousse la porte des toilettes des filles. Ce soudain silence est à la fois surprenant et extrêmement apaisant. Plus aucun son ne lui parvient mis à part les pleurs de Léa.

— Léa ?

— Fiche le camp Mathilde, je n'ai pas besoin de ton aide !

— Tu devrais les laisser dire. Ils n'attendent que ça que tu réagisses. Ignore-les où tu vas vraiment t'attirer de gros ennuis. L'indifférence est la meilleure des vengeances.

— Je n'ai pas besoin non plus d'une leçon de morale !

— Léa, je t'en prie, leurs insultes sont puériles. Des enfants de divorcés, il y en a plus qu'ils ne le croient et ça ne devrait pas t'atteindre à ce point. Ou alors, tu ne me dis...

Léa actionne la chasse d'eau, ouvre la porte. Elle rejoint sa sœur devant les lavabos et ne lui laisse pas le temps de terminer sa phrase.

— Tu ne comprends vraiment rien, Mathilde. Il n'est pas uniquement question de papa et maman, ils ont tous su que... Oh, et puis, laisse tomber. Je n'ai pas envie d'en parler avec toi, ni avec personne d'ailleurs. Fiche-moi la paix maintenant et va-t'en !

Mathilde n'en fait rien et reste à côté de sa sœur, qui vient d'ouvrir le robinet pour se laver les mains. Face au miroir, elle cherche à attirer son regard mais c'est peine perdue. Quand Léa est dans cet état, elle n'entend plus rien, elle ne voit plus rien.

Leurs reflets sont parfaitement identiques. Mathilde se demande alors comment peuvent-elles être si semblables et en même temps tellement différentes ? Puis, toujours d'un ton calme et posé, elle répond à sa sœur. Léa regarde en direction du miroir, dans le vide.

— Tu m'as toujours prise pour une faible, Léa. Je le sais. Pour toi, je ne suis qu'une incapable qui se laisse marcher dessus et qui n'occupera jamais que la seconde place. Mais, sache que je comprends bien plus de choses que tu ne le penses, et si tu acceptais enfin la main que je te tends, tu t'en rendrais compte. Je vais m'en aller, comme tu me l'as demandé, et si tu as besoin de moi, tu sais où me trouver. Au premier étage de la maison, la porte juste à côté de la tienne.

Léa se sent extrêmement seule à cet instant précis. Mal, honteuse et démunie aussi. Ses doigts emprisonnés dans ses poings serrés, commencent à perdre de leur couleur. Les mots de Mathilde lui font encore plus mal que les coups et les insultes qu'elle recevait tout à l'heure dans le couloir. Sa sœur a tellement raison mais elle est bien trop fière pour le lui avouer.

Toujours au-dessus des lavabos, en pleurs, Léa regarde sa sœur à travers le miroir. Mathilde vient de saisir la poignée et soudain, le brouhaha toujours présent de l'autre côté de la porte envahit l'espace. Avant de disparaître pour de bon, elle s'adresse une dernière fois à Léa, haussant légèrement la voix pour qu'elle l'entende.

— Tu as eu raison de lui refaire le portrait. Cette peste n'a eu que ce qu'elle méritait.

23

Il est 19 h 57. La sonnerie de l'interphone retentit. Afin de laisser perdurer encore un peu le suspens, Julia actionne l'ouverture automatique sans demander lequel des invités est en bas.

Linda et Julia attendent derrière la porte comme deux gamines en train d'écouter une discussion qui ne les concernerait pas.

On sonne.

Les deux compétitrices se défient du regard, l'une comme l'autre est bien déterminée à l'emporter. C'est Julia qui ouvre enfin la porte.

— Bonjour Léa et... Mademoiselle !

Julia lance un regard à la fois provocateur à sa filleule – elle a gagné – et surpris aussi, en découvrant la personne qui accompagne Léa.

— Salut Julia, salut cousine. Je vous présente Alix, ma petite amie.

— Enchantée Alix. Et je suis contente de te revoir Léa. Je vous en prie, entrez les filles. Vous êtes les premières et je vous remercie car grâce à vous, je vais me faire servir jusqu'à demain matin.

Linda, qui n'a pas pour habitude de s'avouer vaincue aussi rapidement, doit reconnaître que Julia avait vu juste sur ce coup. Léa et Alix quant à elles, n'ont pas très bien compris la dernière observation de Julia, mais peu importe, l'accueil qui leur est réservé a le mérite de les mettre à l'aise, et c'est tout ce qui compte.

— Merci pour cette invitation, enchaîne Léa avant de faire signe à Alix de la suivre à l'intérieur.

Léa est sincèrement ravie d'être ici. Elle ignore comment réagiront les autres invités – ses parents surtout – mais elle ne veut pas y penser pour le moment.

— Faites comme chez vous, ok ? Linda, ma puce, tu veux bien venir m'aider en cuisine deux minutes ?

— Tout de suite.

— Je suis certaine qu'elles vont parler de nous. Tu crois qu'elles auraient pu faire semblant de…

— Pas du tout Alix. Elles ne sont pas comme ça. Si quelque chose les avait dérangées, ne t'inquiète pas qu'elles l'auraient manifesté sans aucune ambiguïté. La surprise qui s'est lue sur leur visage quand Julia a ouvert la porte, est totalement légitime. Il faut les comprendre, j'avais seulement dit que je serais accompagnée, rien d'autre. Elles s'attendaient certainement à me voir arriver aux bras d'un charmant jeune homme.

— Oui, tu as raison. Il faut que j'essaie de me détendre. Profitons pleinement de cette soirée. Et je tenais à te remercier aussi d'assumer notre relation comme tu le fais. Tu me mets en confiance et j'aime ça.

— Alors niveau confiance, tu as encore un peu de chemin à faire mon amour, mais j'accepte le compliment.

— Avec une fille ?
— Oui, et alors Julia ?
— Bah, et alors rien de particulier. Mais, toi, tu t'en doutais ou pas ?
— Pas le moins du monde, mais je ne vois pas ce que ça change. Si Léa est heureuse comme ça, tant mieux pour elle. Et cette Alix a l'air fort sympathique.
— Et je suis jalouse de ses beaux cheveux roux. Non mais tu as vu cette chevelure flamboyante ? Cette fille est juste magnifique ! Enfin bien-sûr, si je fais abstraction de son jean troué !
— On s'en fiche des apparences. J'espère seulement qu'elles n'auront pas mal interprété notre air surpris en les découvrant derrière la porte. Enfin, surtout le tien.
— Je te remercie de ton soutien. Dans le doute, soyons juste nous-même à présent, et tout ira bien.
— Juste nous-mêmes, j'aurais pas dit mieux. Allez, on y retourne, et prends avec toi un plateau avec des machins à grignoter, ça fera moins suspect.

Au moment où Linda et Julia rejoignent Léa et Alix dans le salon, on sonne à nouveau à la porte. Julia se dirige vers l'entrée.

— Hello tout le monde !

Mathilde embrasse Julia, lui remet un bouquet de fleurs fraîchement coupées et entre d'un pas décidé dans l'appartement. Depuis qu'elle fréquente Noah, elle se sent transformée, comme si les ailes qu'elle gardait prisonnières se déployaient enfin. Si bien qu'elle a oublié Noah devant la porte.

— Ce charmant jeune homme se sentait un peu seul sur le palier ! plaisante Julia.

— Oh Noah, je suis vraiment désolée.

Mathilde lui dépose un tendre baiser d'excuses sur la joue, ce qui semble le détendre un peu.

— Les filles, je vous présente Noah, mon ami depuis une bonne semaine et bien plus que ça depuis quelques heures si vous voyez ce que je veux dire. Cet homme est une véritable bête de sexe, j'en frissonne encore.

L'étonnement de Léa face à la surprenante et spontanée franchise de Mathilde, ne passe pas inaperçu. Mais depuis le temps qu'elle espérait que sa sœur se lâche enfin, elle est heureuse d'entendre ces mots – qui auraient mérité malgré tout un peu de nuance, mais ce ne sont certainement ni Julia ni Linda qui trouveront cela déplacé. Ce qui n'est pas le cas de Noah, qui rougit de honte instantanément. Léa essaie de le détendre en tendant une main vers lui et en se comportant comme si sa sœur venait de dire quelque chose de tout à fait normal.

— Enchantée *bête de sexe*, je suis Léa, la sœur jumelle de Mathilde.

Son attitude naturelle aide Noah à reprendre un peu de contenance. Puis rapidement, il assume finalement. Après tout, Mathilde n'a pas tout à fait tort quant à ses capacités à satisfaire la demoiselle. Il sourit à Léa en guise de remerciement et lui répond.

— Oui, je sais. Celle qui chante divinement bien.

— Ah ! J'en déduis que tu es celui qui a traîné ma sœur au *Select* l'autre soir et que tu es aussi le meilleur ami de Louis ?

— Lui-même. J'en profite pour vous remercier toutes les deux pour le feu d'artifice émotionnel que vous m'avez procuré cette nuit-là. Vous êtes vraiment douées et vous vous accordez à merveille. J'étais ravi de vous revoir.

— Bon, de toute évidence, avec Linda nous avons manqué quelque chose, mais nous aurons toute la soirée pour en discuter, n'est-ce pas ? ajoute Julia en jetant un regard complice à Léa et Alix, qui se détendent de plus en plus.

Pendant que Julia rejoint sa filleule en cuisine pour continuer de dresser les succulentes choses préparées pour l'apéritif, Mathilde se rapproche de sa sœur et de son amie.

— Alix, c'est bien ça ?

— Mathilde, c'est bien ça ?

— Je suis ravie de faire officiellement ta connaissance et je voulais, moi aussi, te féliciter de vive voix. Le piano et toi ne faisiez qu'un et le résultat était stupéfiant. Une symbiose parfaite.

— Merci beaucoup, Mathilde. Mais sans la magnifique voix de Léa, crois-moi, le résultat serait beaucoup moins remarquable.

— Je dois reconnaître que votre duo fonctionne très bien et il serait dommage de ne pas continuer d'offrir de pareils moments aux gens.

Le regard des deux sœurs se croisent et ces mots font l'effet d'une explosion de joie dans le ventre de Léa, qui ne peut s'empêcher de serrer Mathilde dans ses bras.

— Merci ma sœur, vraiment. Au fond, j'ai toujours su que tu croyais en moi, en mon rêve, et t'entendre prononcer ces mots me touche profondément. Comme je te l'ai déjà dit l'autre soir, c'est toi qui m'as toujours donné la force de tout affronter avant, et d'accepter celle que je suis maintenant. J'ai été dure avec toi et je m'en excuse.

— Tout va bien, Léa.

Julia, qui a assisté à la scène, est très émue mais elle se reprend et motive les jumelles à en faire autant.

— Bon, gardons les violons et les mouchoirs pour plus tard les filles, vous voulez bien ? Allez hop ! Les autres vont arriver d'une minute à l'autre et je ne voudrais pas qu'ils aillent faire la fête chez le voisin si nous sommes toutes en train de chialer !

Marion, Nathan et Louis sont les prochains à arriver et, comme elles l'avaient unanimement prédit, Lucile, Léon et Charles seront les derniers à rejoindre le reste de la troupe, avec quinze minutes de retard. Rien de bien méchant finalement.

— Salut Julia et désolée. C'est le quart d'heure des rois, comme on dit. Ou plutôt les minutes que Léon a dû passer à la station-service car il n'est toujours pas capable de faire les choses avec anticipation. Tiens, c'est pour toi, et encore désolée pour le retard.

Julia attrape l'emballage en carton et la bouteille de vin, puis rassure Lucile qui semble vraiment contrariée.

— T'inquiète pas Lucile. Avec l'âge, je ne suis plus aussi rigide qu'avant. Et puis Marion et Nathan n'étaient pas à l'heure eux non plus.

— La soirée peut commencer alors ?

— Un peu mon n'veu !
— Julia, qu'est-ce que tu m'fais là ?
— Oh punaise ! Mon âge avancé peut aussi me faire dire des trucs pareils sans que je m'en rende compte. Inutile d'en parler aux autres ok ?
— Promis.

L'apéritif et l'entrée étaient vraiment délicieux, à en croire les commentaires des invités. Bien qu'elle ait gagné son pari et ne devrait s'occuper de rien, Julia débarrasse quelques plats et bouteilles vides pour s'isoler un instant dans la cuisine. Marion, loin d'être dupe lorsqu'il s'agit des états d'âme de son amie, lui emboite le pas.
— Ju, tout va bien ?
— Oui, Ma, tout va bien, ne t'en fais pas.
— Et sinon, tout va bien ?
— Merde, quand est-ce que tu vas arrêter de lire dans mes pensées ? C'est flippant par moment.
— J'arrêterai, quand toi-même tu arrêteras de lire dans les miennes.
— Touchée.
— Bon, qu'est-ce qui te turlupine ?
— Oh ! Merci, Ma. Toi aussi tu sors des trucs bizarres. Des mots de vieux. Même moi, celui-là, je ne l'avais encore jamais osé. Je t'aime tant et je me sens moins seule du haut de mes cinquante balais.
— C'est ça qui te rend nostalgique ? Ce fichu temps qui passe ?
— Oui et non. Mais je te connais, tu ne vas pas te contenter de cette réponse, alors…

— Alors…

— Je crois finalement que ce que je vivais avec Damien me manque énormément. Tu vas dire qu'il y a prescription depuis le temps et…

— Il y a prescription, en effet.

— Je sais mais la récente expérience de Louis m'a ramenée des années en arrière et j'ai repensé à lui, à nous. Au fil du temps, nos appels se sont espacés et ça fait bien longtemps qu'ils n'existent plus. Je n'ai aucune nouvelle. J'ignore ce qu'il devient et parfois ça m'est insupportable. Mon esprit est resté bloqué dans cette relation impossible et je n'arrive pas à passer à autre chose.

— Ju, il le faut pourtant. Nous en avons parlé plusieurs fois. Autorise-toi à vivre d'autres expériences, réponds aux multiples sollicitations qui s'offrent à toi tous les jours. Punaise, tu n'imagines pas la chance que tu as. Depuis que nous sommes en âge de plaire aux garçons, donc presque depuis toujours en ce qui te concerne, ils sont tous à tes pieds ! Ça me mine de te voir passer à côté de ta vie comme ça.

— J'ai essayé de vivre d'autres histoires mais il y a toujours un truc qui cloche. Soit il est égocentrique et répond systématiquement à côté dès que j'ouvre la bouche, soit il a le culot d'avouer qu'il en a trois sous le coude et se laisse le temps d'en choisir une, soit il a une haleine de poney et une toison qui lui descend jusque sur les épaules. Et enfin, le dernier en date préférait mater la télé le soir plutôt que de le passer sous la couette avec moi. J'avais investi dans de la nouvelle lingerie en plus. Le goujat ! J'aurais même accepté une balade dans le parc, c'est dire.

Tout sauf une relation planplan devant la télé le dimanche. Sauf quand je la partage avec toi. D'ailleurs, ça fait bien longtemps qu'on ne s'est pas maté un film d'amour bien pourri.

— On va se prévoir ça très vite, mais ne change pas de sujet, tu veux ? Damien ne reviendra pas, Ju. S'il avait prévu de le faire, il l'aurait déjà fait depuis longtemps. Ce n'est pas faute de lui avoir demandé de revenir plusieurs fois, n'est-ce pas ? Il a fait un choix de vie que tu as accepté un temps, mais qui ne te correspond plus depuis longtemps. Tu aimes ton boulot, tes collègues. Linda compte sur toi pour la guider, l'aider à devenir une brillante avocate comme toi, et moi j'ai besoin de toi aussi. Ju, ça va aller. Tu es une quinqua ultra canon. Tu vas trouver ton âme sœur, je te le promets.

— J'aimerais te croire.

— Mais tu peux, et surtout tu dois. Et au fait, le client que tu as défendu et qui t'a invitée au resto le mois dernier, qu'est-ce qu'il devient ?

— Ma, c'est pas le moment.

— Tu rigoles, c'est totalement le moment. Je te rappelle que ça fait un bon quart d'heure qu'on parle de tes histoires de cœur, alors il n'y a pas de meilleur moment pour parler de lui. Alors ?

Julia termine de déposer le dernier morceau de rôti sur le plateau en bois.

— Ju, ne me dis pas que c'est lui qui sent l'écurie et qui se moque totalement de tes soutifs en dentelle ?

Toujours silencieuse, Julia saisit rapidement le plat en acajou et s'échappe de la cuisine.

— Ju, reviens ici tout de suite ! Tu ne perds rien pour attendre ma vieille ! Je reviendrai à la charge très vite, sois-en certaine.

24

Tout le monde semble ravi d'être ici. Des discussions naissent de part et d'autre de la table.

Léa et Alix discutent avec Lucile et Léon. Le couple était mal à l'aise au début du repas et chacun affichait parfois malgré lui, quelques mimiques et regards indiscrets qui n'auront pas échappés aux filles. Mais, plus les minutes passent et plus leur attitude paraît gagner en naturel et simplicité. Ils sont revenus sur la magnifique prestation dont a parlé Noah au cours du repas, celle qui de toute évidence a fait l'unanimité de toutes les personnes présentes ce fameux soir. Leurs félicitations semblaient sincères et Léa espère que ses parents finiront par lui faire confiance, par accepter celle qu'elle est, et l'encourager enfin à poursuivre son rêve. Cela ne se fera pas du jour au lendemain, elle le sait bien, mais elle y croit. Elle le veut plus que tout.

Marion et Nathan s'inquiètent auprès de Charles de savoir comment il se sent en ce moment, et ses réponses ont le mérite de les rassurer. Il reconnaît que la solitude est parfois dure à supporter mais il sait qu'il peut compter sur sa famille pour l'aider dès qu'il en ressent le besoin. Linda lui manque, mais il a pleinement conscience de la chance qu'il a d'être entouré comme il l'est. Et ce n'est pas le cas de tout le monde, s'il en croit les témoignages de certains de ses partenaires de scrabble du mercredi après-midi, dont la famille est éloignée géographiquement et qui profitent très peu de moments comme celui qu'il est en train de vivre actuellement.

Quant à Mathilde et Noah, ils ont prétexté avoir oublié quelque chose dans la voiture pour quitter précipitamment la table, sous le regard amusé des plus vieux, qui ont été plus jeunes eux aussi. En revanche, cela fait une trentaine de minutes et aucun d'eux n'est encore revenu. Devraient-ils s'inquiéter ?

Linda intervient et s'adresse à son frère, qui se régale avec les pommes de terre grenailles à la persillade que sa marraine réussies divinement à chaque fois.

— Bon, Louis, tu attends quoi pour nous raconter ton expédition aux quatre coins de la planète ? Après tout, si nous sommes tous réunis ici ce soir, c'est un peu pour ça. Sans vouloir vous vexer, Alix et… Noah !

Mathilde et Noah réapparaissent enfin. Tout le monde se doute de ce qu'ils ont bien pu fabriquer pendant presque trois quart d'heures, isolés du reste des invités, et si certains gênés préfèrent regarder leur assiette, Julia, elle, n'hésite pas à les mettre un peu mal à l'aise.

— Ah ! Vous revoilà les jeunes. Vous avez trouvé ce que vous cherchiez au moins ? La voiture avaient changé de place de toute évidence ! Mathilde, ma jolie, arrange un peu ton chignon et Noah, mon grand, ta braguette est ouverte ! Bon ! Il ne manquait plus que vous. Louis, mon chéri, nous sommes tout ouïe. Et après, place au dessert que Lucile et Léon ont gentiment apporté.

— J'espère que ce n'est pas toi, ma sœur, qui a choisi le gâteau ! rigole Nathan.

Il est vite rejoint par tous ceux qui connaissent les goûts très particuliers de Lucile en matière d'entremets. Cette dernière ne se vexe pas du tout et rebondit aussitôt.

— Mon cher frère, je te remercie pour cette interruption pour le moins sincère et spontanée, mais pour ta gouverne, c'est papa qui a choisi le dessert et il a pris le préféré de maman. Celui au caramel et aux noisettes torréfiées.

— Ah, je te dois donc des excuses ma chère sœur. J'ai simplement eu peur pour mes papilles et celles des autres.

— Tu exagères. Mais pour ceux que ça intéresse, je vais vous raconter la petite anecdote que Nathan semblait vouloir évoquer avec sa remarque désobligeante. Pour notre trente-deuxième anniversaire, il a eu la gentille attention de se pointer avec un gâteau à l'étonnant mélange de verveine et de spéculos, dont je raffolais à l'époque, et il s'en est moqué auprès de celle qui est devenue ma belle-sœur.

— Euh, en tout cas, je l'avais trouvé étonnamment bon, moi ton gâteau.

— Merci Marion. Le souci, c'est que depuis, je rappelle que c'était il y a plus de vingt ans, Nathan croit que je ne me satisfais pas de parfums plus classiques, comme le chocolat ou la vanille, certes très bons, mais qui selon moi, manquent cruellement de caractère. Passons !

Certains rient, d'autres tordent le nez et enfin, les plus fantaisistes peut-être, ne paraissent pas plus choqués que cela. Lucile et Nathan se renvoient un sourire complice et se tournent vers Louis pour s'excuser de cet intermède et l'inviter à prendre enfin la parole.

— Papa, tatie, tout d'abord merci pour ce moment très théâtral. Je croyais que ça ne finirait jamais. On se demande bien qui sont les adultes autour de cette table. Bref. Alors, papa, maman et Noah, désolé de vous infliger une nouvelle fois cette histoire. N'hésitez pas à vous boucher les oreilles si cela vous dérange ou alors à débarrasser la table, j'en connais une qui devrait apprécier.

Il adresse un clin d'œil à sa sœur, qui n'a pas arrêté de se plaindre auprès de lui de sa dernière défaite contre Julia. Par solidarité fraternelle, il tente de lui filer un p'tit coup de pouce, on ne sait jamais.

Louis se sent bien, entouré des siens. Il s'apprête à raconter l'expérience qui lui aura donné le courage de quitter enfin le cocon familial et surtout de gagner en maturité et savoir ce qu'il voulait faire de sa vie.

— Il faut savoir qu'au départ, je ne m'étais fixé aucun objectif, aucune contrainte, si ce n'est d'en prendre plein la vue, de découvrir d'autres pays, d'autres coutumes, et le plus grand nombre de merveilles qui font la richesse de ce monde. J'ai visité la Grèce, la Turquie, l'Egypte et tant d'autres. Au fil des mois, j'affinais mes voyages pour ne rien manquer et les rendre le plus mémorable possible. Je me suis émerveillé devant des monuments comptant parmi les sept merveilles du monde : la Pyramide de Gizeh, le Temple d'Artémis ou encore la statue en bronze d'Hélios…

Tous les convives sont pendus à ses lèvres. Même ses parents et son ami ont finalement choisi de l'écouter une nouvelle fois, tant l'émotion et la détermination qu'il met dans chacun de ses mots et chacune de ses phrases, sont touchantes et captivantes.

— ... mais ce qui m'a bouleversé, était de partager le quotidien de personnes remplies d'authenticité et de valeurs, alors que la plupart d'entre elles n'avaient rien. Le *rien* que nous entendons, nous, peuple d'un pays dit riche et développé. Mais, en réalité, j'ai compris que ces gens-là avaient l'essentiel sous leurs yeux et, qu'eux, savaient l'apprécier. Papa et maman, je sais que mon départ a été dur pour vous...

— Surtout pour ta mère ! ajoutent d'une même voix Julia et Lucile qui se sentent obligées d'alléger un peu l'atmosphère, afin d'éviter que chacun fonde en larmes et décide de renier la nourriture qu'il a devant lui, par respect pour ces malheureuses populations.

Elles ont bien conscience que la vraie misère existe et se doutent que c'est justement la confrontation à cette triste réalité, qui aura permis à Louis de rentrer transformé. Mais là, ça devenait difficile à supporter pour elles et pour les autres, dont l'expression affligée les a encouragées à intervenir.

— Je sais. Maman, je te demande pardon. À présent, je suis là et je compte bien rester.

Louis explique ensuite comment, pendant une année, il a fait pour survivre presque sans un sou en poche. Il a vécu au jour le jour, comptant sur la solidarité humaine, le don et le troc, l'échange de quelques services contre le gîte et le couvert. Il ne regrette rien.

— Et nous en sommes tous ravis, Louis. Merci pour ce partage qui, même une deuxième fois, me provoque toujours autant d'émotions, ajoute Marion. Ju, dis-moi que tu as pensé au champagne ? Manifestement, on a plein de choses à fêter ce soir.

Elle jette un œil à ses nièces installées en face d'elle puis s'adresse aux deux nouveaux venus.

— Alix et Noah, je vous souhaite à tous les deux la bienvenue dans la famille.

— Et j'aurais envie d'ajouter : à vos risques et périls ! Vous ne savez pas dans quel pétrin vous avez mis les pieds, mes pauvres. Mais pour une première c'est peut-être un peu mal choisi. Vous en jugerez par vous-même. Tchin tout le monde et merci d'être là ! l'interrompt Julia, qui vient de remplir les coupes et lever la sienne.

25

Deux ans plus tôt

La première rentrée au lycée fut déchirante pour Louis, mais au fil des jours, il parvenait à conserver ce lien, ce lien indestructible qui s'était ficelé entre lui et Théo au rythme du temps. Cela le rassurait, mais inévitablement, ils s'éloignèrent l'un de l'autre petit à petit.

Durant son année de Seconde, ses résultats n'étaient pas spectaculaires. Louis se maintenait proche de la moyenne de la classe, il ne fournissait ni plus ni moins d'effort. Les premiers temps, Marion et Nathan justifiaient son manque d'implication par l'absence de Théo, mais, plusieurs fois par la suite, ils l'ont secoué afin qu'il se reprenne en main, qu'il fréquente d'autres personnes, qu'il sorte, qu'il vive comme un ado de son âge.

Louis et Théo voguent désormais sur des eaux différentes. Louis a eu beaucoup de mal à s'habituer à cette nouvelle vie sans son ami, et pour autant il s'est ressaisi. Il a travaillé dur en Première et en Terminale et a obtenu son baccalauréat avec mention. Louis a 22 ans maintenant et malheureusement il n'a toujours aucune idée précise de ce qu'il souhaite faire de sa vie. Voyager a toujours été une évidence, mais comment ? Et avec quel argent ? Il a commencé à travailler depuis trois ou quatre étés, et davantage depuis peu. Des petits boulots qui ne lui offrent aucun épanouissement ni satisfaction personnelle, mis à part de pouvoir mettre de l'argent de côté, aider ses parents – chez qui il vit toujours – et gâter Linda dans les rares moments où elle ne lui sort pas par les yeux.

Une idée lui trotte dans la tête depuis un long moment. Elle s'est renforcée avec le départ de Théo, et Louis sait à présent qu'elle est prête à être concrétisée.

Allongé sur son lit, son ordinateur devant les yeux, il consulte divers témoignages de globetrotters, de routards qui ont tout quitté du jour au lendemain pour partir vivre de nouvelles aventures à la découverte du monde et de soi. Libres. Seuls. Loin. Tous avaient cet objectif commun de quitter le confort et la routine millimétrée, se mettre à l'épreuve, pour finalement n'aspirer qu'à une seule chose : apprendre à se connaître, connaître ses limites, ses peurs, ses doutes, ses forces et ses faiblesses. Un rendez-vous avec soi-même.

Au fil de ses recherches, un blog attire son attention. Tout lui plaît. Du choix des éléments interactifs, à la mise en avant des itinéraires, sans oublier l'authenticité et la simplicité qui s'en dégagent dès l'ouverture. Mais Louis est surtout frappé par le titre choisi par son auteur et qui fait écho en lui : « J'ai eu envie de sauter à pieds joints dans le vide. La meilleure décision de toute ma vie ».

Louis accorde une attention particulière à chaque photo, chaque vidéo et chaque témoignage de cet homme en qui il se reconnaît. Il a décidé de tout quitter, un jour, comme ça.

Plus rien ne le retenait ici – il est du coin. Dans ses récits, il n'a pas peur de dévoiler son intimité, ce qui crée un sentiment de proximité qui ne laisse pas Louis insensible. D'après ce qu'il confie au travers de ses dernières lignes, on comprend naturellement que celui qui occupe désormais son corps, sa peau et son esprit, est totalement différent de celui qui a fait le choix de partir, deux ans auparavant.

Louis se sent à la fois très éloigné de ce que décrit cet homme, et en même temps tellement proche de lui. Sa vie ne semblait pas aussi bien rodée et confortable que la sienne, malgré tout, il se sent en totale connexion avec lui. Spontanément, Louis choisit de le contacter.

Salut. J'ai envie de sauter à pieds joints dans le vide moi aussi et je suis convaincu que tu peux m'y aider.

Seulement quelques minutes plus tard, une notification apparaît. *Il* vient de lui répondre. Louis, qui ne s'attendait pas à recevoir un quelconque retour avant le lendemain matin, se précipite pour ouvrir le message.

Il me reste un parachute et quelques bons conseils en stock. Si ça te dit, on peut se retrouver quelque-part. Demain, brasserie du centre, 14 h ?

Je prévois des anti-vomitifs et de quoi noter. Merci beaucoup.

Y'a pas d'quoi !

Au fait, je m'appelle Louis.

Enchanté Louis. Moi, c'est Noah.

Mathilde et Léa obtinrent leur bac elles aussi. Leurs dernières années de collège furent difficiles avec la séparation de Lucile et Léon, et malgré de mauvaises appréciations qui salissaient son dossier scolaire, Léa avait toujours de bons résultats et savait au fond d'elle, qu'il fallait qu'elle s'assure au moins cela pour que ses parents lui fichent la paix – du moins de ce côté-là.

À la maison, comme à l'école, elle continuait de jouer les fortes têtes et rejeter toute tentative de rapprochement ou de soutien de la part de Mathilde. La communication est toujours difficile entre les deux sœurs.

— Léa, ne part pas s'il te plaît. Reste encore un peu. Je t'aiderai à voir les choses autrement et ils finiront par changer et accepter, je te le promets.

— Mathilde, c'est trop tard, c'était bien avant qu'il fallait t'en préoccuper.

— T'es injuste Léa. J'ai toujours essayé de te protéger à ma manière mais tu…

— Je quoi ? Vas-y Mathilde, je suis curieuse de savoir ce que tu vas dire.

— Tu n'as jamais voulu m'écouter. Tu t'emportais, constamment sur la défensive, tu as toujours refusé mon aide, refusé de me parler, de me faire confiance.

— Mais parce que tu n'aurais pas… Laisse tomber Mathilde, tu veux ? Je dois regrouper toutes mes affaires s'il te plaît, pousse-toi.

— Léa, je t'en prie.

— Ma décision est prise et je ne reviendrai pas dessus. Il va falloir t'y faire. Et si tu es honnête avec toi-même, la situation sera bien plus confortable pour toi aussi.

— Qu'est-ce que tu veux dire ?

— Je veux dire que tu ne te sentiras plus investie d'une mission de sauvetage envers ta pauvre sœur, et les cris et les engueulades cesseront enfin à la maison. Et peut-être même que papa et maman n'attendaient que ça eux aussi.

— Arrête Léa, s'il te plaît. Tu ne peux pas fuir comme ça. Parle-moi, je t'en supplie.

Mathilde pleure. Elle est assise sur le lit de sa sœur qui s'agite dans les sens pour remplir ses valises et ses cartons. La dernière dispute avec ses parents au sujet de son avenir, l'a décidée à partir, à quitter la maison et s'installer seule. Elle a trouvé un appartement dont le loyer est étonnamment bas pour le quartier dans lequel il est situé. La propriétaire, une vieille dame qui occupe le logement du rez-de-chaussée, ne court pas après l'argent et tenait à donner la possibilité à de jeunes gens de démarrer leur indépendance sans être obligés de se saigner tous les mois. Ainsi, les petites missions que Léa accomplit le soir et le weekend depuis qu'elle est en âge de travailler, lui permettront de le financer.

Plus personne pour la juger, plus personne pour lui dire qu'elle fait les mauvais choix, qu'elle mérite mieux, qu'elle devrait y réfléchir. Elle ne fait que ça, réfléchir. Réfléchir à ce qu'elle est, à ce qu'elle veut devenir, à comment elle sera acceptée le jour où tout le monde saura la vérité.

Ça la rend mal de voir sa sœur comme ça et, en effet, elle a été injuste tout à l'heure, et toutes les autres fois aussi. Léa n'a pas le droit de rejeter sa colère sur elle. Elle ne sait faire que ça depuis toujours et Mathilde ne le mérite pas. Léa se calme un peu, elle ne peut pas partir en laissant sa sœur dans cet état. Alors, sans pour autant manifester le moindre signe de tendresse, Léa tente de la rassurer comme elle peut.

— C'est pas contre toi, Mathilde, mais j'ai besoin de partir. Arrête de pleurer, d'accord ? Je ne supporte plus de vivre ici. Papa et maman ne me comprennent pas et je me demande s'ils me comprendront un jour. La relation qu'ils entretiennent tous les deux n'est pourtant pas irréprochable non plus, mais ils se sentent obligés de me reprendre quoi que je dise, quoi que j'entreprenne, quoi que je décide de faire de ma vie. Tu peux comprendre que c'est difficile à supporter pour moi ? Toi, tu peux me comprendre, n'est-ce pas ? Mathilde, dis quelque chose s'il te plaît.

Face à ses pleurs incessants et son manque total de réaction, Léa s'accroupit pour se mettre au même niveau que sa sœur – toujours assise sur le lit, la tête baissée – et ajoute quelque chose dont elle est certaine que cela détendra un peu cette atmosphère lourde et douloureuse.

— Et puis, il y a une deuxième chambre, tu sais ? Tu pourras venir quand tu veux. À la seule condition que tu ne laisses pas traîner tes affaires partout.

Bien que Mathilde ne réagisse pas, l'œil attentif de Léa remarque ses deux pommettes qui se soulèvent légèrement. Sa sœur vient de sourire.

Linda, quant à elle, entre en Terminale. Elle a une idée très précise du chemin qu'elle va emprunter et elle fera tout pour y arriver. Sa marraine ne cesse de lui répéter qu'elle est du signe du verseau et que ce côté déterminé et fonceur en est une des caractéristiques essentielles. Et cela lui va si bien.

— Tu sais ma puce, je le dis à ta mère depuis que tu as la taille d'une cacahuète, et elle n'y a jamais accordé la moindre importance, j'avais pourtant…

— C'est donc de là que vient ce surnom ridicule que tu me donnes ?

— Exactement ma p'tite noix de cajou.

— Arrête ça s'il te plaît ! J'ai 17 ans, tu pourrais faire un effort et trouver un truc plus… je sais pas moi… banal.

— Ma *Dada*, ça t'irait ?

— Mouais.

— Je refuse de t'appeler *Lili*, c'est beaucoup trop banal pour le coup. Bon, laisse tomber, je me contenterai de *ma puce*, c'est pas si mal. Ça vous convient ainsi, très chère ?

— Parfaitement ! répond Linda avec une intonation délibérément guindée.

— Entendu. Bon, alors, quand tu auras décroché ton bac avec les félicitations du jury, tu fouleras ce même plancher en bois et tu t'assiéras sur ces mêmes bancs inconfortables qui ont eu la chance d'accueillir mon magnifique fessier il y a quelques années ?

— J'en ai l'intention en effet. Le seul hic est que…

— Que quoi ?

— Bah, laisse-moi terminer, j'allais y venir. Le seul hic est que notre appartement est situé à l'opposé de la fac et je vais devoir passer presque le quart de ma journée dans les transports, et j'avoue que ça me désespère un peu.

— Viens t'installer ici ! Regarde, on a déjà nos petites habitudes avec tes visites régulières, alors.

— Non, Julia, ça m'embête, je ne vais quand même pas t'imposer de partager le quotidien d'une ado au caractère bien trempé. Au bout de deux jours, on n'arrivera plus à se supporter.

— Ne dis pas n'importe quoi. C'est plutôt chouette je trouve, ça me rappellera mes jeunes années et ma toute première colocation avec ta mère. Et puis niveau caractère bien trempé, tu as encore du chemin à parcourir ma petite ! Tu oublies que tu t'adresses à la championne en titre, indétrônable. Allez, s'il te plaît, dis oui ma Dada, ma Lili, ma p'tite noix de cajou !

— T'es pitoyable. En plus, maman va…

— Ta mère, j'en fais mon affaire.

— Bon, bah…

— Oh oui c'est trop cool ! C'est vrai, je m'ennuie toute seule dans ce grand appart'. Et puis, je te préparerai la chambre d'ami, tu as de la chance elle est plus grande que la mienne et le dressing est immense, et aussi je te ferai des bons p'tits plats tous les jours, c'est promis, et je…

— Marraine, c'est dans plus d'un an, on a le temps.

— Oui, je sais mais je suis trop contente, tu n'imagines même pas, ma p'tite noix de… ma puce !

— Oh que si, et je regrette presque déjà d'avoir dit oui.

— Euh, t'as pas tout à fait dit oui en réalité. Je reconnais que je t'ai peut-être un peu forcé la main, mais ce serait tellement génial, non ?

— Mouais, possible.

— Tu pourrais y mettre un peu plus d'entrain !

— Ce serait super, oui. Mais si j'accepte réellement, ne va pas t'imaginer des trucs, ok ? C'est uniquement parce que je suis à deux arrêts de métro de la fac.

— Bien évidemment, qu'est-ce que tu vas imaginer !

26

Il est plus de minuit. La soirée était vraiment super et comme à son habitude, malgré l'organisation de dernière minute imposée par Linda, Julia a mis les petits plats dans les grands et tout le monde s'est régalé et bien amusé.

Marion s'apprête à se coucher et son téléphone vibre sur la table de nuit. Nathan, qui s'était endormi bien avant elle, redresse la tête.

— Marion, qu'est-ce que tu fabriques ?

— Rendors-toi mon chéri, c'est Julia qui m'appelle, j'ai certainement oublié un truc, pour changer.

Nathan replace la couverture sur sa tête et se remet à ronfler immédiatement.

— Oui, Ju. Qu'est-ce que j'ai oublié cette fois ?

— Absolument rien. C'est pas pour ça que je t'appelle. Je voulais simplement savoir si tu avais passé une bonne soirée.

— La soirée était excellente. Nous sommes à chaque fois reçus comme des rois. Tu n'as aucun souci à te faire.

— Super !

— Ju, il est plus de minuit et ton appel pouvait attendre demain, alors quoi ?

— Je n'arrive pas à dormir et j'ai personne à qui parler.
— Linda est déjà couchée ?
— Elle est tombée comme une masse, elle a tout rangé toute seule.
— Ne me dis pas que vous avez recommencé vos jeux débiles ?
— Si, et j'ai encore gagné !
— Et tu me voyais arriver en quelle position cette fois ?
— On était d'accord toutes les deux pour dire que vous occuperiez la troisième place, et on avait raison. Linda pensait que Mathilde arriverait en premier, et moi que ce serait Léa. Bingo ! Quant à Lucile et Léon, ça devient une habitude, donc on n'a pas pris trop de risque en les plaçant à la fin du peloton.
— Vous êtes navrantes les filles, il n'y en a pas une pour rattraper l'autre. Et dire que je te laisse embarquer ma fille dans tes délires. La prochaine fois, laisse-la gagner s'il te plaît, je me souviens la tête de Louis par moment, elle a dû le bassiner avec ça une bonne partie de la soirée.
— Promis.
— Bon, tu as envie de discuter un peu ?
— Oui, s'il te plaît.
— Je t'accorde trente minutes, ça te va ?
— C'est parfait. Nathan est à côté de toi ? Il va encore râler.
— T'inquiète, il ronfle déjà comme un sonneur, je suis descendue dans le salon. Alors, de quoi tu veux parler ?
— De rien en particulier, et toi ?
— Ju, tu te fiches de moi ?

— Bon, ok. Tu sais mon client, le beau gosse, directeur d'une…

— J'en étais sûre, espèce de cachottière ! Vas-y raconte.

— Bah, on s'est effectivement vu le mois dernier.

— Et plus rien depuis ?

— Bah si, attends, ça vient. Donc, il m'a invitée au restaurant pour me remercier d'avoir remporté son affaire. Tout s'est bien passé, resto gastronomique, belle bagnole et surtout belle gueule, et au moment de se dire au revoir, il a essayé de m'embrasser.

— Oui, et alors, c'était comment ?

— Bah, j'en sais rien, j'ai tourné la tête et je me suis enfuie comme une ado effrayée par un premier baiser.

— Ju, tu as eu peur, c'est pas si grave.

— Je sais mais j'ai tellement honte que je n'ai répondu à aucun de ses appels depuis ce soir-là. Un jour, il s'est même pointé au cabinet. Je me suis cachée dans les toilettes et j'ai demandé à Sandrine de dire que j'étais coincée chez moi à la suite d'un dégât des eaux. Ma, tu te rends compte à quoi j'en suis rendue ? J'ai 50 ans et des poussières et je ne suis même plus capable de me comporter en adulte responsable.

— C'est vrai que je t'ai connue bien plus aventureuse en matière de relation avec le sexe opposé, mais ne t'en fait pas, ça reviendra. Tu me fais penser à moi il y a vingt ans, quand je pensais avoir perdu les codes…

— Ma, tu avais bien perdu les codes !

— Je te remercie pour ton soutien, Ju, ça me touche énormément. Bref ! Après la naissance de Louis, je n'avais plus fréquenté personne, et Nathan m'a aidée à retrouver confiance en moi. Et je suis sûre que cette *belle gueule* pourrait t'y aider aussi, si tu lui laissais une chance.

— T'as raison. Ok, Julia. Secoue-toi ma vieille, arrête tes conneries. Ce ne sont pas trois pauvres rides qui vont te gâcher la vie. Cet homme est très charmant, il a une bonne situation, il est gentil et on dirait que tu lui plais en plus. Et toi, pour je ne sais quelle raison débile, tu vas laisser la place qui te revient à une pauv'fille qui ne la méritera certainement pas ! Alors, plus d'apitoiement ridicule, tu m'entends ? Demain, tu redeviens la Julia entreprenante que tu es, tu rentres son numéro dans ton fichu portable et tu l'appelles. Capische ?

— Euh, oui, voilà, j'aurais pas dit mieux ! Mais si tu te mets à jouer mon rôle, à quoi je sers moi maintenant ?

— Ma, je t'aime. Merci pour ton écoute. Waouh ! Je suis reboostée comme jamais. Merci, merci, merci.

— Bah, je n'ai pas fait grand-chose, mais je reconnais que c'était assez jouissif de t'entendre te parler à toi-même de la sorte. Au fait, comment se passe la cohabitation avec Linda, mis à part le fait que tu l'exploites pour les tâches ménagères ?

— Linda est la colocataire la plus cool que j'ai jamais eue.

— Ju, à part moi, tu n'as jamais eu de colocataire.

— Bah, c'est bien ce que je dis ! Ma, reste concentrée s'il te plaît.

— T'es pas gonflée toi ! Bon, en tout cas, c'est super que tout se passe bien, je suis contente pour vous deux.

— Oui, ça me rend heureuse de l'avoir auprès de moi.

— Tant que tu ne la dévergondes pas, ça me va aussi.

— Elle n'a pas besoin de moi pour ça !

— Qu'est-ce que tu veux dire par là ? Ju ? Arrête de rire comme une bécasse, tu veux, et dis-moi ?

— Je te fais marcher, Ma. Ta fille est sage comme une image. Un peu trop d'ailleurs, il va falloir que j'y mette un peu le nez, si tu veux mon avis.

— Laisse-la tranquille. Elle fait passer ses études et sa carrière avant tout le reste, tu le sais bien. Elle a encore le temps pour se caser.

Marion baille bruyamment, puis reprend.

— Ju, en tout cas, je tenais à te remercier sincèrement de tout ce que tu fais pour elle au quotidien, et aussi d'avoir organisé cette petite fête pour le retour de Louis. Je le sens épanoui et je m'en serais voulue toute ma vie de l'avoir empêché de vivre ça.

— C'est pas utile de t'autoflageller. Il serait parti quoi que tu en dises, on est bien d'accord ? Et pour Linda, c'est un vrai plaisir. On peut dire que tu les as réussis ces deux-là. Tu peux être fière, comme je le suis d'être leur marraine et aussi d'être ton amie, Ma.

Marion exprime à nouveau sa fatigue, à s'en décrocher les mâchoires.

— On a dépassé les trente minutes, là non ?

— Quarante-sept minutes, vingt-cinq secondes et douze centièmes, très exactement.

— J'y crois pas. T'as vraiment compté ?

— J'ai lancé le chrono dès la première seconde où j'ai décroché.

— Quelle peste ! Je sais même pas pourquoi je t'aime autant toi. Tu as vu comment tu me traites ? Mais je t'en veux pas, je suis crevée moi aussi de toute façon. J'te laisse, Ma. Bonne nuit et merci d'avoir pris cet appel.

— Y'a pas de quoi. Ça m'a fait plaisir de papoter un peu moi aussi. Bonne nuit.

Marion raccroche et prolonge un peu ce moment de calme, assise seule sur son canapé. Elle est contente pour son amie. Julia semble avoir retrouvé l'assurance et la spontanéité qui font d'elle ce qu'elle est. Ses enfants, Linda et Louis, semblent heureux, chacun à leur manière, et elle est fière de les avoir amenés jusque-là, et surtout rassurée que son fil soit rentré sain et sauf à la maison. Demain, elle prendra des nouvelles de sa fille et lui confiera quelques astuces pour ne plus se laisser berner par sa manipulatrice de marraine.

Marion rejoint enfin Nathan et se couche pour de bon. Elle se rapproche du corps chaud de son mari et s'endort presque aussitôt.

27

Mathilde et Noah se réveillent tous les deux enlacés, comme toujours. Il n'y a pas moyen de les décoller ces deux-là.

— Tu as passé une bonne soirée ? Ma famille ne t'a pas traumatisé ?

— Absolument pas. C'était super ! Surtout notre petite virée dans la cage d'escalier.

— Punaise, tu as vu leurs têtes quand on les a rejoints ? Heureusement qu'aucun voisin ne s'est pointé. Je me rends compte que je suis totalement irresponsable quand je suis avec toi, mais c'est complétement génial !

— Oui, c'est souvent l'effet que je fais. Et puis, il fallait bien que je fasse honneur à la réputation que tu m'as faite en arrivant.

— T'as pas bientôt fini de te la raconter ?

— Bon, sans blaguer, ils sont tous très gentils et tes parents ont l'air vraiment cool et amoureux, c'est beau à voir.

— Amoureux ? Ah, non, tu dois confondre avec mon oncle et ma tante, Marion et Nathan. Mes parents, étaient assis à ta droite à table. Ils se sont séparés, il a une dizaine d'années, je crois. Nous étions au collège avec Léa. Ma mère a vécu un temps chez mon grand-père et puis, un beau jour, elle est revenue s'installer à la maison. Mon père avait fini par admettre que la situation de l'époque était difficile pour elle. Malgré leur vie commune, ils se considèrent encore aujourd'hui, davantage comme des amis que des amants. Et de toute évidence, cette relation leur apporte un certain équilibre. Et je suppose qu'elle nous aura permis de retrouver le nôtre aussi, à Mathilde et à moi. Aussi étrange que cela puisse être.

— Je ne trouve pas ça étrange. Selon moi, un enfant n'a pas besoin que ses parents couchent ensemble pour se sentir bien. Et puis, qui sait, un jour, ils retomberont peut-être amoureux comme au premier jour.

— Seul l'avenir nous le dira.

— Donc ton père, c'est celui qui a des épiceries un peu partout dans le coin ?

— Voilà ! D'ailleurs, il me disait qu'il venait d'acquérir un nouveau local en ville, pour un projet d'épicerie solidaire. Ce concept ne permettra pas de générer autant de bénéfices que les autres, mais il semblait vraiment séduit.

— J'adore l'idée, en effet.

— Moi aussi, et j'espère que son projet aboutira. Dis, on en a jamais parlé, mais je suis curieuse de savoir comment vous vous êtes rencontrés avec Louis ?

— C'est grâce à mon blog. J'ai créé un blog, il y a quelques années à la suite d'un long voyage comme celui que Louis a fait. Avant de se lancer, il avait besoin d'échanger avec quelqu'un qui avait vécu ce qu'il s'apprêtait à vivre. Nous nous sommes tout de suite bien entendus et surtout compris. Pour lui, comme pour moi, il fallait que nous sortions de notre zone de confort, un confort tout à fait relatif en ce qui me concerne, et c'était la clé pour notre développement personnel.

— Ça n'a pas été trop difficile de quitter ta famille, tes amis, ta vie ?

— J'avais 18 ans et mes parents ne comprenaient déjà pas mes choix. J'avais arrêté l'école et il n'y avait que mes dessins et les mangas qui comptaient. Je n'avais pas beaucoup de vrais amis, alors il n'y avait pas grand-chose qui me retenait. Et j'imagine que je n'ai pas dû manquer à grand monde non plus.

— Ils ne t'en ont pas empêché ?

— Je ne leur ai pas laissé le choix. Je suis parti c'est tout. Je ne supportais plus leurs morales, ils me rabaissaient sans cesse, surtout mon père. Il me répétait que je n'arriverais à rien dans la vie. Aucun d'eux n'a jamais cherché à savoir comment j'allais, jusqu'à l'année dernière. Mon père a retrouvé ma trace, j'ignore comment, il ne m'a pas laissé le temps de le lui demander.

— Qu'est-ce qui s'est passé ?

— Il s'est pointé un jour sur mon lieu de travail, je faisais alors de la manutention dans une boite de transport frigorifique. Il m'a vu, il s'est avancé vers moi et il s'est contenté de me balancer : « Je savais que tu ne saurais rien faire d'autre que porter des cartons et obéir à un imbécile de patron qui n'en a strictement rien à faire de toi ! Bravo Noah, sur ce point-là au moins, tu ne nous auras pas déçus ! Tu devais avoir honte. Quand ta mère saura ça, tu peux être sûr qu'elle reniera pour de bon son raté de fils. Inutile de revenir ! »

— Noah, c'est tellement horrible ! Tu es en train de me faire marcher là ?

— Pas du tout. Tu comprends à présent pourquoi je ne regrette pas d'avoir pris la décision de tout quitter. Car je ne quittais rien en définitive.

— Il fallait quand même être sacrément courageux pour faire ce que tu as fait.

— Je dirais plutôt, désespéré, dans mon cas. Mais je ne regrette rien. Je peux même affirmer que c'est la deuxième plus belle expérience de ma vie.

— La deuxième ?

— Si je considère celle qui a commencé dans la poussière du local des archives, oui, la deuxième.

Mathilde place ses mains derrière la nuque de Noah et l'embrasse tendrement.

— Donc, cette soif d'aventures vous fait un point commun avec mon cousin. Bien que lui, n'a pas du tout la même relation avec ses parents, sans vouloir remuer le couteau dans la plaie, bien sûr.

— Pas de souci. Je me suis fait une raison tu sais, et je m'en porte pas plus mal. Oui, c'est en effet, notre premier point en commun.

— Parce que vous en avez d'autres ?

— Oui, mais si je te les disais tous, Louis risquerait de m'en vouloir, alors tu te contenteras de celui-là.

— Je m'en fiche, je questionnerai Louis à ce sujet, il sera peut-être plus bavard que toi !

— À ta place, je n'en serais pas si sûr.

Noah cumule les petits boulots, un peu comme le font Léa et Alix pour assurer le quotidien comme ils peuvent. Rien d'épanouissant, mais ils veulent croire, tous les trois, que c'est juste pour un temps. Le temps de concrétiser ce qu'ils ont toujours voulu.

Les filles enchaînent les auditions dans l'espoir d'être un jour repérées, et elles continuent de se produire au *Select* le vendredi soir. Elles espèrent de tout cœur que les ovations qu'elles provoquent à chaque représentation, finiront par leur offrir la vie dont elles ont toujours rêvé.

Noah met de l'argent de côté et continue de parcourir les petites annonces et les rues de la ville, à la recherche du local qu'il imagine pour sa future librairie. Un jeune créateur de mangas japonais, qu'il a rencontré à l'occasion de son voyage et avec qui il est resté en contact, souhaiterait se faire connaitre à l'étranger et notamment en France. Noah pourrait l'y aider.

Mathilde, quant à elle, n'a jamais réellement eu de rêve, si ce n'est celui d'être simplement heureuse dans la vie. Et Mathilde ne l'est que lorsqu'elle est entourée de gens qui le sont. Alors, elle essaie, jour après jour et du mieux qu'elle peut, de contribuer au bonheur des personnes qu'elle aime.

Avec Noah, ils ont prévu d'aller au cinéma ce soir et Mathilde a juste un petit détour à faire avant.

28

Il y a environ un an

Louis fait les cent pas dans sa chambre. Il ne sait pas comment annoncer à ses parents la décision qu'il vient de prendre. Il a mis du temps à se persuader que c'était la meilleure chose qui puisse lui arriver. Noah l'a bien aidé, il l'a encouragé, l'a motivé, et son enthousiasme a fini par le convaincre qu'il fallait qu'il le fasse. Un saut à pieds joints dans la vie et sans parachute finalement !

Mais le moment est peut-être mal choisi. Linda va bientôt s'installer chez Julia et cela risque d'être un peu trop lourd à supporter pour Marion. Malgré tout, Louis ne souhaite pas renoncer. Il ne connait que cette vie bien rangée, ponctuée de règles, de codes et d'influences dans lesquels il ne se reconnait plus. Il n'a jamais manqué de rien et il ne remerciera jamais assez ses parents pour cela, mais, à 24 ans maintenant, il a envie et surtout besoin, de voir autre chose, de partir sur les routes comme un vagabond sans attache et avec le minimum pour vivre. Libre.

Marion et Nathan viennent de se lever. Ils prennent leur petit déjeuner dans la cuisine, quand Louis les rejoint.

— Papa, maman, il faut que je vous parle.

— Bien sûr mon grand, assieds-toi, on t'écoute.

— Tout d'abord, promettez-moi de ne rien dire à Linda. C'est à moi de lui annoncer, j'attendrai qu'elle rentre ce soir pour le faire.

— C'est promis. Maintenant, dis-nous ce qu'il y a, on commence à s'inquiéter.

— J'ai bien réfléchi et j'ai besoin de partir.

— Tu as trouvé un appart ?

— Non, papa, je pars pour un moment. Seul. Depuis un certain temps, j'ai la sensation de ne pas vivre ma vie. Je ressens une sorte de vide qu'il faut que je comble au risque de m'y perdre définitivement. Quand Théo est parti, j'avais ressenti un peu la même chose, puis c'est passé, grâce à vous et à Linda. Mais à présent, je sens que c'est important pour moi de le faire, de partir.

— Euh, d'accord Louis. Tu es quelqu'un de responsable et je me doute que tu as réfléchi à tout. Avec ta mère, on ne peut te contraindre à rester ici, si tu estimes que ton destin est ailleurs.

C'est principalement Nathan qui fait la conversation. Marion se doutait que ce jour arriverait, mais elle en perd ses mots. Depuis tout petit, Louis parle de voyages, il rêve d'expéditions au bout du monde. Le retour d'expérience de Julia l'a marqué. Il était pourtant petit à cette époque, mais Marion a bien vu son regard quand il écoutait sa marraine. Ce même regard pétillant que celui qu'il a à cet instant précis.

— Non, papa, mon avenir est ici auprès de vous et de Linda. J'ai simplement besoin de voir autre chose pour un temps, de quitter ce confort que vous m'offrez depuis toujours. Vous n'êtes responsables de rien, c'est moi et moi seul qui décide de partir. C'est juste pour quelques mois, le temps de me retrouver et savoir ce que je veux faire de ma vie. Vous me comprenez ?

— Bien sûr qu'on te comprend. Mais, nous sommes tes parents et il est normal que nous soyons inquiets pour toi. Comment tu vas faire pour vivre ? Où tu vas loger ? Et avec quel argent ?

— J'ai justement besoin de me prouver qu'on peut vivre sans tout ça, papa. J'ai économisé ces dernières années mais j'en utiliserai le moins possible. Maman, ne pleure pas s'il te plaît et dis quelque chose, tu n'as pas prononcé un seul mot encore.

— Oui, excuse-moi mon chéri, c'est juste que je suis surprise, même si depuis tout petit tu rêves de voyager, jamais je n'aurais pensé que tu le fasses dans ces conditions, et je rejoins ton père, ça m'effraie énormément.

— Maman, tout va bien se passer, il faut que vous me fassiez confiance. Je me suis bien renseigné. Pendant plus d'un an, j'ai suivi des personnes via leur blogs et tous étaient unanimes quant aux bienfaits de cette expérience qu'ils s'étaient autorisés à vivre et riche en découverte de soi. J'ai surtout été touché par un garçon en particulier. Un gars du coin que j'ai rencontré et avec qui j'ai échangé pendant de longs mois. Nous sommes devenus très bons amis. Il a tout quitté, il est parti sans rien, essentiellement dans les pays d'Asie, et il est revenu avec un tout autre regard sur la vie. Son expérience ainsi que toutes les autres, m'ont conforté dans ma décision. Il faut que je le fasse.

Marion prend sur elle pour ne pas pleurer à nouveau. Nathan continue.

— Si tu as besoin de ça pour te sentir mieux, nous ne pouvons que t'encourager à le faire. À une seule condition, mon grand.

— Oui, laquelle ?

— Que tu appelles ta mère tous les jours.

— Ah ! Je n'avais pas encore abordé ce sujet.

— Il vous a dit ça ?

— Oui, Lucile, mot pour mot.

— Et son départ est prévu pour quand ?

— Mardi prochain. Ça me fait encore tout drôle de le dire. Je me sens mal d'avoir quitté la pièce en pleurant, mais le coup du téléphone m'a totalement anéantie. Tu te rends compte ? Je ne pourrai pas le joindre et lui non plus. Imagine s'il lui arrivait malheur, il n'aura aucun moyen de nous joindre.

— Hey, ne pense pas à ça, tu veux ? Calme-toi. Et puis, là où il sera, ne t'inquiète pas, s'il en a vraiment besoin, il trouvera bien un moyen de te contacter.

— Je sais, mais j'ai le sentiment d'être abandonnée une seconde fois. J'ai ressenti la même chose, il y a presque vingt ans, quand Julia m'a annoncé qu'elle partait. Mais avec Louis, c'est encore plus fort et déchirant. La relation exclusive que nous avions pendant les trois premières années de sa vie, et celle que nous entretenons encore aujourd'hui, me fait perdre tout discernement. Je savais que ce jour arriverait et qu'il finirait par quitter la maison, mais pour emménager dans la ville d'à côté, pas pour partir sans rien ni personne à l'autre bout de la planète.

— Ne t'en rends pas malade. Louis a la tête sur les épaules. S'il vous a dit qu'il avait tout préparé, vous pouvez lui faire confiance. Et puis cet ami dont il parle, il est bien revenu entier et enchanté, n'est-ce pas ? Alors, fis-toi à son expérience à lui, si ça peut te rassurer un peu. Un parent est confronté un jour ou l'autre au départ de son enfant, que ce soit dans la rue d'à côté ou bien plus loin. Et je pense que Louis a besoin de savoir au fond de lui que tu acceptes sa décision pour partir serein.

— Pfff ! Tu parles ! C'est une vraie tête de mule, il le fera avec ou sans mon approbation.

— D'accord. Mais ?

— Mais, je vais en discuter à nouveau avec lui, dès que nous aurons raccroché. Ça te va ?

— Bien. Laisse-le partir, Marion. Et dans les moments où se sera plus compliqué, Nathan, Julia et moi, on sera là pour toi.

Linda ne devrait plus tarder maintenant. Louis l'attend dans sa chambre. Elle va certainement râler de le trouver ici, mais peu importe. Lorsqu'elle occupe les lieux, il n'y a pas moyen d'y pénétrer, il a donc pris les devants. Ce matin, il annonçait à ses parents sa décision de prendre le large et, comme évoqué avec eux, il tenait à en aviser sa sœur en personne. Le moment est venu et il redoute un peu sa réaction.

Louis est assis sur le fauteuil proche de la fenêtre et admire tout ce qui l'entoure. Le côté très conservateur de

Linda l'a toujours surpris, pour quelqu'un qui change tous les quatre matins de vêtements, de chaussures ou encore de petit-ami – des relations fugaces pour le moment, car elle n'accorde de l'importance qu'à son avenir professionnel.

Le lit à baldaquin reçu pour ses neuf ans, trône encore au centre de la pièce, le grand cygne en peluche offert par Julia le jour de sa naissance et dont le cou ne tient plus très droit maintenant, repose sur un tapis rond et douillet. Enfin, le pêle-mêle de photos retraçant ses premières années de vie avec Louis, habille le dessus de sa commode. Louis est ému et pris de nostalgie à la simple vue de ce dernier objet. Sous ses airs détachés et distants parfois, sa petite sœur ressentirait-elle un peu d'affection pour ce grand frère rabat-joie et râleur qu'elle ne cesse d'embêter ?

Des pas résonnent dans le couloir et la porte s'ouvre enfin. Linda sursaute.

— Louis, tu pourrais allumer, tu m'as fait peur ! Et puis qu'est-ce que tu fiches dans ma chambre, et dans le noir en plus ? J'ai croisé papa et maman en bas, ils ont l'air bizarre. Qu'est-ce que t'as fichu encore ?

— Tu peux parler, madame je décide de prendre mon indépendance avant son grand frère !

— T'es jaloux ma parole ?

— Pas du tout. Je ne supporterais pas marraine plus d'une journée. Je te souhaite bonne chance. Il te reste un mois pour changer d'avis.

— Ou plutôt pour me faire à cette superbe idée.

— Si tu veux.

— J'avoue que j'y ai pas mal réfléchi et ce semblant de liberté me tente vraiment.

— Tu sous-estimes Julia. Elle ne va pas te lâcher d'une semelle, tu verras.

— J'ai envie de prendre le risque. Bon, qu'est-ce qu'il y a ? D'habitude quand je rentre des cours, je ne vois personne. Papa et maman sont devant la télé et toi t'hibernes dans ta chambre, alors que me vaut cette soudaine attention ?

— Tu peux t'assoir s'il te plaît ?

— Oh punaise, je n'aime pas ça. Je n'aime pas ça du tout, je n'aime pas ça du…

— Linda, assieds-toi s'il te plaît et détends-toi. J'étais à peu près confiant et mon discours était plutôt bien cadré, mais là, tu me fiches le stress et je ne suis plus sûr de rien. Enfin, je me comprends.

— Et bah, ça en fait au moins un qui comprend. Louis, je suis à la fois perdue et effrayée, alors explique-toi tout de suite avant que j'imagine le pire. Oh ! Punaise, tu es malade c'est ça ? Tu vas mourir ? Combien de temps il te reste ? C'est pour ça que les parents semblent anéantis en bas devant leur bol de soupe ? Dis, je pourrais prendre ta chambre ou pas ? Et puis…

— Je vais partir Linda.

— Alléluia ! T'as trouvé un appart ? Le grand garçon à sa maman va enfin quitter le nid ?

— T'es pas drôle. Papa a dit exactement la même chose.

— Ah, tu vois !

— Pour l'appart, pas pour le reste. Et non, je pars pour de vrai, loin et pour un petit bout de temps.

— Comment ça, pour de vrai, loin et pour un petit bout de temps ?

Louis fait part à sa sœur de tous les arguments qu'il a énumérés plus tôt dans la journée. Il lui confie avec ferveur toutes les raisons qui le poussent à se lancer, maintenant plus que jamais.

Linda réagit avec un mélange de tristesse et de colère.

— Dans huit jours ? Louis, tu te moques de moi ?

— Non, Linda. Je pars mardi prochain, le 15. Mon tout premier vol décolle à 6 h 07 pour Istanbul.

— Je compte si peu à tes yeux, mon frère ? Tu prépares ton coup depuis des mois et ça ne te serait pas venu à l'idée de m'en parler avant ?

— S'il te plaît, ne crois pas ça, d'accord ? Tu comptes énormément pour moi, tu es ma petite sœur, mais j'avais besoin de me persuader que je prenais la bonne décision. Et je devais mener cette réflexion, seul. Votre avis, à toi et papa et maman, risquait de m'influencer, et je craignais que ce ne soit pas dans la direction que je souhaitais prendre au fond de moi. Je ne voulais pas renoncer à cette expérience pour les mauvaises raisons.

— Donc, j'avais raison, je ne compte pas plus que ça à tes yeux. Et je suis aussi ravie d'apprendre que tu m'aurais considérée comme une *mauvaise raison* de ne pas partir.

— Linda, je t'en prie, j'ai besoin que tu comprennes et que tu acceptes ma décision, comme papa et maman ont fini par le faire. Il faut que je m'en aille avec l'assurance de vous savoir en accord avec...

— Je ne te savais pas aussi égoïste, Louis. Sors de ma chambre tout de suite, je ne veux plus te voir et c'est même inutile de revenir. Reste loin, à réfléchir tout seul et pommé, et surtout ne compte pas sur moi pour te consoler, si dans quelques semaines tu te rends compte que tu as fait la pire connerie de ta vie !

Linda vient de claquer la porte et n'adressera plus la parole à son frère jusqu'à son départ.

29

La salle d'attente est déserte. Le calme qui y règne est surprenant. Le lieu est moderne et chaleureux, mêlant un revêtement en carreaux de ciment, des structures en acier noir et de grandes plantes grasses.

Un géant cactus tient compagnie à Louis, et une soudaine sensation de stress l'envahit. Il veut ce travail à tout prix. L'endroit l'a totalement séduit dès qu'il a franchi la porte, et quelque chose dans l'atmosphère lui semble familier. Il ne saurait expliquer quoi. Il s'y sent bien, c'est tout.

Il y a quelques jours, il a été contacté par une des agences de voyages qu'il avait sollicitées. Sa candidature a été retenue et l'entretien a donc lieu ce matin.

Au bout de quelques minutes, une jeune femme s'avance vers lui dans le hall. Elle est vêtue d'un tailleur veste-pantalon foncé et d'une chemise blanche légèrement déboutonnée, qui apporte une pointe de sex-appeal et de lumière à l'ensemble. Ses larges lunettes en écaille lui donne un air sévère mais sa douce voix le fait vite oublier.

— Monsieur Luçon ?
— Euh, non, moi c'est…

Louis s'apprête à rectifier, quand une autre personne, un homme d'une quarantaine d'années, le crâne dégarni, se redresse et apparaît de l'autre côté du cactus. Louis se sent confus, il ne l'avait même pas remarqué. Est-ce parce que la frêle silhouette du gars disparaissait complètement derrière l'imposante plante, ou parce que chacun des deux hommes était bien trop concentré sur sa future prestation ?

Peu importe. Louis prend alors conscience qu'il n'est pas le seul à vouloir ce poste et il compte bien défendre sa place du mieux qu'il peut.

— Par ici, s'il vous plaît. Monsieur le Directeur va vous recevoir tout de suite.

Louis patiente. Il feuillète quelques revues laissées à disposition des clients sur une table basse. Le design du petit meuble est épuré et s'accorde parfaitement avec le reste de la décoration. Le mercredi matin, l'agence est fermée au public. L'ambiance est apaisante. Seul le vrombissement de la climatisation se fait entendre. Louis se détend et ferme les yeux un instant.

L'élégante assistante pénètre à nouveau dans la salle, et le bruit de ses talons hauts qui cognent contre le carrelage sort Louis de son repos.

La première fois, Louis n'avait pas remarqué son allure élancée, ni son visage fin et ses yeux clairs – peut-être du gris – qui disparaissent complétement derrière ses gosses lunettes. La jeune femme est maintenant proche de lui et il peut désormais les admirer de plus près. Magnifiques. Mystérieux et pétillants aussi. Louis est séduit.

— Monsieur Joubert ?
— Je n'en avais jamais vus d'aussi beaux.

— Pardonnez-moi ?

— Vos yeux. Leur couleur est peu commune, c'est la première fois que j'en vois des comme ça.

— Euh, merci. En effet, les yeux gris sont les plus rares. Un trait partagé par seulement trois pourcent de la population mondiale. Mais, j'imagine que vous n'êtes pas venu ici pour parler de la couleur de mes yeux, Monsieur Joubert ?

— Absolument, Mademoiselle... ?

— Louise Carnot, l'assistante de Monsieur Genêt. Il doit commencer à s'impatienter, alors si vous voulez bien me suivre, c'est par ici.

— Bien entendu.

Puis, Louis ajoute à voix basse : Je vous suivrai même en enfer, Louise Carnot.

— Veuillez attendre ici s'il vous plaît, mon patron ne devrait plus tarder.

Louise tourne les talons et s'éloigne par le long couloir. Puis, sans se retourner, elle rajoute :

— Et si vous me permettez une remarque, j'aurais bien trop chaud en enfer, la douceur du paradis me séduirait bien davantage.

Louis est déconcerté. La prochaine fois, il se contentera de penser. Il ne la quitte pas du regard pour autant. Sa démarche chaloupée finit de convaincre Louis qu'il est littéralement sous le charme de l'assistante personnelle de son potentiel futur patron. Quelle galère !

— Je vous conseille de fermer la bouche avant qu'elle s'en aperçoive, Monsieur Joubert !

— Oh ! Je vous prie de m'excuser, Monsieur...

Louis n'en croit pas ses yeux.

— Théo ?

— Salut Louis. Elle m'a fait le même effet la première fois que je l'ai vue, mais son sale caractère m'a rapidement dissuadé. Il n'empêche que c'est une chouette fille et on s'entend bien. Elle est charmante et très compétente mais ça s'arrête-là.

— Euh, ok ! Très charmante en effet mais… bref ! C'est toi le patron de cette boîte ?

— En personne. Monsieur Théo Genêt, ancien meilleur camarade de classe de Monsieur Louis Joubert, et patron de cette agence.

— Je n'avais pas réellement prêté attention au nom quand j'ai répondu à l'annonce et c'est vrai que ç'aurait pu m'interpeler. Mais jamais j'aurais cru que … et puis, je ne savais même pas que tu étais revenu dans la région.

— C'est assez récent, en fait. J'ai déjà une agence dans le Nord-Est de la France et j'ai ouvert celle-ci il y a un an. J'aurais pu te recontacter, c'est vrai, mais…

— Ne t'en fais pas pour ça. Je n'ai rien tenté moi non plus, on est quitte. Mais, je dois te féliciter quand même. Propriétaire de deux agences de voyages à tout juste 25 ans, chapeau bas, Monsieur Genêt.

— Je te remercie, Louis. Mes parents m'ont bien aidé. Bon, et si on passait aux choses sérieuses ? Il me semble que quelqu'un est venu pour un entretien d'embauche aujourd'hui, n'est-ce pas ?

À la manière d'un comédien distrait qui reprendrait le fil de sa pièce, Louis tend une main vers Théo avec le plus grand sérieux.

— Je suis sincèrement ravi de faire votre connaissance, Monsieur Genêt, et je vous remercie de me recevoir.

— Bien. Allons-y, je vous en prie.

Il est plus de 12 h 30 et l'entretien s'éternise. Louise s'apprête à prendre sa pause déjeuner et toque doucement à la porte du bureau. La voix de Théo l'invite à entrer. Elle ouvre le battant de quelques dizaines de centimètres, laissant seulement apparaître son visage.

— Théo, j'y vais, je serai de retour dans une heure.

— Parfait Louise, à tout à l'heure et bon appétit.

Avant de refermer la porte, elle n'oublie pas de jeter en direction de Louis, un regard dépourvu de toute discrétion qui n'échappe pas à Théo, qui s'en amuse encore.

— Louis et Louise. Fallait le faire quand même !

— Ne dis pas n'importe quoi. J'ai une règle d'or : ne jamais mélanger l'amour et le travail.

— Hop hop hop ! Je t'arrête tout de suite. Ce sont mes principes, ça. Mais seulement parce que je suis le patron. Et rassure-moi, tu n'as pas postulé pour prendre ma place ?

— Pourquoi ? Tu comptes la céder ?

— Absolument pas. Mais dans le cas où on serait amené à travailler ensemble, je voulais que les choses soient claires de ce côté-là.

Louis adresse à Théo un sourire franc et amical, puis ils reprennent leur conversation là où ils l'avaient laissée, avant que Louise les interrompe.

Au-delà des présentations d'usage et autres obligations qu'exige tout entretien d'embauche, les deux hommes ont échangé sur leurs vies respectives. Louis a bien sûr évoqué son dernier voyage, et cette expérience hors du commun a totalement séduit Théo, qui n'était pas avare de questions et ses félicitations semblaient sincères. Louis maitrise parfaitement les outils informatiques et ne manque pas d'idées en matière de communication. Il sait aussi que sa passion dévorante pour le Monde au sens large, sera un atout pour l'agence de son ami – les derniers mots de Théo allaient dans ce sens, en tout cas.

— Bon, tout est ok pour moi, Monsieur Joubert. Avez-vous d'autres questions ? Sauf erreur de ma part, nous n'avons pas abordé vos prétentions salariales.

— Eh bien, Monsieur Genêt, sachez que les conditions de rémunération indiquées dans l'annonce me conviennent parfaitement et je n'ai rien à négocier de plus, à part peut-être que nous déjeunions ensemble à midi.

— Ce serait avec plaisir. Je suis tellement heureux de te revoir Louis.

— Moi aussi. Tu ne vois aucun inconvénient à ce que ma sœur soit là ? On s'était promis de se retrouver à la fin de mon entretien. Elle ne va pas en croire ses yeux, elle non plus.

— Linda ? Aucun souci, au contraire, je serais content de la revoir aussi. Où avez-vous prévu de vous rejoindre ?

30

— On ne les a pas revus depuis la petite fête chez Julia, tu es sûre qu'ils sont contents de venir ?

— Alix, mes parents sont ravis, je t'assure.

— D'accord, mais je ne suis plus du tout certaine que le plat que j'ai préparé soit la meilleure idée du siècle pour un premier repas avec ses beaux-parents.

— Alors, c'est sûr qu'ils auraient préféré du homard et du caviar hors de prix, mais ils savent apprécier les choses plus simples aussi.

— Léa, je suis vraiment inquiète. J'ai peur de ne pas leur plaire et de ne pas être à la hauteur.

— Être à la hauteur de quoi ? Alix, s'il te plaît, tu veux bien arrêter de stresser pour rien. Tu vas finir par me faire douter moi aussi. Mes parents t'apprécient, crois-moi. Ils n'étaient pas très à l'aise l'autre soir, mais pour en avoir discuté plusieurs fois avec eux par téléphone, je te promets que tu n'as aucun souci à te faire.

— Si tu le dis

Alix prend une grande inspiration, elle bloque son air quelques secondes dans ses poumons gonflés, puis l'expire lentement comme si elle soufflait dans une paille. Une technique de respiration qu'elle utilise souvent dès qu'elle sent monter une angoisse, avant une représentation par exemple ou comme ce soir, quand elle ne sait pas du tout à quoi s'attendre. Mais Alix fait confiance à Léa qui, contrairement à elle, semble très détendue. Après tout, elle connaît mieux ses parents que quiconque, alors, si elle est convaincue que tout se passera bien, c'est que tout se passera bien.

Léon tente d'enfiler ses chaussures d'une seule main. Il est au téléphone avec Mathilde qui avait « un truc urgent » à lui demander. Lucile s'impatiente.

— Léon, dépêche-toi ! Si pour une fois, on pouvait éviter d'arriver les derniers, comme partout où on va, se serait sympa.

— Ma chérie, je vais devoir raccrocher sinon ta mère va s'en charger elle-même… Oui, je te promets d'y réfléchir sérieusement… Ta sœur et Alix nous ont invités à dîner… Oui, je leur ferai. Je t'embrasse…

— Dis-lui que moi aussi !

— … maman t'embrasse aussi... Pas de souci, et je te rappelle très vite… à bientôt et passe le bonjour à Noah… Ah bon ? Bah quand tu le verras alors ! Ciao mon ange.

Léon raccroche et range son portable dans la poche intérieure de sa veste.

— Lucile, on sera forcément les derniers, puisqu'il n'y a que nous !

— Et tu te trouves drôle ?

— Assez, je l'avoue. Mais si ça peut te rassurer, on sera aussi les premiers, de fait. Donc tout va bien.

— Je suis stressée à l'idée de cette soirée. J'ai accepté l'invitation de Léa, ça lui faisait tellement plaisir, mais en réalité, je ne sais pas si c'était une bonne idée. J'ai essayé de ne rien laisser paraître chez Julia, mais ça m'a fait un choc malgré tout.

— Notre fille n'a jamais été aussi épanouie et c'est tout ce qui devrait compter, non ?

— Tu as raison. Mais, je n'arrive pas à me faire à l'idée qu'elle soit en couple avec une autre femme et je ne sais pas si j'y arriverai un jour. C'est cruel, je sais, mais c'est comme ça.

— En tant que parent, j'imagine que c'est plus légitime que cruel. Je suis certain que tu finiras par accepter le choix de vie de Léa. J'ai ressenti un peu la même chose quand elle nous a présenté Alix comme étant sa petite amie, mais, je dois reconnaitre que Léa a changé. Elle semble apaisée et n'est plus à chercher constamment le conflit, et même la relation avec Mathilde semble s'être améliorée. Pour un père, voir ses filles heureuses n'a pas de prix, et ce, quelle que soit la personne qui les accompagne. Tu n'es pas d'accord ?

— Bien évidemment. Mais, il va me falloir du temps c'est tout… Ah c'est là ! Le GPS dit qu'il faut tourner à gauche à la prochaine intersection.

— C'est pas vrai, il manquait plus que ça ! Je t'avais dit que c'était une mauvaise idée et même le four est d'accord avec moi !

— Mais qu'est-ce qui t'arrive ?

— La température était mal réglée et les petits fours sont calcinés ! L'apéro est complément fichu.

Alix est désemparée. Elle veut que tout soit parfait mais elle a l'impression que le sort en a décidé autrement.

— Alix, tout va bien. Il nous reste quelques ingrédients pour en refaire. Si on s'y met toutes les deux tout sera prêt dans les temps. Enfin, si tu acceptes que je mette un pied dans *ta* cuisine !

Lucile et Léon restent plantés devant la sublime bâtisse. Lucile ne peut s'empêcher de se demander comment la compagne de sa fille se permet de vivre dans un endroit comme celui-ci, alors qu'elle ne fait que de petits boulots sans importance.

— Je sais à quoi tu penses.

— Mais de quoi tu parles, Léon ?

— Je te rappelle que nous nous connaissons depuis plus de vingt ans, nous avons élevé nos deux filles ensemble et partageons encore aujourd'hui le même quotidien, alors je pense te connaître suffisamment pour savoir ce que tu penses à cet instant. Lucile, on ne connaît rien de cette Alix, laisse-lui sa chance, ok ? Si notre fille s'en est amourachée c'est bien qu'elle doit en valoir la peine.

— Et qui sait, c'est peut-être la riche héritière d'un marquis anglais, qui lui aurait légué tout ce qu'il possédait avant sa mort.

— Y compris cet appartement avec pierres apparentes, belles moulures et tutti quanti ! Euh, mais d'ailleurs, pourquoi un Anglais ?

— Bah, elle est rousse non ?

— Ma chère Lucile, tu ne cesseras donc jamais de me surprendre. Allez, on y va maintenant, sinon on risquerait d'arriver les premiers.

Lucile marche aux côtés de Léon, en direction de l'entrée de l'immeuble. Elle le regarde tendrement. Il a toujours cette façon bien à lui de la taquiner, ce regard qui lui fait sentir qu'elle existe. Leur relation n'est désormais plus ce qu'elle était, mais Lucile se réjouit de pouvoir être auprès de lui, encore. Auprès de cet homme qui l'aura séduite il y a bien longtemps et qui l'aura agacée aussi très souvent, mais pour elle, cet homme restera à jamais, le bel épicier d'en bas, son premier véritable amour et le papa parfait de ses deux magnifiques filles.

L'ouverture automatique de la porte s'actionne et dévoile un élégant hall, avec un sol en marbre et des murs en pierre naturelle. Léa, qui a répondu à l'interphone, leur a indiqué le troisième étage. Lucile et Léon arrivent sur le palier et frappe à la porte de l'appartement, sur laquelle sont indiqués en petites lettres cursives, les mots suivants : *N°35. Alix Marchand.*

— Ce n'est donc pas une location. Ou alors, il est peut-être coutume dans ce genre d'endroit, d'afficher le nom de son locataire sur la porte, c'est…

— Lucile, ça suffit maintenant !

Les deux hôtesses ouvrent enfin, et une odeur alléchante envahit les narines de Lucile et Léon, aussitôt invités à entrer.

— Salut papa, salut maman ! Soyez les bienvenus.

— Monsieur et Madame Lucas, je suis contente de vous revoir.

Alix est fébrile et Léa s'en aperçoit. Tout le monde s'en aperçoit. Léon, qui ne doit pas savoir comment s'y prendre pour détendre l'atmosphère, compte manifestement sur Lucile pour s'en charger et lui file un coup de coude dans les côtes.

— Aïe ! Euh, bonjour Alix. Quel superbe appartement ! Mais dis-moi, c'est un hér…

Et hop ! Un deuxième coup de coude. Lucile lance un regard irrité à Léon puis continue, après s'être discrètement râclé la gorge.

— … c'est un hérisson ! Oui, un bébé hérisson nous a mis en retard. Nous avons dû attendre qu'il traverse la route et du coup…

Et de trois ! Ses côtes vont bientôt porter plainte.

— … bon bref, nous sommes contents de te revoir nous aussi. Et… euh… tu peux nous appeler par nos prénoms. Ne sois pas gênée.

— D'accord madame… Euh, je veux dire Lucile. Merci beaucoup. Je peux vous débarrasser ?

— Oui, bien-sûr. Euh, généralement les fleurs sont pour la femme et le vin pour l'homme mais, là…

Et un petit dernier pour la route ! Lucile sursaute à nouveau et cette fois-ci Léon vient à sa rescousse, autant éviter un carnage.

— Ce que Lucile essaie de dire, est que nous ne savions pas si tu préférais le vin ou les fleurs, alors on a pris les deux.

Léa remercie son père d'un regard furtif et intervient. Le petit manège de sa mère a assez duré.

— C'est parfait papa, merci beaucoup. Les tulipes sont nos fleurs préférées, très bon choix, et le vin s'accordera parfaitement avec le plat qu'Alix a cuisiné.

Léa récupère les présents et tandis que Léon suit Alix jusque dans le salon, elle se rapproche de sa mère.

— Maman, tu veux bien faire un effort s'il te plaît ? Ça se voit comme le nez au milieu de la figure que tu n'es pas à l'aise, tu enchaînes les bourdes. Alix s'est pliée en quatre pour vous faire plaisir, alors, évite ce genre de maladresse à l'avenir. Ce n'est pas simple pour toi, je le sais bien et je peux le comprendre, mais j'aime cette fille et il va falloir que tu t'y fasses.

Lucile se sent soudainement ridicule et n'aime pas l'expression qu'elle devine dans le regard de sa fille. Elle ne souhaite pas gâcher le moment. Elle se reprend et se promet de se comporter en adulte, en maman responsable.

— Je sais, pardonne-moi ma chérie. Je suis sincèrement ravie de ton invitation. Il va me falloir un peu de temps pour accepter mais je te promets que je vais bien me comporter.

— Merci maman.

— Ma chérie, avant de rejoindre ton père et Alix, j'aurais juste une petite question à te poser.

— Bien sûr, je t'écoute.

Lucile, qui ne semble pas totalement résolue à cesser son petit manège, s'apprête à poser à sa fille, la question qui lui brûle les lèvres depuis son arrivée mais, par respect pour la promesse qu'elle vient de lui faire, elle se résigne et tente n'importe quoi d'autre.

— Eh bien… vous avez un problème avec votre four, ça sent un peu le cramé, non ?

31

— Ne me dis pas que le canon qui se dirige vers nous avec les lunettes de soleil, est la petite Linda que je prenais plaisir à embêter quand nous étions petits ?

— Si, c'est bien elle.

— Eh bien ! Dans la famille Joubert, je voudrais la fille qui a bien grandi et ne laisse désormais plus indifférent le copain de son grand frère.

— J'ai.

— Ensuite, je voudrais le père et la mère que j'imagine toujours aussi épris l'un de l'autre...

— J'ai aussi. Mais tu vas dépouiller à ce rythme !

— Et enfin, je voudrais le fils, qui vient de décrocher aisément le poste de co-directeur d'agence de son pote d'enfance, vraiment, vraiment ravi de le revoir.

— Théo, tu es sérieux ?

— On ne peut plus ! Le pauvre Monsieur Luçon, avec sa tête de raton laveur, aurait fait fuir les clients à coup sûr. Allez, go. La faim a déjà tendance à me faire perdre tous mes moyens, je ne voudrais pas être incapable d'aligner deux mots si j'attends une seconde de plus pour que tu me présentes.

Assis tous les trois autour de la table, Louis, Linda et Théo rient et se remémorent des souvenirs d'enfance. Bien que cinq années les séparent, Linda s'en rappelle quelques-uns, restés gravés dans sa mémoire.

— Et tu te souviens la fois où tu t'amusais à me balancer ton chewing-gum en pleine figure et qu'il a finalement atterri dans les cheveux de Louis ? On a dû lui couper toute une mèche sans le dire aux parents.

— Il a gardé une coupe de merde pendant des semaines. Il tentait de camoufler le trou comme il pouvait mais rien ne parvenait à le rendre aussi beau qu'il ne l'était avant le...

— ... le drame du chewing-gum à la chlorophylle. Ça ferait un bon titre de film d'horreur, ça !

— Ça va ? Je ne vous dérange pas trop tous les deux ? Sérieusement, vous allez passer tous le repas à vous foutre de moi ou on peut parler d'autre chose ?

— Au lieu de râler grand frère, parle-nous plutôt de cet entretien. Comment ça s'est passé ?

— Mal. Le patron est un goujat sans scrupule qui n'a aucun respect pour les coupes de cheveux ratées.

— Hein ? Mais... parce que... Je croyais que vous étiez tombés l'un sur l'autre par hasard, c'est bien ce que vous m'avez dit en arrivant ?

— Bah, c'est un peu ce qui s'est passé en fait. J'ignorais totalement que Théo était le patron de l'agence, ni même qu'il était revenu dans l'coin d'ailleurs.

— Et moi, j'avais une petite longueur d'avance, je le reconnais.

— Comment ça ?

— Le nom et la photo sur ton CV m'y ont un peu aidé. T'as pas trop changé mon vieux. Toujours un sacré beau gosse. J'étais si surpris et en même temps si heureux.

— Tu aurais pu me contacter directement avant que…

— Tu rigoles, il a eu raison, c'était bien plus marrant de laisser la surprise opérer ! ajoute Linda.

— On t'a pas sonnée sœurette !

Ils rient tous les trois et Théo semble de plus en plus séduit pas la jolie brune, exquise et pleine de vie, assise en face de lui. Louis reprend.

— Quoi qu'il en soit, je ne t'en veux pas. Et tes parents, comment vont-ils ? Ils vivent toujours en Alsace ?

— Ils vont bien et sont toujours dans ce beau Nord-Est en effet. Ma mère me parle de toi et de ta mère aussi, très souvent. Marion par-ci, Marion par-là. Elles ont travaillé ensemble un petit bout de temps, ça ne s'oublie pas comme ça. Le duo infernal, Valérie et Marion, téléopératrices de choc ! Tout le monde a été triste quand mon père a accepté cette mutation. Moi le premier. Tu m'as tellement manqué Louis.

— Nous venions d'entrer au lycée, l'année de nos 15 ans, je m'en souviens comme si c'était hier. Cette annonce m'a bousculé moi aussi. On se suivait depuis la crèche et on ne s'était jamais quitté, jusqu'à cette fin d'été-là.

Louis est pris de nostalgie. Il se revoit le jour de sa rentrée en seconde, seul au milieu de visages pourtant familiers mais qui n'étaient pas celui de Théo. Leur monde venait de s'écrouler sous leurs pieds. Au début, ils se téléphonaient quotidiennement, pour se raconter leurs journées, leur premier œil au beurre noir à l'issue d'une bagarre avec le dur à cuire du lycée, et leurs premières amours aussi. Puis, au fil du temps, ils avaient fini par ne s'envoyer qu'un texto par an pour leur anniversaire.

Louis a beaucoup souffert de cette distance qui s'était installée entre eux. Une distance malheureusement inévitable, non seulement par les kilomètres qui les séparaient, mais aussi par leurs vies qui prenaient des chemins opposés. Théo bûchait énormément et accordait moins de temps à leurs échanges, et Louis ne rêvait que de voyages et d'aventures.

Avant, ils se seraient compris. Mais ce lien qui se distendait, rendait leurs discussions superficielles. Alors, ils ont cessé progressivement de se contacter. Louis n'a jamais vécu une amitié aussi forte. Sa relation avec Noah ne ressemble pas à celle qu'il avait avec Théo auparavant. Elle est différente. Ni moins sincère, ni plus complice. Juste différente.

Il ne s'attendait pas à revoir Théo aujourd'hui et encore moins à ce qu'ils travaillent ensemble et retrouvent possiblement cette complicité si précieuse qu'ils avaient à l'époque. Il est heureux et compte bien profiter de cette chance qui lui est offerte.

— Alors et toi Linda, qu'est-ce que tu deviens ? Tu avais 10 ans quand je suis parti et tu voulais sauver le monde. L'as-tu fait ?

— J'y travaille en tout cas. Je suis en troisième année de licence de droit. Je fais actuellement un stage dans le cabinet de ma marraine. Elle est avocate.

— Julia fait toujours partie de la famille à ce que j'vois. Toujours un peu dingue et hyper attachante ?

— Toujours, et personne ne veut qu'elle change.

Louis confirme d'un hochement de tête l'affirmation de sa sœur.

— Elles sont toujours aussi proches avec ta mère ?

— Inséparables depuis plus de vingt ans.

— Je suis ravi pour elles. L'amitié c'est sacrée et encore une fois, je suis désolé que la nôtre en ait autant souffert.

— Le destin a visiblement décidé de rattraper tout ça, alors arrêtons de nous apitoyer et essayons de faire mieux que ma mère et Julia.

— En parlant de Julia, mes parents évoquent encore son anniversaire sur le yacht hors de prix. Apparemment, on était là nous aussi, mais c'est plutôt vague comme souvenir. Une nounou s'occupait de nous et apparemment ta mère l'avait appelée avec un prénom qui n'existe même pas tout le weekend. Ma mère en rigole encore quand elle raconte cette histoire.

— Oh, ça ne m'étonne absolument pas de ma mère !

— Quand vous aurez fini de la critiquer, on pourra peut-être passer au dessert. La tarte tatin me fait de l'œil depuis que je suis entrée. Et surtout, je reprends le boulot dans vingt minutes et je ne tiens pas à être en retard. Filleule ou pas, tout stagiaire se doit d'être à l'heure, ou sinon…

— Marraine va te zigouiller !

— Exact.

Théo a insisté pour payer l'addition et a donné rendez-vous à Louis dès le lundi suivant pour signer son contrat. Avant de quitter le restaurant, il a discrètement glissé son numéro de portable dans la poche de Linda, qui ne s'est aperçue de rien.

32

— Garde les yeux bien fermés. On est bientôt arrivé. Je te dirai quand tu pourras les ouvrir.

— Mathilde, j'ai la gerbe en voiture quand je ne vois pas la route, encore un peu et je te préviens, je dégobille dans ta caisse.

— Fais pas ton rabat-joie, on y est presque. Et ne triche pas, j'ai vu tes cils bouger !

Mathilde est tout excitée. Elle se gare enfin et descend de la voiture. Elle la contourne en sautillant et ouvre la portière côté passager, pour libérer Noah qui n'en peut plus d'attendre. Il en aurait presque des crampes aux paupières tant il les serre fort depuis plus d'un quart d'heure.

— Mets-toi juste là, comme ça. Voilà. Je vais compter jusqu'à trois et tu pourras ouvrir les yeux. Tu es prêt ?

— Oui, j't'en supplie, Mathilde !

— Un, deux, trois.

Noah a du mal à s'acclimater à la lumière vive qui jaillit soudainement. Il cligne plusieurs fois des yeux avant de pouvoir les ouvrir complétement. Au début, il ne comprend pas où il est, puis il reconnaît la devanture. Celle qui, quelques semaines plus tôt, avait attiré son attention. Celle de l'ancien fleuriste dont la peinture blanche a presque disparu et rend désormais visible l'intérieur à travers la grande vitrine.

— Ta da !

— Mathilde, qu'est-ce que ça veut dire ?

— Ça veut dire que le *Noah'Mangas et Occaz*, ou le NMO, pour aller plus vite, va bientôt voir le jour.

— Je suis vraiment désolé, je ne comprends absolument rien à ce que tu me racontes.

— Noah, tu es le nouveau locataire des lieux et le propriétaire n'est autre que mon cher papa, Monsieur Léon Lucas.

— Quoi ? Et son projet d'épicerie solidaire ? C'est ici qu'il devait l'ouvrir ? Pourquoi ça n'a pas fonctionné ? Et pourquoi me l'avoir… ?

— Tu as fini avec toutes tes questions ? Je peux parler ?

— Oui, pardon, vas-y.

— Bien. Alors, depuis des semaines, je vois bien que tu t'acharnes à trouver le local idéal mais tu te heurtes systématiquement à des refus et des portes fermées. Je n'ai jamais compris pourquoi personne ne voulait laisser sa chance à des jeunes motivés et talentueux de faire leurs preuves.

— Donc, tu trouves que j'ai du talent ?

— Ce n'est plus du talent à ce stade Noah, c'est un vrai don du ciel. Tes dessins sont remplis d'authenticité et les histoires que tu crées sont captivantes. Alors, je n'y connais franchement rien en bandes dessinées japonaises, mais je peux t'assurer que ton coup de crayon et ton imagination débordante, raviront plus d'un fan. C'est vraiment super ce que tu fais. Donc, je te disais que…

Mathilde poursuit mais Noah n'écoute qu'à demi-mot. Il ne le fait pas exprès, il est ailleurs. Jamais personne ne l'avait complimenté, ni même ne s'était intéressé à ce qu'il faisait. Les mots de Mathilde ont créé en lui un sentiment profond de tristesse mais aussi de reconnaissance et de fierté. Ce qu'il n'avait pas ressenti depuis longtemps, voire jamais. Lancée dans ses explications, Mathilde gesticule les bras dans tous les sens. Noah la regarde passionnément puis il rattrape la locomotive en marche.

— … puisqu'un concept similaire existe déjà à deux rues d'ici, la mairie n'a pas souhaité en implanter un autre à cet endroit, mais plutôt dans le sud de la ville. Alors j'ai sauté sur l'occasion. J'ai contacté mon père il y a quelques jours pour lui parler de ton projet, de ton rêve. Il a été sensible et m'a promis d'y réfléchir sérieusement. Et il l'a fait. Avant que je vienne te chercher, il m'a rappelée et il souhaite te laisser une chance. Le temps de t'installer convenablement, tu lui verseras un loyer dérisoire, et vous reverrez le montant ensemble plus tard, quand tes ventes le permettront.

— Pourquoi il fait tout ça pour moi ? Il ne me connaît pas en réalité, alors pourquoi ?

— Euh, j'en ai peut-être dit un peu plus que je veux te le faire croire, sur ta vie, tes parents… Et, j'imagine qu'il a été touché.

— Je ne veux attirer aucune pitié Mathilde, alors si c'est de ça dont il s'agit, je vous remercie tous les deux mais c'est pas utile de…

— Noah, c'est tout sauf de la pitié, sois-en certain. Mon père sait ce qu'il fait et il a toujours su où il allait. S'il a choisi de t'offrir cette chance, c'est avant tout parce qu'il y croit. Lorsqu'ils se sont séparés avec ma mère, il fallait être aveugle pour ne pas s'apercevoir qu'on souffrait avec Léa. Mais je ne leur ai jamais rien reproché. Je n'ai jamais rien exigé d'eux. Plus jeune, je n'ai même jamais rien demandé, je me satisfaisais pleinement de ce que j'avais. Et c'est d'ailleurs encore le cas aujourd'hui. J'ai toujours trouvé plus de satisfaction à aider les autres qu'à m'aider moi-même, alors, je me dis que c'est peut-être sa façon de m'offrir quelque chose à moi, à présent, par l'intermédiaire de celui qui fait battre mon cœur depuis que j'ai maté son cul dans un local sombre et poussiéreux.

Noah se tait. Il est totalement sous l'emprise des paroles de Mathilde. Il s'approche d'elle et il l'embrasse de toutes ses forces, avec passion. Plus rien ne le retient, même pas les passants qui lancent des regards indiscrets à ces deux jeunes qui se bécotent sans honte et à pleine bouche sur le trottoir. Il s'en fiche. Il ne sait pas où tout cela va le mener, si le père de Mathilde aura eu raison de lui faire confiance, ou si son art plaira autant que Mathilde le pense. En revanche, il est certain d'une chose et l'exprime de la façon la plus simple et sincère qui soit.

— Je vous aime Mademoiselle Lucas-Joubert. Je vous aime comme un fou.

33

Lucile avait fini par se détendre pendant le dîner. Léon n'eut nullement besoin de lui massacrer les côtes une nouvelle fois et tous les deux étaient vraiment ravis de voir leur fille heureuse, pétillante, transformée et certainement rassurée aussi de pouvoir être elle-même, enfin, en présence de ses parents. La soirée s'est superbement déroulée et le curry de poulet aux légumes d'Alix a fait l'unanimité.

— Et ils ont dit que nous formions un joli couple.
— T'es pas sérieuse ?
— Si, parfaitement mon amour.
— Oh ! Je commence à vraiment bien les apprécier et j'avoue que je suis curieuse. Ils t'ont dit quoi d'autre ? Sur moi par exemple.
— Que tu étais une jeune femme très sympathique et intéressante à plein de niveaux.
— Hein ? Mais ça veut dire quoi ça ? Qu'est-ce qu'ils...
— Je n'en ai aucune idée.
— Léa ?

Alix a insisté pendant des heures, usant de son regard irrésistible et de tout le tralala qu'elle maîtrise pourtant à la perfection, mais Léa n'a pas cédé. Cette fois-ci, c'est elle qui a remporté sa première petite victoire.

Le plan de travail est en désordre. Alix voulait tester une nouvelle recette et a supplié Léa d'être son commis pour la soirée. Ce n'est pas le rôle qu'elle préfère mais, ne sachant même pas peler un oignon, elle aurait été culottée d'exiger un grade plus élevé. Elle s'est donc contentée de celui-là.

Alix termine à présent de couper les derniers légumes et semble plutôt satisfaite du résultat – d'un point de vue olfactif pour le moment. Elle est très concentrée et Léa l'embête avec des baisers dans le cou et autres caresses qui ne semblent pas la déstabiliser.

— Tu peux toujours essayer, je ne craquerai pas. Tu n'as remporté qu'une bataille tout à l'heure, n'oublie pas que c'est moi qui détiens le plus grand nombre de victoires à ce jeu-là !

— Bon, d'accord, et si je te dis ce qu'ils ont dit sur toi, tu m'accordes un peu d'attention ?

— Essaie toujours, on verra bien.

— Ils ont dit que ton curry de poulet était délicieux.

— Non, ça, ça ne compte pas, Léa. En toute modestie, tout ce que je cuisine est délicieux. Tente autre chose.

— En toute modestie hein ? Ils ont dit que tes cheveux roux étaient magnifiques.

— C'est normal, je les tiens de ma mère.

Léa sent qu'elle vient de toucher une corde sensible et redevient sérieuse un instant.

— Tout va bien, mon amour ? Tu as subitement changé de voix quand tu as évoqué ta mère. J'ai dit quelque chose qu'il ne fallait pas ?

— Ma mère est morte quand j'avais 12 ans et mon père s'est réfugié dans le travail. La dernière fois que je l'ai vu, j'en garde un très mauvais souvenir. Sinon, tout va bien.

— Tu ne m'en avais jamais parlé. Je suis sincèrement désolée pour ta mère. Et ton père ?

— Quoi, mon père ?

— Vous n'avez jamais cherché à vous revoir ?

— Je n'ai pas envie de parler de tout ça maintenant, s'il te plaît. Le repas est bientôt prêt et l'heure tourne. Le *Select* compte sur nous dans trois heures.

— Comme tu voudras, je suis là si tu as besoin. En tout cas ça sent divinement bon.

Léa ne cesse de repenser aux mots d'Alix et à sa soudaine agressivité. Elles dînent silencieusement. Aucune des deux n'ose s'exprimer sur la qualité du repas – bien que délicieux, si l'on en croit les *hmm* que Léa laisse échapper à chaque fourchette, tentant alors de détendre un peu cette atmosphère pesante, mais rien n'y fait. Alix a l'air triste et tellement en colère aussi. Elle n'a pratiquement rien avalé.

Ne sachant pas comment se comporter, Léa commence à débarrasser quand le portable d'Alix vibre sur la table. Il est posé devant elle. Elle regarde le numéro appelant et, comme toutes les précédentes fois, elle rejette l'appel et se lève de table. Léa voudrait la suivre pour tenter enfin de comprendre ce qui se passe, mais son portable en a décidé autrement. Il se manifeste à son tour. Léa regarde alors Alix s'éloigner et prend l'appel.

Julia est assise au bar. Elle n'est pas à l'aise avec ses talons hauts et sa robe moulante – elle l'a surestimée l'autre jour dans la vitrine. Elle savait qu'elle n'avait plus l'âge de se trimballer ainsi. Un jean, une chemise et un blazer auraient fait l'affaire mais il est trop tard pour rentrer se changer, son rendez-vous ne devrait plus tarder à présent.

Le titre phare du groupe Wet Wet Wet, *Love Is all Around*, inonde la salle. L'artiste qui se produit, l'interprète sur un air de bossa nova qui rend ce mélange à la base surprenant, finalement stupéfiant.

Julia ferme les yeux, tant la mélodie la transperce. Au bout d'un court instant, elle sent une présence derrière elle. Elle reconnaît cette fragrance, l'association subtile et envoûtante de musc blanc et de santal. Sous l'effet que cela lui procure, elle se redresse légèrement mais ne se retourne pas. Un souffle chaud vient lui caresser furtivement le cou puis s'arrête près de son oreille. Elle frissonne, ses poils se hérissent, elle ne fait rien et reste totalement immobile.

— J'espère que vous punirez sévèrement celui qui a l'audace de vous faire attendre comme ça, Maître.

— Et quelle sentence jugeriez-vous la plus adaptée pour ce vilain individu, Monsieur ?

— Vu les circonstances et cet impardonnable demi-heure de retard, je dirais que vous pourriez vous permettre de le planter ici à la seconde, ça lui ferait les pieds.

— J'avoue que c'est tentant mais je ne suis pas aussi cruelle. Et puis, on vient de m'apporter ma margarita, je ne vais quand même pas la boire cul-sec, ce serait du gâchis.

— C'est vous qui voyez.

Puis, l'homme s'adresse au serveur et lui demande de lui apporter la même chose.

— Puis-je me joindre à vous ?

Julia retire son manteau et son sac qu'elle a déposés en arrivant sur le tabouret haut à côté d'elle. L'homme se montre enfin.

Julia se sent attirée dès le premier regard. Pourtant ce n'est pas la première fois qu'ils se voient, loin de là. Mais ce soir, elle lui découvre une élégance qui lui était jusqu'alors inconnue. Cet homme est vraiment très séduisant et ses tempes grisonnantes ajoutent une pointe de charme à l'ensemble. Il pourrait lui aussi tourner dans une pub pour une célèbre marque de café.

— Quand vous m'avez contacté, je n'en croyais pas mes yeux. Vos silences m'avaient résigné à passer à autre chose, bien que vous hantiez encore toutes mes journées et parfois même mes nuits.

— Nous avons travaillé ensemble pendant plusieurs mois, cela est donc tout à fait normal.

— J'ai dit que vous hantiez *encore*.

Julia avait très bien compris la première fois, mais elle se sent tout drôle. Elle perd ses moyens et croit même qu'elle est en train de rougir. Il y a vingt ans, elle aurait effectivement bu sa margarita cul-sec et lui aurait déjà grimpé dessus pour l'embrasser goulûment, se moquant totalement des gens autour et de la bienpensante.

Cette retenue et cette décence ne lui ressemblent pas. Elle savait qu'avec l'âge elle s'assagirait, mais il va lui falloir encore du temps pour apprivoiser cette nouvelle personnalité. La seule chose qu'elle trouve alors à répondre à ça, est :

— Merci, c'est gentil.

Il y avait mieux comme répartie, mais c'est un premier pas. Elle n'en est pas déstabilisée pour autant et poursuit.

— Alors, comment se porte votre banque ?

— Bien mieux, grâce à vos précieux services, Maître. Encore merci infiniment.

— Je n'ai fait que mon travail, Monsieur. Les escrocs ne me résistent pas.

— Jamais je n'aurais pensé être assez naïf pour me faire berner à ce point.

— Vous savez, généralement on leur donnerait le bon dieu sans confession à ceux-là. Et puis, s'ils arrivaient avec une pancarte « Attention, je vais vous arnaquer », j'aurais beaucoup moins de travail.

— C'est vrai. Promis, je serai plus prudent à l'avenir et je prendrai soin de vérifier les références de mes futurs collaborateurs avant de les embaucher.

— Sage décision. Et si ça peut vous rassurer un peu, il n'en était pas à son coup d'essai. D'autres directeurs d'établissements se sont faits avoir eux aussi. C'est d'ailleurs ce qui a permis qu'il paye enfin pour ses fautes. Ça peut arriver à n'importe qui de se faire avoir, même aux plus prévoyants.

L'homme attrape le verre que le barman vient de déposer devant lui et le lève, invitant Julia à en faire autant.

— À notre affaire remportée grâce à vous.

— Tchin.

Leurs verres s'entrechoquent. L'homme ne quitte pas Julia des yeux.

— Nous pourrions éventuellement nous appeler par nos prénoms, qu'en dites-vous ?

— Euh, si vous voulez, oui, bien sûr.

— Entendu. Je m'appelle Gabriel.

— Oui, je sais. J'ai lu et relu plusieurs fois votre dossier, je connais même votre adresse, la date de naissance de vos parents et votre numéro de sécurité sociale par cœur.

Julia, qui semble avoir retrouver un peu de sa malice, sourit tout en sirotant son cocktail du bout des lèvres.

— Vraiment ?

— Bien-sûr que non. En revanche, votre prénom, oui, je m'en souvenais.

— Ah ! Vous me rassurez. Je me voyais déjà contraint de vous demander au moins votre adresse, dans un esprit d'équité.

— L'équité, c'est important en effet. Mais vous n'aurez pas à le faire puisque je vous faisais marcher, Gabriel.

— Alors, restons-en là et tentons de passer une bonne soirée, Julia.

34

— Allô ?
— Léa ?
— Oui, c'est moi mais qui est-ce ? Je ne connais pas le numéro, je suis désolée.
— Axel Dubourg, le patron du *Select*.
— Oh ! Bien-sûr. Bonsoir Axel. Il y a un problème avec notre représentation ?
— Absolument pas. Je crains tout simplement de ne pas réussir à vous parler en aparté ce soir, donc je me permets de vous appeler avant le rush. Votre amie est à côté de vous ?
— Euh, non, pas dans l'immédiat, mais je peux…
— Non, non, ne la dérangez pas. J'imagine que vous vous ferez une joie de lui annoncer vous-même.
— De lui annoncer quoi au juste ?
— Bon, Léa, voilà. Ça fait un moment que je dois vous contacter… depuis la visite de votre sœur pour être exact, et…
— Attendez, s'il vous plaît. La visite de ma sœur ?
— Oui, votre sœur est venue me voir un soir pour me parler de vous et de votre amie. Je pose rarement de

questions aux artistes qui viennent se produire dans mon établissement, un interrogatoire serait inopportun à mon avis. Un nom, un prénom et un numéro de téléphone me suffisent. La plupart d'entre eux ont un travail pérenne, et l'opportunité que je leur offre chaque vendredi n'est qu'une manière de vivre et de partager leur passion, mais...

— Euh, pardonnez-moi mais où voulez-vous en venir exactement ? J'avoue que je suis un peu perdue.

— Léa, votre sœur s'inquiète beaucoup pour vous. Elle m'a raconté que chanter et vous produire sur scène était votre rêve depuis toujours. Elle m'a également dit que votre situation professionnelle n'était pas des plus stables, et elle sait que cela vous inquiète, vous aussi, malgré ce que vous laissez entrevoir le plus souvent... Léa ? Vous êtes toujours là ?

— Euh, oui. Elle vous a vraiment dit ça ?

— Et pas que, mais elle n'aura pas eu à vanter vos mérites plus que ça. Je suis conscient que vous êtes la principale cause de la hausse de fréquentation de ces dernières semaines. Une hausse fulgurante, je dois le reconnaître. Alors, j'ai une proposition à vous faire.

Julia et Gabriel discutent depuis des heures et ne comptent plus les margaritas – ça rappelle quelques vieux souvenirs à Julia. Ils rient, se racontent leur vie, leurs réussites et leurs regrets. Les prestations s'enchaînent et, une nouvelle fois, il y a quelques beaux talents ce soir.

— Dites-moi Julia, pourquoi avoir choisi cet endroit ?

— Le *Select* ? Je l'ai découvert depuis peu. La nièce de ma meilleure amie se produit ici chaque vendredi soir.

— Ça nous fait un premier point en commun, alors.

— Ah bon ? Léa est votre nièce à vous aussi ou vous connaissez ma meilleure amie ? Parce que si c'est le cas, j'ai certainement loupé quelque chose.

— Rien de tout ça. Je connais moi aussi quelqu'un qui se produit ici. Je venais très souvent avant, jusqu'à l'année dernière.

— Qu'est-ce qui s'est passé ?

— Disons que je me suis comporté comme un gros connard et je n'ai plus jamais osé revenir.

— Je suis sûre que vous exagérez.

— Au contraire, ce que j'ai fait, ou plutôt ce que je n'ai pas fait, mériterait un qualificatif bien plus fort encore.

— Gabriel, vous me faites peur là. Dites m'en plus s'il vous plaît, sinon je vous plante ici pour de bon.

— Une bande de vauriens s'est très mal comportée envers une jeune artiste qui se produisait sur cette scène, et je n'ai pas réagi. Je les ai regardés se moquer d'elle et de son amie, et je n'ai strictement rien fait. Elles subissaient ces insultes abjectes et…

Julia pose une main amicale sur l'avant-bras de Gabriel.

— Hey, j'imagine que vous ne deviez pas être le seul à pouvoir intervenir ce soir-là, alors ne soyez pas aussi dur avec vous-même.

Gabriel prend une longue gorgée de sa boisson et fixe un point invisible face à lui. Il est dans ses pensées. Julia s'en aperçoit mais ne fait pas. Elle le laisse continuer tout en gardant sa main contre sa peau.

— J'ai été lâche, je n'ai rien fait et je suis parti en la laissant là, toute seule.

— Vous connaissiez cette jeune femme ?

— Je la connais même très bien. J'ai tenté de la joindre plusieurs fois mais elle ne semble pas disposée à me parler, ni m'écouter d'ailleurs. Je voudrais tant lui demander pardon.

— Les choses finissent toujours par s'arranger. Si vous comptez pour elle autant qu'elle semble compter pour vous, elle finira par vous accorder une écoute, j'en suis sûre.

— Tu es certaine d'avoir bien compris ?

— Alix, qu'est-ce qui n'est pas clair pour toi dans : « Je vous propose un contrat à durée indéterminée pour vous produire tous les soirs et devenir les égéries du *Select* » ?

— Oh punaise, j'y crois pas ! Tu te rends compte de ce que ça veut dire ?

— J'en ai une vague idée oui.

— Adieu tous ces petits boulots alimentaires qui ne donnent aucun sens à notre vie ! Enfin, Léa, qu'est-ce qui t'arrive ? Tu attends ça depuis toujours et on dirait que tu n'es pas heureuse.

— C'est juste que…

— Ah non, je t'interdis d'en vouloir à Mathilde d'être intervenue dans nos vies. Pas quand on voit le résultat.

— Mais quel résultat, Alix ? Axel a pitié de nous, voilà tout. Quand il s'apercevra qu'en fait il n'est pas Mère Teresa, il reviendra sur sa décision sans aucun scrupule et alors à ce moment-là, je pourrai m'en prendre à ma sœur pour nous avoir fait passer pour des mendiantes.

— Non mais tu t'entends, sérieusement, Léa ? Arrête tout de suite tes conneries et accepte pour une fois que quelqu'un te vienne en aide. Ta sœur a eu un sacré cran de faire ce qu'elle a fait, quand on te connait un peu, toi et ton sale caractère. Tu n'as pas dû lui rendre la vie facile quand vous étiez plus jeunes, et pourtant.

Des larmes coulent sur les joues de Léa. Alix a frappé en plein cœur. Elle a appuyé là où ça fait mal, là où jamais personne ne s'était encore aventuré. Léa sait qu'elle a raison, mais c'est plus fort qu'elle. Elle n'a jamais supporté qu'on la prenne pour une faible, incapable de se débrouiller toute seule. Mais dans le fond, est-ce si inconcevable de se dire que Mathilde aurait pu faire ça uniquement par amour fraternel ? Elles sont si différentes. Sous ses airs calmes et retirés, Léa sait que Mathilde a toujours eu cette force en elle et ce besoin naturel de faire le bien autour d'elle. Longtemps, Léa pensait que c'était un signe de faiblesse, et combien de fois elle l'aura bousculée pour cela, pour la faire réagir. Mais en réalité, elle l'enviait. Elle enviait sa discrétion et ces valeurs remarquables qui font d'elle ce qu'elle est.

Alix vient de freiner brusquement. Un chien errant a failli terminer sa course folle – et sa vie – sous les roues de sa *Mini*. Sous le choc, Léa se ressaisit. Alix, lui tend un mouchoir en papier et poursuit.

— … alors, mon cœur, je t'en supplie, ne gâche pas la chance de notre vie pour une histoire de fierté à deux balles. On va enfin pouvoir vivre de notre passion commune. Celle qui nous aura fait nous rencontrer. Léa, c'est une occasion en or qu'on ne peut pas refuser. S'il te plaît, s'il te plaît, s'il te plaît, s'il…

— Bon, bon, ok ! Je t'ai déjà dit d'arrêter de faire ça ! Gare-toi ici s'il te plaît, j'ai envie de marcher un peu. On fera le reste du chemin à pied si tu veux bien, ça me permettra de réfléchir.

— Comme tu voudras.

— Et arrête de me crier dessus !

— Je n'ai pas crié là, je…

— Chut !

35

Noah est concentré. Mathilde ne lui connaissait pas cet air aussi calme et posé. Il est entièrement dévoué à son art. Il tient son crayon dans une main et son carnet dans une autre. Il lève de temps en temps les yeux vers son modèle allongé sur le lit, un grand drap blanc pour seul vêtement. Soudain, l'étoffe glisse légèrement et laisse apparaître une épaule ronde. D'un geste lent, Mathilde s'apprête à la recouvrir mais Noah l'en empêche.

— Non, ne bouge pas, s'il te plaît. Laisse-la comme ça, c'est parfait.

— C'est vous l'patron, Picasso ! Mais quand est-ce que je pourrais voir le résultat ? Mon corps commence à s'engourdir de partout.

— Encore un peu de patience. Et arrête de bouger s'il te plaît. Je peaufine quelques détails, je termine les ombrages et tu pourras enfin découvrir comment je te vois.

— Très bien. Mais ça fait des heures qu'on y est…

— Chut ! C'est bientôt fini. Arrête de jacasser, je ne voudrais pas que les derniers coups de crayons viennent tout gâcher.

— Ah, bah non, ce serait dommage en effet de devoir tout recommencer !

Mathilde insiste bien sur le *tout,* puis finit par lui obéir mais pendant une minute seulement, peut-être deux, tout au plus. Elle ne tient plus en place et voir Noah s'agacer face à son impatience, la fait sourire et surtout, lui donne follement envie de lui, ici et maintenant.

Elle ignore les dernières consignes et se débarrasse du drap à la manière d'une tragédie grecque mal jouée. Puis, elle exprime son ras-le-bol en boudant comme une petite fille trop gâtée, et se rapproche de Noah qui, trop concentré sur les finitions, n'a même pas remarqué qu'elle s'était levée. Ce qu'il aperçoit en redressant la tête lui donnerait tout d'abord envie de rire, mais lorsqu'il comprend les intentions de son indiscipliné modèle, il lâche aussitôt ses instruments et la rejoint sur le sol froid.

— Ça t'arrive souvent de ramper à poil pour obtenir ce que tu veux ?

— Maintenant c'est toi qui vas arrêter de jacasser. Je ne voudrais pas que tes commentaires désobligeants viennent tout gâcher.

— C'est vous la patronne.

Faire l'amour sur un sol dur et froid n'est pas forcément très agréable, mais cela ne semble pas déranger les deux tourtereaux. Mathilde attire Noah vers elle. Son corps nu, sa bouche, ses seins, son ventre et son sexe sont à sa merci. Elle s'abandonne totalement à lui, à ses mains jusque-là sages et travailleuses qui, désormais, se montrent bien plus indécentes mais tout aussi appliquées à accomplir leur mission. Elles caressent le moindre centimètre carré de cette peau douce et claire qui s'offre à elles. Elles glissent harmonieusement, suivant le galbe de ses reins et de ses cuisses entrouvertes, et se veulent plus insistantes à chaque gémissement.

Noah continue d'aimer Mathilde de toutes ses forces. Elle gémit, soupire. Il aime l'entendre. Elle passe ses doigts dans ses cheveux bruns, puis descend le long de son dos et toujours de plus en plus bas. Elle n'oublie aucun endroit du corps de cet homme dont elle a cruellement envie, et se laisse aller parfois à des éclats de voix plus soutenus. Elle s'exprime avec des va-et-vient sensuels et réguliers, des mouvements maîtrisés et successifs qui procurent simultanément à leurs deux corps en sueur et raidis, une jouissance qu'aucun d'eux n'avait jamais ressentie aussi intensément jusqu'à cette fois.

Après quelques minutes, toujours étendus sur le sol, les deux amoureux, essoufflés et décoiffés, se tiennent par la main. Ils savourent encore le moment qu'ils viennent de vivre, cette folie qui les changent et les transcende à chaque fois. Ils deviennent alors insouciants et impudiques, sans craindre le jugement ni le regard de l'autre.

Mathilde fait glisser le bout de ses doigts sur le torse encore humide de Noah. Aucun d'eux n'a besoin d'évoquer ce qui vient de se passer. Chacun sait ce que l'autre pense. Une reconnaissance réciproque pour ce plaisir donné et partagé.

La journée est maintenant bien entamée. Ils sont attendus ce soir chez les parents de Mathilde. Léon tenait à rassurer Noah sur ses intentions et valider ensemble les conditions du bail commercial.

— Noah ? Puis-je voir à présent ton croquis ?

— Tu ne lâches jamais toi ?

— Jamais. Je suis impatiente de voir résultat et je pense l'avoir bien mérité à présent, non ?

— Je l'admets. Et tu as suffisamment attendu.

Noah se lève. Mathilde frémirait encore à la simple vue de ce corps nu et parfait. Les images des dernières minutes lui reviennent en tête. Elle ferme les yeux et ressent de nouvelles décharges électriques en bas de son ventre et entre ses cuisses. Elle aime cet homme. Elle le désire tout entier. Lui. Tout ce qu'il est.

— Bon, je vois que tu as déjà les yeux fermés.

Mathilde sursaute légèrement, encore perdue dans ses pensées sulfureuses, mais elle garde ses paupières closes.

— Tu peux les ouvrir maintenant.

Mathilde est émue, charmée, choquée, impressionnée. Tout cela à la fois. Elle ne saurait décrire précisément ce qu'elle ressent à ce moment précis.

Avec seulement des nuances de noir, de gris et de blanc, le réalisme est vraiment surprenant. Au départ, elle ne se reconnait pas particulièrement. Elle devine une déesse grecque étendue sur une étoffe claire, le regard pénétrant, qui semble totalement dévouée à celui dont elle a confié son corps. Puis, Mathilde prête attention aux détails, à ces coups de crayons si nets et précis qu'ils pourraient donner vie à la chose la plus insignifiante qui soit. Enfin, tout lui paraît évident. Elle retrouve des traits familiers : une bouche fine, des yeux légèrement en amande, des cheveux longs et ondulés, une épaule ronde, des bras longs et fins, des mains délicates. Noah est parvenu à la reproduire trait pour trait.

— Je… je ne sais pas quoi dire. C'est tellement bluffant de réalisme. Noah, je suis stupéfaite, vraiment merci. Merci de me voir comme tu me vois. Ce dessin représente beaucoup pour moi.

— J'ai tout simplement laissé parler la mine de mon crayon. C'est toi, et toi seule, qui est responsable de ça. La muse, l'inspiration qui m'aura permis d'arriver à ce résultat.

Mathilde réitère ses sincères remerciements et se rapproche de Noah. Leurs lèvres se frôlent, se touchent doucement, puis Mathilde se détache légèrement et parle à quelques centimètres seulement de ces lèvres qu'elle aurait envie de mordre à nouveau.

— Je ne t'ai jamais répondu l'autre jour.
— Répondu à quoi ?
— L'autre jour, sur le trottoir, quand tu m'as dit que…
— Je le pensais, je le pensais vraiment, si c'est ça qui t'inquiète. Ce n'était pas seulement le moment, ou encore ce que tu as fait pour moi ce jour-là, qui m'a motivé.
— Je sais, je ne suis pas du tout inquiète. Je voulais simplement te dire que je suis follement amoureuse de toi moi aussi. Je n'ai jamais ressenti ça avant. Aucun faux-semblants, je peux être moi-même, je me sens moi-même. Tu es en train de changer ma vie, Noah, et ton humilité t'empêche de t'en rendre compte.

Noah détourne la tête un instant.
— Tout va bien ?

— Punaise, on a dû déloger tous les moutons du dessous des meubles avec toutes nos acrobaties ridicules. J'ai une poussière dans l'œil.

— Noah ? Tant que tu seras avec moi, il n'y a vraiment que nos acrobaties que tu as le droit de trouver ridicules, ok ?

Noah essuie ses larmes d'un revers de main et embrasse tendrement Mathilde.

— Prêt à affronter mon père, Monsieur Porneaud ?

— À une seule condition.

— Laquelle ?

— Que tu attendes encore un peu avant de leur révéler mon vrai nom.

— Ton nom apparaîtra à un moment ou à un autre sur les papiers du contrat, tu sais ?

— J'ai déjà transmis mes informations personnelles à ton père la semaine dernière afin qu'il commence à rédiger les documents justement, et je me doute que c'est de cela dont nous allons parler ce soir.

— Et alors ?

— Bah, Parneaud ça sonne quand même mieux.

36

Julia et Gabriel commandent leur quatrième cocktail. Toujours le même – les mélanges sont déconseillés si l'on souhaite être épargné d'un terrible mal de tête au réveil, mais pour l'instant, les deux quinquagénaires n'ont pas du tout l'intention de dormir, la question ne se pose donc pas.

— Je vous ai menti, Gabriel.
— Pardon ?
— Je ne vous ai pas dit toute la vérité, tout à l'heure.
— Julia, je me suis fait berner par un jeune voyou, mais je sais encore ce que signifie le verbe mentir.
— Bien sûr. Pardonnez-moi. Dans votre dossier, je n'ai pas seulement lu votre prénom, j'ai également lu que vous étiez veuf, et…
— Effectivement, Julia. Depuis bientôt 10 ans.
— Et vous n'avez jamais tenté de refaire votre vie ?
— Non. J'ai eu quelques aventures, bien évidemment, mais aucune ne m'a jamais permis de passer réellement à autre chose. Et puis…

Les prénoms d'Alix et Léa sont annoncés et jaillissent des grandes enceintes murales. Gabriel s'arrête net et se retourne brusquement en direction de la scène.

Julia, elle, s'extasie.

— Ah ! La grande brune au micro, c'est la nièce de ma meilleure amie, celle dont je vous parlais tout à l'heure. Vous n'allez pas en croire vos oreilles...

Gabriel est absorbé par ce qu'il voit. Il accroche son regard à la petite rouquine qui vient de s'installer au piano. Ses yeux sont admiratifs et larmoyants. Tous les bruits ambiants, y compris la voix de Julia, ne lui parviennent plus. Il est envahi par un brouillard auditif qu'il ne maitrise pas. Il la regarde. Il la redécouvre. Il l'aime comme au premier jour où il l'a prise dans ses bras. Elle était si petite, si vulnérable, si parfaite.

Alix commence à faire glisser ses doigt sur les touches bicolores et la magie opère aussitôt. Gabriel est transporté vers un souvenir qui resurgit.

Dans le vieil appartement familial, une mère indique la mesure à sa fille. Elles jouent du piano à l'unisson, et leurs doigts créent une mélodie enchanteresse qui résonne dans tout le salon. La lumière du jour emplit la pièce et offre une atmosphère douce et paisible. Leurs longs cheveux roux apportent à ce tableau pastel, une touche de flamboyance et d'éclat. Il est installé sur le sofa. Il les observe. Depuis cet après-midi-là, il est convaincu que sa fille a hérité du talent de sa mère, de toute sa dextérité et de toute sa...

— Sensualité, aussi. Vous ne trouvez pas ?

La voix de Julia le ramène à l'instant présent.

— Pardon ?

— Ce qu'elles font est à la fois authentique et sensuel.

— Euh oui, en effet.

— Gabriel, je vois bien que vous n'êtes pas totalement avec moi depuis un petit moment, qu'est-ce que vous ne me dites pas ?

— Julia, la personne que je connais et dont je vous parlais en début de soirée est actuellement assise devant ce piano et... c'est ma fille.

— Alix est votre fille ?

— Vous la connaissez ?

— J'ai eu le plaisir de la rencontrer officiellement il y a quelques semaines, à l'occasion d'un dîner chez moi. Et Léa est sa compagne.

— Léa, la nièce de votre meilleure amie.

— C'est ça. Sous vos airs distraits, vous suivez malgré tout ce que je dis. Un bon point.

— Je vous demande pardon. Vous aviez certainement imaginé une tout autre soirée pour ce premier rendez-vous. Lorsque vous m'avez proposé de vous rejoindre ici, j'ai d'abord pensé annuler, je vous l'avoue. Et puis, je me suis dit que finalement c'était probablement le bon moment de me faire violence, d'y retourner et tenter enfin de renouer contact avec ma fille.

— Je passe une excellente soirée, Gabriel. Ne vous en faites pas pour moi. Et quelque part, je suis ravie d'avoir forcé le destin pour vous. Vous me semblez si affecté par la situation. Je n'ai pas d'enfant mais j'imagine sans mal ce que vous devez ressentir et ce que cette distance a pu provoquer en vous. Vous deviez vous sentir si seul. Vous n'êtes vraiment jamais revenu depuis l'incident que vous évoquiez ?

— Si, quelques fois au début, dans l'espoir de la revoir, de lui demander pardon. Mais, elle ne s'est jamais reproduite, pas un seul soir. Ce qui s'est passé était d'une telle violence. Avant que les vigiles les flanquent à la porte, ces deux salopards ont eu le temps de déverser toute leur haine sur ces pauvres filles, dont la mienne. Elle ressemble tellement à sa mère. Elle joue aussi bien qu'elle, si ce n'est mieux. Je la retrouve en elle et ça me fait terriblement mal de m'être éloigné d'elle si longtemps.

— Je vous propose un truc, si vous le voulez bien.

— Quoi donc ?

— Là, les filles sont en coulisse. Je peux demander au directeur de nous autoriser à y entrer afin que vous puissiez parler à Alix. Je serais ravie de vous accompagner si vous êtes d'accord. Je pourrai ainsi les féliciter de vive voix, moi aussi.

Monsieur Dubourg ne vit aucun inconvénient à ce que Julia et Gabriel pénètrent dans la zone réservée aux artistes. Leurs visages ne lui étaient pas totalement inconnus, et Léa et Alix avaient de toute façon donné leur accord en amont, lorsqu'il leur annonça qu'un couple souhaitait les féliciter en personne.

— Un couple ?

— Bah, c'est ce qu'Axel a dit, en tout cas. Ce sont peut-être mes parents ou mon oncle et ma tante.

— Léa, j'ai regardé partout dans la salle et je n'ai vu aucun visage familier.

— Qu'est-ce qui te fait peur Alix ? Tu es bizarre depuis qu'Axel est venu nous voir. Je... je sais pas moi, peut-être qu'on ne connait effectivement pas ces gens, ou alors si, et ils étaient bien cachés au fond de la salle, qui sait ? T'en fais pas...

Alix reste immobile. Elle regarde par-dessus l'épaule de Léa, les yeux écarquillés et la bouche ouverte. Puis, elle affiche cette même expression de colère qu'elle ne put refouler tout à l'heure pendant le dîner. Léa est inquiète. Elle se retourne et aperçoit Julia qui se dirige vers elles. Tout d'abord surprise par l'attitude d'Alix, qui avait pourtant exprimé toute son affection envers cette femme l'autre soir, Léa est ensuite interpelée par un homme qui se tient à côté de Julia. Ils doivent avoir à peu près le même âge. Il a l'air gentil et semble mal à l'aise aussi.

Ils ne sont plus qu'à quelques mètres d'elles à présent. Alix s'apprête à quitter précipitamment les lieux, Léa ne comprend pas et tente tout d'abord de la retenir, quand l'homme intervient.

— Alix, je t'en prie.

— Je ne veux pas te voir ! Fiche le camp !

— Je ne partirai pas d'ici tant que je ne t'aurai pas parlé. J'ai tenté plusieurs fois de te contacter mais tu rejettes systématiquement mes appels. Alix, je suis désolé de débarquer comme ça mais tu ne me laisses pas le choix. Ne va pas t'imaginer des choses, je n'ai rien prémédité, je te l'assure.

Julia se permet de prendre la parole.

— C'est moi qui suis responsable de ça, Alix. Nous avions prévu de nous voir avec Gabriel ce soir. J'ai proposé le *Select* mais j'ignorais qu'il était ton père et encore moins ce passé douloureux qui semble vous affecter tous les deux.

Et si je peux me permettre, tu peux peut-être simplement écouter ce qu'il a à te dire. Tu ne seras pas obligée de parler si tu n'en as pas envie. J'ai passé les quatre dernières heures avec cet homme et je peux te garantir que cette situation le rend malheureux. Les choses ne pourront s'arranger que si vous parlez et que vous écoutez ce que chacun a à dire. Si tant est que vous ayez tous les deux envie de les réparer.

Gabriel est sincèrement touché par les mots de Julia et il espère que sa fille lui laissera une chance de s'expliquer.

Au bout de quelques secondes, Alix avance d'un pas vers son père. Son visage s'est détendu. Julia sent que c'est le bon moment pour déguerpir et les laisser seuls.

— Léa, ma grande, on va boire un verre au bar ?

— Je prends mes affaires et j'arrive.

Avant de quitter les loges, Léa prend soin de déposer un baiser sur la joue mouillée et salée d'Alix, puis s'éclipse aux bras de Julia.

— Je suis assez satisfaite de ma petite intervention. Tu n'es pas d'accord ?

— Alors c'est son père ?

— Bah, qu'est-ce qu'il a de si étonnant là-dedans ? Alix ne t'a jamais parlé de ses parents ?

— Je pensais surtout à autre chose. Ces appels qu'elle... Bref ! Tu sais Julia, ça fait plus d'un an qu'on est ensemble avec Alix, et j'ai appris que sa mère était morte seulement tout à l'heure, un peu avant de venir ici. Elle ne s'est jamais confiée sur sa vie et je n'ai jamais osé la questionner.

— Et son père ?

— Quand on a abordé le sujet, elle s'est braquée et j'ai vite compris qu'il ne fallait pas que j'insiste.

— Cet homme me semble vraiment sincère et enclin à arranger les choses, tu sais ?

— Et pour ne rien gâcher, il est plutôt bel homme, on ne se refuse rien, Maître. C'est sérieux ou pas entre vous ?

— Léa, tu as à peine la moitié de mon âge et je ne tiens pas à avoir ce genre de discussion avec toi, c'est gênant.

— Toi, gênée ? Permets-moi d'en douter. Mais c'est comme tu voudras. Est-ce que tu peux au moins me dire pourquoi ils ne s'adressent plus la parole ?

Julia revient donc sur cette fameuse soirée qui dégénéra et dont Léa se souvenait parfaitement. Celle qui marqua la fin de quelque chose pour Alix. Elle arrive progressivement à reprendre confiance en elle et Léa s'en félicite, elle pense l'aider beaucoup à ce niveau-là. À présent, elle comprend mieux pourquoi Alix parvenait difficilement à passer à autre chose. Il n'était pas uniquement question de ces sales brutes, son père était là et elle le vit baisser la tête et s'en aller. Elle espérait légitimement une réaction de sa part, un père qui prendrait tout naturellement la défense de sa fille. Or, son manque de considération, et surtout sa fuite, l'anéantirent encore plus que les insultes elles-mêmes.

— Il n'a vraiment pas réagi ?

— Il s'en veut énormément d'après ce qu'il m'a dit, et il souhaite sincèrement réparer les choses.

— Il fait quoi dans la vie ?

— Euh, je doute que cette question tombe à pic, mais je vais te répondre quand même. Il dirige un établissement bancaire et, dernièrement, je l'ai défendu dans une affaire d'escroquerie. Il a cherché à me revoir mais je n'étais pas encore prête et, un jour, je me suis dit que c'était le bon moment alors je l'ai contacté. J'en avais marre de… qu'est-ce qu'il y a ?

Léa sourit.

— Oh, rien. C'est juste que pour quelqu'un qui ne voulait pas parler à une nana qui a à peine la moitié de son âge, tu es plutôt bavarde. Je te demandais simplement ce qu'il faisait dans la vie, rien de plus.

— Mais quelle insolence ! Les jeunes d'aujourd'hui se permettent tout, c'est pas croyable. Linda est pareille. Il va falloir que j'en touche deux mots à tes parents !

— Je te taquine, Julia. Je suis vraiment contente pour toi. Et puis, t'imaginer en belle-mère me plaît assez. Je voulais savoir ce qu'il faisait comme boulot, pour peut-être mieux comprendre un truc qui me tracasse un peu depuis que je connais Alix. Et je soupçonne maman de s'être posé la même question.

— Laquelle ?

— Je me demande comment Alix peut se payer un aussi bel appartement alors que nous ne travaillons qu'à temps partiel et pas régulièrement en plus ? Et elle refuse que je participe à quoi que ce soit financièrement.

— Depuis plus d'un an, vous n'en avez jamais parlé ?

— Bah, non. Alix a toujours été assez discrète sur sa vie, sa famille, sur elle aussi. On partage beaucoup de choses mais j'ai tout de même encore pas mal de questions qui me trottent dans la tête, je dois l'avouer.

— Concernant l'appartement, j'imagine que tu y as déjà réfléchi. T'en penses quoi ?

— Pas grand-chose à vrai dire mais, maintenant, je me dis que c'est peut-être son père qui paye le loyer depuis des années.

— Ou alors, c'est un héritage et par conséquent elle en est la propriétaire.

— Ou alors, c'est lui l'escroc et il t'aura bien roulée dans la farine avec ses belles phrases. Il est trafiquant de drogue et blanchit son argent sale dans l'acquisition de belles pierres.

— Ou alors...

— Ok, stop ! Julia, c'est totalement irrespectueux ce qu'on est en train de faire, spéculer comme ça sur la vie des gens. Et puis, je m'en fiche totalement en fait. Alix est quelqu'un d'honnête et responsable, ça ne devrait pas m'inquiéter. J'ignore même pourquoi je me suis posé la question d'ailleurs.

— Telle mère, telle fille, j'imagine ?

— Probablement et c'est bien ça qui m'inquiète.

— À Lucile, qui me surprendra toujours.

Léa lève son verre pour trinquer puis elle regarde par-dessus l'épaule de Julia.

— Bon, la discussion est close puisqu'ils reviennent.

— Fais comme si on parlait de tout et de bien, ok ?

— De tout et de *rien* !

— Quoi ?

— Laisse tomber. Et je suis censée faire quoi au juste ?

— Bah, je sais pas. Tu n'as qu'à t'esclaffer comme si je venais de te dire un truc hilarant.

— Oui, et comme ça, ton beau Gabriel croira en plus, que tu as un humour fracassant.

— Mais j'ai un humour fracassant, Léa, qu'est-ce que tu crois ? Je suis même la plus drôle de toutes, entre ta mère, Marion et Linda.

— On s'demande bien laquelle de nous deux est la plus âgée. Là, tout de suite, c'est beaucoup moins évident.

— Bon, Léa ça suffit !

— Tais-toi ! Il sont là.

— Il ont l'air comment ?

— Difficile à dire.

— C'est pas une réponse ça. C'est pas compliqué de voir s'ils semblent réconciliés ou au contraire toujours en froid !

— Bah, t'as qu'à te retourner et regarder par toi-même, si t'es pas contente !

— Certainement pas. Je ne veux pas qu'ils s'imaginent qu'on parle d'eux depuis tout ce temps.

— Mais, on parle d'eux depuis tout ce temps, Julia.

— Oui bah, ils ne sont pas censés le savoir. Inutile de nous en vanter et…

Léa se racle exagérément la gorge, espérant que Julia comprenne que c'est le moment de se taire. Mais, de toute évidence, elle a encore quelques progrès à faire niveau tactiques non verbales, utilisées pourtant couramment dans ce genre de situation.

— … et nos paris ridicules à leur sujet resteront entre nous, je ne peux même pas imaginer mon Gabriel en…

— M'imaginer en quoi, Maître ?

Julia reste figée et ouvre de grands yeux stupéfaits. Léa, quant à elle, feint de ne rien avoir entendu.

— Ah, vous voilà vous deux ? Nous étions à court de choses excitantes à nous raconter avec Julia. Nous sommes contentes de vous revoir, ensemble en plus. Vous prendrez bien un dernier verre avant de partir ?

— Ou plutôt un café à l'heure qu'il est, intervint Alix, dont le sourire radieux révèle que la dernière heure se sera passée comme Léa l'espérait.

Mal à l'aise dans ses baskets – escarpins à talons – Julia se retourne enfin. Cela ne l'étonnerait pas que Gabriel ait tout entendu et il risque de revenir à la charge plus vite qu'elle ne le croit. Les filles se sont légèrement écartées, Julia tente de faire diversion.

— Vous avez pu lui dire ce que vous vouliez ?

— En effet, et j'en suis heureux. En revanche, j'aurais deux mots à vous dire à vous aussi, et en privé, Maître.

37

— Alors Noah, qu'est-ce que tu en penses ?
— C'est parfait. Je suis vraiment ravi, Monsieur Lucas. Encore merci pour ce que vous faites pour moi. Je ne sais pas comment vous…
— Me remercier ? Inutile. Je compte simplement sur toi pour prendre soin de ma fille, c'est tout. Sinon…

Léon prend un air sévère, et ce pauvre Noah ne sait plus où se mettre. Sous la table, Mathilde cogne du bout de sa chaussure le tibia de son père, installé en face d'elle. Elle le réprimande gentiment.

— Papa, arrête ça s'il te plaît.
— Je te taquine mon grand. Détends-toi, on dirait que tu as vu un fantôme.
— Tu n'as pas bientôt fini d'embêter ce pauv' garçon ? C'est notre premier repas ensemble et je doute qu'après ça les enfants veuillent revenir. Noah, t'en fais pas, il est toujours comme ça. Il se croit drôle et je ne sais plus quoi faire pour lui prouver le contraire.
— Merci Madame Lucas. Je…
— Oh par pitié, appelle-moi Lucile. J'ai l'impression d'avoir pris dix ans d'un seul coup !

— Si vous voulez, Lucile. Je tenais à vous dire que votre recette de tajine était vraiment excellente. Ma mère cuisinait aussi très bien ce genre de plat familial et...

Mathilde perçoit un début de sanglots dans la voix de Noah qui vient de demander de l'excuser une minute. Elle le rejoint dehors.

— C'est mauvais pour la santé, tu sais ?

— J'en ai toujours une sur moi, juste au cas où.

— Juste au cas où quoi ?

— Juste au cas où j'en ressentirais le besoin.

— Comment tu te sens ?

— Je suis vraiment désolé d'avoir quitté la table aussi précipitamment, tes parents doivent penser que je manque d'éducation.

— Ne t'en fais pas pour eux. Tout va bien. Ma mère est en train de faire une petite leçon de morale à mon père et crois-moi, on est bien mieux ici.

— Si tu le dis.

— Noah, c'est d'avoir évoqué ta mère qui te rend mal ?

— Peut-être.

— Laisse-moi t'aider, s'il te plaît. C'est pas en gardant les choses pour toi que tu iras mieux.

— Tu en as déjà tellement fait, Mathilde. Laisse tomber, de ce côté-là il n'y a plus rien à sauver.

— Je ne t'obligerai pas à me parler si tu n'en as pas envie, mais il y a forcément quelque chose à sauver. Je peux t'aider à reprendre contact avec elle si tu sens que c'est ce qu'il te faut pour aller mieux. Et si ça peut te faire arrêter la clope aussi, je signe tout de suite.

— Je vais y réfléchir.

— Super !

— T'emballe pas, je parlais de la clope !

Mathilde lui sourit. Elle place ses bras autour de son cou et lui dépose un baiser sur les lèvres.

— On rentre ?

— Avant j'ai quelque chose à te demander, si tu veux bien.

— Je t'écoute, qu'est-ce qu'il y a ?

— Mathilde, voilà, je suis un peu maladroit quand il s'agit d'exprimer ce que je ressens…

— Ah bon ? Je n'avais pas remarqué.

Noah ne relève pas et continue dans sa lancée. Mathilde reprend son sérieux.

— … je me sens vraiment bien avec toi. Tu me rassures, tu m'encourages, tu m'enveloppes de toute la tendresse et la douceur qui font celle que tu es, celle dont je suis tombé amoureux. J'aime ta famille, Louis, ton oncle et ta tante, et bien-sûr tes parents, même si ton père me fiche la trouille par moment, mais j'aime encore plus l'idée qu'un jour je pourrais partager ma vie avec toi. Alors, je voulais savoir si tu accepterais que nous nous installions ensemble.

— Tu exagères quand même, ta chambre d'hôtel rikiki n'est pas si mal que ça.

— Tu ne l'as jamais aimée, avoue-le ?

— Franchement ? Non. Elle est impersonnelle, froide et sans âme.

— Et tu ne voudrais pas que je continue de vivre dans un endroit aussi impersonnel, froid et sans âme, n'est-ce pas ?

— Tu sais, je dois reconnaître que Madame Verneuil, notre propriétaire, est vraiment adorable, mais depuis que Léa a quitté l'appartement, elle se sent obligée de partager ses soirées avec les miennes. Au début, je trouvais ça plutôt sympa, voire très amusant parfois. Madame Verneuil est une ancienne institutrice et certaines anecdotes valent le coup. Mais pour être honnête, j'aspire aujourd'hui à des choses un peu plus excitantes que partager un jeu de cartes cornées et apprendre à faire un point de croix. Alors non, Noah.

— Non quoi ?

— Je refuse que tu continues de vivre dans cet endroit impersonnel, froid et sans âme. Je m'ennuie toute seule à l'appart' et je serais vraiment ravie que tu puisses me tenir compagnie.

— Et je prendrai la chambre de ta sœur ?

— Bien entendu, quelle question !

— Mais je pourrais quand même partager ton lit de temps en temps ?

— Possible, mais à deux conditions.

— Tout ce que tu voudras.

— La première, qu'on fasse une crémaillère digne de ce nom malgré tout. J'ai envie d'officialiser notre vie commune et c'est bien la meilleure des façons pour ça ?

— Entendu. Et la deuxième ?

Mathilde retrouve ses parents dans la salle à manger. Noah les rejoindra une petite minute plus tard. Tous les trois alignés face à lui, il se sent soudain très mal à l'aise.

Lucile file un coup de coude à Léon et, probablement par vengeance pour la dernière fois, elle s'en donne à cœur joie. Léon prend aussitôt la parole, tout penaud.

— Noah, je voulais m'excuser pour mon comportement de tout à l'heure. Je sais que je peux être lourd parfois, ma chère Lucile me le rappelle trop souvent. Mais sache que je suis content pour toi et pour ma fille et je vous souhaite le meilleur à venir. Concernant ton activité, je te fais entièrement confiance. Les dernières formalités devraient être réglées très prochainement, il faudra d'ailleurs que tu me remettes un document d'identité à l'occasion…

Le cœur de Noah bat à toute allure. Mathilde lui glisse à l'oreille :

— T'inquiète, sous ses airs un peu stricts, il a beaucoup d'humour. La seule chose que tu risques est qu'il s'en amuse encore même sur son lit de mort.

— … et tu pourras t'installer comme tu le souhaites. Tu as carte blanche. Ce local est à toi.

— Merci énormément, Monsieur Lucas, ce que vous faites pour moi me touche beaucoup. Je ne vous décevrai pas. En revanche, ma pièce d'identité est-elle vraiment nécessaire ?

Léon n'a pas le temps de répondre, Lucile intervient. Mathilde l'aurait-elle mise au courant et tenterait-elle une diversion ?

— Bon, on passe au dessert ? J'ai préparé une mousse chocolat-betterave.

— Oh, Maman !

38

— Linda, ma puce, tu veux bien venir deux minutes ? J'ai un truc à te dire.

Linda rejoint Julia dans le salon et s'assoit à côté d'elle sur le canapé.

— Si c'est pour le loyer, ne t'en fais pas, j'ai prévu de participer dès le mois prochain. Le contrat à mi-temps au cabinet ne me permet pas pour le moment de…

— Ce n'est pas de ça dont je voulais te parler. Enfin, pas tout à fait.

— Ah, ok, bah, je t'écoute.

— Voilà, dans un mois tu auras terminé ton année, et il ne fait aucun doute que tu valideras ta licence sans problème. Les différents stages que tu as effectués au sein du cabinet ont été plus que concluants et à la hauteur de tout ce dont je te savais capable. J'en ai discuté avec Sandrine et Miguel et ils sont d'accord…

— Si tu pouvais aller droit au but, ça m'arrangerait. Je vais faire un arrêt cardiaque !

— Ah bon ? Je trouvais que cette petite note de suspens rendait la chose un peu plus exaltante et…

— Non, pas du tout. J'ai la tension à dix mille, là !

— Bon, bon. Donc, avec mes associés, on souhaiterait que tu deviennes notre nouvelle assistante juridique. Noëlle rejoint ses enfants en Espagne et nous a demandé une mise en retraite anticipée. Alors, je sais que tu aspires à mieux, à plus grand, mais ce serait un bon début, le temps de te perfectionner et en apprendre davantage sur le métier. Tu pourras continuer tes études en parallèle si tu le souhaites, et on aménagera le poste comme il te conviendra. Tu as beaucoup appris auprès d'elle et tu connais déjà de nombreux dossiers, alors je pense que…

— C'est oui, c'est oui, c'est oui ! Je suis tellement contente et je vais enfin pouvoir participer financièrement. Après tout ce que tu as fait pour moi, je peux…

— Ah ! J'oubliais. Il y a une condition.

— Laquelle ?

— Il est hors de question que je continue à te biberonner. Cet emploi sera le meilleur moyen de trouver un chez toi et pourquoi pas le partager avec ton beau Théo.

Julia bouscule sa filleule d'un coup d'épaule. Elle l'embête volontairement. Elle voulait l'amener sur ce terrain-là mais Linda ne semble pas avoir compris son petit jeu.

— Me biberonner ? T'es sérieuse ? C'est moi qui fait tout ici. Tout est prétexte à faire des paris à la con, paris que tu gagnes toujours soit dit en passant, et je me retrouve à devoir tout gérer à la maison ! Alors, si tu pouvais…

— Hey, du calme ! J'ai dit ça pour te faire réagir. Mais je pensais que tu l'aurais fait plutôt en entendant le joli prénom de Théo.

— Ah !

Linda rougit et se dandine comme une petite fille. Elle attrape un gros coussin et le ratatine contre elle. Ses bras l'enroule.

— Comment tu sais pour nous deux ?

— Je ne suis pas née de la dernière pluie, tu sais ?

— Oh, punaise, marraine, arrête avec tes expressions de vieux, franchement ça devient lourd.

— Ne change pas de sujet. Tu crois que je ne t'entends pas glousser comme une oie, devant ton téléphone tous les soirs ? Ce n'est pas aux vieux singes qu'on apprend à faire la grimace ! Et bam, celle-là, je te l'offre avec plaisir, ma p'tite noix de cajou.

— Ah non, on était d'accord. Plus ce surnom débile. Et puis, c'est la poule qui glousse. L'oie, elle cacarde.

— On s'en fiche, ça reste un machin avec des plumes et des ailes. Donc, tu n'as toujours rien à me dire ?

— Ok, t'as gagné. On se voit depuis quelques semaines. T'es contente ?

— Mouais. C'est tout ?

— Tu me saoules, tu le sais ça ?

— J'assume. Vas-y balance, t'en meurs d'envie.

— Pfff, d'accord. Théo est vraiment charmant. Il est resté comme dans mes souvenirs, drôle, marrant, gentil, et je crois qu'il me plaît beaucoup.

— C'est vrai que tu en pinçais déjà pour lui à l'époque. Louis n'en a jamais rien su d'ailleurs.

— Bien évidemment, il aurait pris un malin plaisir à m'embêter avec ça et n'aurait pas hésité une seule seconde à me ficher la honte ! Il n'y a que toi qui était au courant.

— Alors, je ne suis peut-être qu'une vieille qui emploie des expressions ringardes, mais je sais garder un secret.

— Je le reconnais.

— En tout cas, je suis contente pour toi ma puce. Et pour le boulot, je te laisse l'annoncer à ta mère, mais ne tarde pas, sinon c'est moi qui l'appelle, j'ai plein trucs à lui raconter depuis la dernière fois qu'on s'est vu.

— Bah, puisque tu abordes le sujet, comment ça se passe avec ton banquier ? Vous ne vous êtes toujours pas revus depuis la soirée au *Select* ?

— Non. On s'appelle plusieurs fois par semaine mais rien de plus pour le moment. Il me manque énormément, je crois. Mais je voulais qu'il puisse rattraper le temps perdu avec sa fille sans m'avoir dans les pattes. Et de toute façon, nous n'avons encore rien officialisé.

— Il t'accordera très bientôt tout le temps que tu mérites, j'en suis sûre.

Linda se lève, sort son portable de la poche arrière de son pantalon et s'en va en direction de sa chambre.

— Où tu vas ?

— Annoncer la bonne nouvelle à maman avant que tu me coupes l'herbe sous le pied !

— Hey, tu viens d'employer une expression de vieille là, ou c'est moi qui ai mal entendu ?

— Tu as certainement mal entendu. L'âge rend sourd aussi, il paraît.

— Sale petite ingrate !

— Je t'entends plus, je ferme ma porte. Ça y est, elle est fermée !

Julia sourit. Linda a toujours eu cette façon si particulière de montrer aux gens qu'elle les aime. Ce subtil mélange de sarcasme et de tendresse qu'elle maitrise à la perfection et qui la rend si unique. Ou pas tant que ça finalement. Julia se retrouve beaucoup en elle. Elle aime la relation privilégiée qu'elle entretient presque depuis toujours avec sa filleule, et qui s'est renforcée quand Louis est parti et qu'elles se sont installées ensemble. Le jour où Linda quittera l'appartement, ça lui fichera un sacré coup au moral, mais, elle doit l'encourager à partir. Ce nouveau travail va l'aider. Linda sera autonome financièrement et vivra sa vie comme elle l'entend, sans dépendre de sa marraine totalement *has been* qui joue à des jeux débiles.

— Tu te rends compte maman ?
— Je suis fière de toi ma chérie. Félicitations ! Attends, papa me demande qui c'est.

Marion force un peu sur sa voix pour que Nathan l'entende.

— C'est ta fille. Elle va se marier…
— Maman, qu'est-ce que tu fais ?
— …. elle attend des quadruplés et elle va partir vivre dans une yourte en plein cœur de l'Asie centrale.
— T'es vache là ! Qu'est-ce qu'il dit ? J'entends rien.
— C'est normal, ma chérie, ton père vient de s'évanouir au beau milieu du salon.
— Bravo ! Sérieusement maman, mais vous avez quel âge avec Julia ? Parfois, je me demande si un jour…
— C'est bon, c'est bon, il revient à lui. J'ai mis le haut-parleur, il t'entend.

— Papa, ça va ? Tout ce que maman a dit est totalement faux.

— Ça va, c'était juste le coup de l'émotion, ma chérie. Ta mère ne perd rien pour attendre. Et toi, tu vas bien ?

— Impeccable. Je voulais simplement vous annoncer qu'à l'issue de ma licence, je serai officiellement l'assistant juridique du cabinet de marraine. Ça en jette, hein ?

— C'est le moins qu'on puisse dire. Je suis si heureux pour toi. C'est une super nouvelle ! Et plus exactement, ça consiste en quoi ce poste ? C'est maman qui demande.

— Bah, votre chère fille sera bientôt le bras droit de Julia, pour la gestion de ses dossiers et notamment la préparation de ceux de plaidoirie, la signification des actes et la veille juridique. Je suis tout excitée !

— Et tu oublies la rédaction des courriers. Il est hors de question que j'assume ça !

Julia vient de passer la tête dans l'entrebâillement de la porte.

— Julia ! Depuis quand tu écoutes aux portes ? Maman, s'il te plaît, fais quelque chose, elle devient insupportable avec l'âge.

— Son âge n'a rien à voir là-dedans. Bonne chance ma chérie.

39

Gabriel et Alix restèrent un long moment dans les coulisses ce soir-là. Léa et Julia les attendaient, regrettant de voir la salle se vider, signe d'une nouvelle nuit remplie d'émotions qui s'achève.

Le père et sa fille se confièrent l'un à l'autre. Alix avait fini par accepter d'écouter les explications de celui qui l'avait tant blessée, mais qui lui avait aussi terriblement manqué.

— Alix, je te remercie de me laisser une chance de m'expliquer, et surtout de te demander pardon pour mon comportement lamentable.

— Lamentable ? Je trouve ça très en-dessous de la réalité, papa ! Déplorable, abjecte ou pitoyable serait plus approprié.

Gabriel ne put s'empêcher de bondir et de sourire intérieurement. *Papa*. Il n'avait plus entendu ce mot depuis très longtemps.

— Tu as raison ma chérie, et si je pouvais revenir en arrière et tout réparer en me comportant comme un père aurait dû le faire envers sa fille, je le ferais.

— Ce n'est pas possible et tu le sais très bien. Tu m'as brisé le cœur ce soir-là. Tu n'osais même pas me regarder. J'attendais que tu agisses, mais rien. Tu as préféré t'enfuir, tellement honteux d'assumer le regard que les autres auraient posé sur toi s'ils avaient su que c'était toi qui avais engendré ce monstre.

— Ne parle pas de toi comme ça, Alix ! Tu n'es pas un monstre.

— C'est pourtant comme ça que je me suis sentie. Une bête humiliée et seule face à ces deux salopards et tous les autres qui n'ont pas bougé leur petit doigt, eux non plus. La rouquine qui joue si bien du piano est une lesbienne ? Mais quelle honte !

— Alix, je suis tellement désolé. Je n'aurais jamais dû m'enfuir. Je t'en prie, pardonne-moi. Ta mère serait si fière de ce que tu es devenue et…

— Et toi, papa ? Es-tu fier de ce que je suis devenue ?

— Extrêmement fier, Alix. Ce ne sont pas les attirances sexuelles d'une personne qui font d'elle ce qu'elle est véritablement. J'ai mis du temps à le comprendre et à présent j'en suis persuadé. Tu m'as tant manqué ma fille et je t'aime tellement.

L'émotion était bien trop grande. Alix fondit en larmes dans les bras de son père. Ces mots, ceux qu'elle attendait depuis si longtemps, lui firent l'effet d'un bulldozer au milieu des entrailles.

— Papa, je suis si heureuse que tu sois là.

Leur étreinte dura plusieurs minutes. Gabriel retrouvait enfin l'odeur de sa fille, de la peau de son cou et celle de son après-shampoing si reconnaissable, le même que celui que sa femme utilisait.

— On les rejoint ? Je crois que tu as une jeune femme à me présenter.

— Et je crois que tu as quelqu'un à me présenter aussi, même si j'ai déjà eu l'honneur de la rencontrer. Elle est particulière mais je l'aime bien. Et, avant que tu me la demandes, je te donne ma bénédiction, papa.

Gabriel ne fut pas tout à fait honnête avec sa fille. Il se dit qu'à présent qu'ils s'étaient réconciliés, à quoi bon lui révéler cette vérité dont il n'était pas très fier non plus.

Julia débouche une bouteille de vin rouge et remplit un grand verre à pied. Linda l'a abandonnée à son triste sort ce soir. Elle est avec Théo pour une soirée roller en pleine rue, où chaque participant devait se déguiser en couple célèbre. *Bonnie Parker* quitta l'appartement vers 19 h 30 pour rejoindre *Clyde Barrow* sur leur lieu de rendez-vous. Ah, ces jeunes ! Linda imagine sérieusement qu'elle pourra faire du patin à roulettes avec sa jupe crayon des années 30 ?

Julia s'installe dans son canapé avec un saladier rempli de trucs un peu trop gras à grignoter, puis elle allume la télévision. Elle aurait bien passé le temps à papoter avec Marion, mais avec Nathan, ils ont prévu eux aussi, une soirée qui s'annonce plus palpitante que la sienne.

Une sonnerie retentit. Sur le coup, elle pense que Linda a oublié son portable car elle ne reconnaît pas la mélodie, mais non, c'est bien le sien qui sonne.

— C'est quoi cette blague ? Allô ? … Allô ?

La communication a été interrompue, seuls les bips successifs annonçant une fin d'appel lui parviennent à l'oreille. Julia n'a pas eu le temps de voir qui l'appelait. Elle tente de le vérifier en vue de rappeler son interlocuteur manqué, mais dans le même temps, elle reçoit un texto de Linda qui stoppe instantanément son geste.

Salut, marraine. Tu aimes ta nouvelle sonnerie ? J'ai pensé que ça te ferait plaisir un peu de changement. T'as l'air triste en ce moment.

C'est toi qui es responsable de ça ? Et tu aurais pu assumer jusqu'au bout, au lieu de me raccrocher au nez !

Je te sens contrariée.

Non, à peine. J'ai Patrick Sébastien qui braille dès qu'on m'appelle, mais je ne vois pas du tout ce qui pourrait me contrarier !

J'en ai laissé une boite rien que pour toi dans le frigo. Au citron et basilic, tes préférées.

Tu vas me le payer, Linda !

Moi aussi je t'aime. Bonne soirée et amuse-toi bien. Et si jamais tu t'ennuies un peu trop, tu peux toujours appeler ton charmant dealer de drogue.

Comment tu... ?

Léa m'a raconté vos petits pronostics ridicules. Allez, ciao.

Linda a déjà raccroché. Julia a envie de lui tordre le cou. Elle ne sait même pas comment modifier les paramètres de son portable. Elle est condamnée à devoir supporter cette sonnerie jusqu'à ce qu'une âme charitable lui montre le processus. Si elle y mettait un peu du sien, elle y arriverait, c'est certain, mais elle n'est pas friande de technologies. Son portable lui sert à appeler, être appelée, envoyer et recevoir des textos. La base. Point barre.

Elle attrape une grosse poignée de chips au bacon et se lamente, seule. Linda a raison. Elle la tanne depuis des jours pour qu'elle contacte Gabriel et lui proposer de se voir. Il lui manque terriblement et elle n'a pas osé le lui dire l'autre jour au téléphone. Alix et lui se sont retrouvés et, comme elle le disait si bien à Linda l'autre jour, elle ne veut pas interférer dans leur relation et souhaite leur laisser tout le temps dont ils auront besoin pour profiter l'un de l'autre. Mais trois semaines, ça commence à faire long. Elle veut le voir, lui parler face à face, savoir comment il va, le sentir, le toucher, le caresser aussi, si elle osait.

Elle attrape une autre grosse poignée qu'elle envoie aussitôt valser quand son téléphone sonne à nouveau.

Ah, qu'est-ce qu'on est serré, au fond de cette boite, chante les sardines…

— Je vais la tuer ! Allô ?
— Tu vas tuer qui ?
— Ah ! Gabriel, c'est toi ?
— Salut Julia. J'avais soudainement envie de te voir et je me demandais si tu étais chez toi.

Julia est partagée entre lui dire la vérité et passer pour une malheureuse qui n'a pas de vie un samedi soir, ou lui mentir honteusement et lui prouver que même sans lui elle s'éclate comme une folle.

— Euh, non, je suis... chez des amis. J'ai plein d'amis, d'ailleurs. C'est une soirée vraiment géniale, il y a de la bonne musique, de la bonne nourriture et du vin.

— Ah d'accord. Bah, c'est dommage, parce que j'étais en bas de chez toi et je voulais te demander si je pouvais monter.

Malheur, mais quelle nulle ! Comment elle va rattraper cela maintenant ? Bien joué Julia !

— Ah ! En effet, c'est vraiment dommage, dommage. *(Merde, merde et remerde !)*

— Peut-être une autre fois alors ?

— Voilà, oui, une autre fois avec plaisir, plaisir.

— Entendu, Julia. Alors, je t'embrasse et je te souhaite une bonne soirée avec tous tes amis.

— Oui, oui, merci, merci.

— C'est nouveau de doubler chaque fin de phrase ou ... Allô ? Julia, t'es toujours là ?

Julia s'est empressée de raccrocher. Elle regrette aussitôt son comportement ridicule et puérile encore une fois. Elle se précipite dans l'entrée, enfile la première paire de chaussures qu'elle trouve et descend les trois étages au galop. Il faut à tout prix qu'elle le rattrape.

Arrivée en bas de l'immeuble, elle ne voit personne. Elle tourne la tête dans tous les sens mais Gabriel n'est pas là. Il s'est sauvé. Il a dû deviner qu'elle le prenait pour un imbécile et il a déguerpi pendant qu'il était encore temps. Il n'a pas besoin d'une tarée dans sa vie.

— Tes amis t'ont fichue à la porte ?

Le cœur de Julia bondit dans sa poitrine.

— Non, je me suis échappée par la fenêtre, leurs chips étaient dégueulasses et la musique à chier !

— Vous ne m'avez pas habitué à un langage aussi grossier, Maître. Ce n'est pas très joli dans la bouche d'une aussi belle créature.

Entendre ces mots, ramène Julia vingt ans en arrière, quand elle n'avait peur de rien et surtout pas d'assumer d'être la femme engageante et libérée qu'elle était. Elle reprend son pas de course, mais en direction de Gabriel cette fois-ci. Sans aucune hésitation, elle enroule ses bras autour de son cou et l'embrasse. Elle l'embrasse avec toute l'exaltation qu'elle retenait depuis trop longtemps. Gabriel est surpris par tant d'enthousiasme mais il se laisse porter. Après tout, sa visite n'était pas si anodine non plus, et la tournure que semblent prendre les choses, lui convient parfaitement.

Julia avait presque oublié cette sensation troublante de se retrouver dans les bras d'un homme. Celle de se sentir aimée et désirée. Elle se cambre sous le poids du corps de Gabriel et apprécie chacun de ses gestes, des plus doux et délicats, aux plus fermes et indécents. Elle oublie le temps qui passe, elle oublie ses dernières relations qui ne l'auront jamais comblée autant qu'elle ne l'est à cet instant précis. Adieu les goujats égocentriques et les poneys trop poilus ! Elle remercie le jeune escroc de ne pas s'être attaqué à une autre banque du quartier, et elle remercie surtout celui qui l'a sauvée des griffes de la plus pathétique soirée de sa vie, à enchaîner les épisodes d'une série complément nulle, trois saladiers de chips et douze verres de vin.

Abrutie devant l'écran, grosse et complétement saoule, voilà comment Linda l'aurait probablement retrouvée le lendemain matin.

Au lieu de ça, elle passe la meilleure soirée de sa vie, enlacée par des bras forts et attentionnés, au milieu du capharnaüm qu'est devenu son salon.

— Tu ne m'en veux pas de t'avoir menti tout à l'heure ? Je n'assumais pas de t'avouer que j'étais seule un samedi soir à me goinfrer sur mon canapé.

— J'hésitais encore, jusqu'à ce que tu me sautes dessus dans la rue.

— J'ai fait bien plus que te sauter dessus dans la rue, je te signale. Je suis donc pardonnée ?

— Totalement et tout entière.

Gabriel accompagne ses mots d'une main qu'il fait glisser le long des courbes dénudées de Julia, et la chair de poule qui naît aussitôt, l'encourage à prolonger son geste.

Ils se regardent tous les deux, sans prononcer un seul mot. Depuis le décès de son épouse, Gabriel n'avait pas connu de relation aussi évidente, aussi intense que celle-là. Il se l'interdisait. Alors, dans son regard, comme dans celui de Julia, on peut tout simplement lire : merci. Merci de m'avoir redonné le goût de vivre. Merci de m'avoir redonné confiance en moi. Merci de me voir comme tu me vois. Merci de me regarder comme tu me regardes à cet instant précis. Merci pour tout ça.

Gabriel rompt soudain le charme avec un sourire taquin qui laisse Julia perplexe.

— J'ai faim. Tu n'aurais pas un truc à grignoter, mis à part les miettes de chips écrasées dans mon dos ?

— Si, certainement. Qu'est-ce qui te ferait plaisir ?

— Des sardines en boite.

— Quoi ? Comment tu... Oh, c'est Linda c'est ça ? Elle a dû chiper ton numéro quand elle m'a mis cette sonnerie ridicule.

Gabriel éclate de rire comme un gosse qui aurait fait une blague stupide à un copain. Cette soudaine spontanéité, le rend encore plus séduisant. Julia voudrait l'embrasser à nouveau et oublier ce qui vient de se passer, mais trop de questions se bousculent dans sa tête.

— Gabriel, s'il te plaît, réponds-moi au lieu de rire comme un gamin ! C'est Linda ? Elle t'a appelé quand ? Tu savais dès le départ que j'étais toute seule chez moi ? Depuis quand vous me faites marcher tous les deux ?

Gabriel ne dit rien. Il se lève et part en direction de la cuisine.

40

Il y a environ un an

Léa reste un instant devant l'entrée. Elle fixe le néon jaune qui clignote et la façade grise qui donnent à l'endroit, pourtant si réputé, un air de boui-boui peu recommandable.

C'est la première fois qu'elle y met les pieds. Les nombreux commentaires qu'elle a entendu à son sujet, ont fini par la convaincre d'y aller. Il est tard et il y a du monde. Elle n'arrivait pas à fermer l'œil ce soir. Mathilde ne s'est aperçue de rien, elle dormait comme un bébé quand Léa est partie.

La jeune femme s'installe au bar et commande un café. La dissonance entre l'extérieur et l'intérieur est frappante. L'ensemble est chaleureux et accueillant, tout le contraire de ce que renvoie l'établissement depuis la ruelle. Léa observe tout autour d'elle, chaque recoin de la salle mêlant le style d'un Café parisien des années 50, avec ses dorures et ses miroirs, à celui d'un Pub anglais, avec ses murs aux tons chauds, son imposant bar en bois massif et ses lustres en cristal. Un billard et deux grands canapés capitonnés en cuir brun, confirment le bon goût du propriétaire des lieux en matière de décoration.

Des hommes et des femmes de tout âge, s'amusent et profitent de cet endroit qu'ils semblent connaître sur le bout des doigts, contrairement à Léa.

Des applaudissements interrompent tout à coup son inspection, et tous les regards se tournent vers la scène qui s'apprête manifestement à accueillir quelqu'un de très attendu. Curieuse, Léa avale d'un trait son café et se rapproche de l'estrade pour mieux profiter de ce qui va se jouer devant elle.

Face à cette acclamation, Léa se dit qu'elle aimerait tant vivre cela elle aussi. Que les gens se déplacent pour elle, pour la voir, pour l'entendre, pour l'aimer.

Une jeune femme entre enfin et s'installe devant le piano. Elle pose ses doigts sur le clavier et immédiatement, une mélodie envoûtante s'échappe de l'abattant entrouvert. Léa imagine alors les notes danser et virevolter autour d'elle et de tous ceux qui assistent au spectacle. Elle est séduite par cet air mais elle l'est davantage par cette fille rousse, caressant les touches noires et blanches comme s'il s'agissait, pour elle, de la chose la plus précieuse au monde.

Léa est subitement envahie par un sentiment qu'elle ne saurait qualifier précisément. Des palpitations irrégulières lui encombrent la cage thoracique et une intense chaleur emplit tout son corps. Une sensation indescriptible. Elle ne parvient pas à détacher son regard. L'artiste est totalement en communion avec son instrument et Léa la trouve d'une beauté renversante. Elle se surprend un instant à vouloir repousser ses beaux cheveux qui lui recouvrent en partie le visage, se rapprocher d'elle lentement et l'embrasser. Cette idée la bouleverse autant qu'elle la réconforte. Elle n'a jamais ressenti une attirance aussi évidente pour quelqu'un. Depuis le collège, elle sent bien que les garçons ne l'intéressent pas. Elle a essayé pourtant, et même plus tard aussi, mais ces relations ne lui provoquaient absolument aucune sensation, jusqu'à maintenant et ici.

La prestation du jeune homme qui l'accompagne debout face au micro, semble insignifiante à côté de celle de la musicienne. Poussée par un incontrôlable élan de courage, Léa se fait la promesse qu'un prochain soir, lorsqu'elle sortira une nouvelle fois à l'abri du regard de sa sœur, elle sera la prochaine à se produire sur cette scène, et tentera de faire honneur au talent de la jolie pianiste rousse qui vient de lui renverser le cœur.

Les semaines suivantes, chaque vendredi soir, Léa s'échappe en douce de l'appartement pour rejoindre les murs rassurants du *Select*. Ici, elle peut être elle-même. Au fil des jours, elle s'est rapprochée de la jeune femme – elle s'appelle Alix – et, au-delà de leur passion commune pour la musique, elles partagent désormais leur premier café de la journée, chaque samedi matin.

Comme elle le ferait pour dissimuler quelque chose de grave et d'inavouable, Léa s'arrange pour être de retour avant que Mathilde parte travailler. La bibliothèque dans laquelle elle vient de décrocher un poste, est ouverte le samedi jusqu'à midi. Elle ne lui parle de rien pour le moment. Il n'y a d'ailleurs rien à dire. Les deux femmes s'entendent bien et Léa se satisfait de cela. Même si son cœur lui hurle le contraire.

Un soir, alors qu'Alix attend son tour derrière le lourd rideau, Léa s'autorise à la rejoindre.

Elle fait les yeux doux au gardien des lieux depuis cinq bonnes minutes et le molosse n'est pas facile à manipuler, de toute évidence. Léa insiste une dernière fois, elle verra bien.

— Je vous en supplie. Il faut que je lui dise tout de suite. Elle était carrément en stress ce matin et elle sera bien plus performante ce soir, si je la rassure sur son état.

— Bon, ok, allez-y mais grouillez-vous, je ne veux pas me faire virer, le patron n'aime pas que les clients non autorisés vadrouillent de ce côté de la scène !

— J'me dépêche c'est promis. Merci beaucoup.

Léa pénètre dans les coulisses et remarque aussitôt son amie, en plein milieu d'une séance de respiration ventrale. Elle lui confia un soir, qu'elle utilisait cette technique infaillible en cas de stress ou d'un début d'angoisse qu'elle ne parviendrait pas à maîtriser autrement. Bien qu'elle n'en soit pas à son coup d'essai, Alix est toujours aussi inquiète et exigeante envers elle-même. Elle a à cœur d'offrir le meilleur à son auditoire, chaque semaine. Le coup de pression est donc inévitable.

— Alix ?

— Léa, mais qu'est-ce que tu fiches ici ? Tu as réussi à passer la *Muraille* ?

— C'est donc comme ça que vous l'appelez ?

— Oui, et maintenant que tu es dans la confidence, je comptes sur toi pour garder le secret. C'est un petit surnom que nous lui avons trouvé avec l'équipe mais le mec n'a pas l'air commode, on aimerait que ça reste entre nous.

— Compte sur moi ! Vous avez tapé dans le mil en tout cas, ça lui va à merveille. Une armoire impénétrable et avec un cœur fait de caillasses. J'ai d'ailleurs galéré pour arriver jusqu'à toi.

— À ce sujet, je suis curieuse de savoir ce que tu as bien pu lui dire pour qu'il te laisse entrer ?

— Oh, pas grand-chose. Mais s'il te pose des questions au sujet de ton chat qui était mourant ce matin, réponds-lui que tu es vraiment rassurée qu'il aille mieux ce soir, ok ? Et au passage, remercie-le aussi d'avoir permis à ta sœur de te l'annoncer en personne.

— T'as vraiment raconté toutes ces conneries rien que pour… pour quoi d'ailleurs ?

— Je voulais juste te souhaiter bonne chance, c'est tout.

— Ok frangine. C'est gentil et je suis vraiment ravie de savoir que…

— Milou.

— … que Milou soit revenu d'entre les morts. Merci beaucoup. Euh, c'est plutôt un prénom de chien ça, non ?

— On s'en fout, il va mieux et c'est tout ce qui compte.

Alix est touchée par l'attitude de Léa. Cette fille la fait rire. Elle lui plaît beaucoup aussi. Ses grands yeux verts la dévisagent. La tête légèrement penchée vers l'avant, Alix ne la lâche pas du regard. Léa est totalement déstabilisée.

— Comment tu arrives à faire ça ? C'est troublant.

— Comment j'arrive à faire quoi, Léa ?

— Ça ! Punaise, arrête, s'il te plaît.

— Et si je refuse ?

Léa ne réfléchit plus. Son cerveau n'est plus irrigué et la pousse à faire n'importe quoi – ou du moins tout ce dont elle a envie, sans barrière, sans retenue. Elle se rapproche d'Alix, bien résolue à assouvir un fantasme qu'elle retient prisonnier depuis des semaines, et qu'elle s'imaginait déjà satisfaire la toute première fois où elle a posé les yeux sur elle.

— Des encouragements comme ça, j'en demande tous les soirs, intervient Alix dont les lèvres sont à présent libres de bouger.

— Je ne sais pas ce qui m'a pris, Alix, je n'ai pas pu résister, je suis désolée.

— Ne le sois pas. C'est étrange d'embrasser sa sœur, mais j'ai adoré.

Léa sourit et caresse lentement le visage de son amie. Elles se découvrent autrement, de plus près, et elles aiment ce qu'elles voient.

— Je viens de penser à un truc, reprend Alix.

— Quoi ?

— Hugo qui m'accompagne habituellement, est malade et ne viendra pas ce soir. Je l'ai appris en arrivant. Tu m'as toujours dit que c'était ton rêve de monter sur scène, alors ça te dirait de m'accompagner ?

— Euh, je ne crois pas que ce soit une bonne idée.

— C'est une excellente idée même, Léa. Allez, s'il te plaît. Je t'assure qu'il te suffira de cette unique fois pour y prendre goût et vouloir que tous les jours de la semaine soient désormais un vendredi.

Léa ne résiste pas à l'envie de l'embrasser à nouveau. Elle y met une intention différente de la précédente. Celle-ci est chargée de gratitude. Soudain, elle sent une présence, elle se retourne. Quelqu'un les observe, elle en est certaine. Le rideau vient de bouger, bousculé par un individu qui, manifestement, n'assume pas de s'être montré indiscret.

Alix n'a rien remarqué. Léa ne dit rien. Elle a peut-être tout imaginé.

Ce côté de la scène est bien plus impressionnant. Léa tremble de peur. Mais qu'est-ce qui lui a pris d'accepter ? Elle regarde en direction de la foule puis ferme les yeux pour apprécier pleinement les applaudissements. Ils sont pour elle. Elle et Alix. Elle se permet de savourer le moment quelques secondes de plus.

La voix rassurante d'Alix présente enfin sa nouvelle camarade de scène et Léa se sent rassurée et en confiance. Ce soir, elle ne pourra pas puiser sa force dans les yeux de Mathilde, mais ceux d'Alix font bien le job aussi. Léa se lance, elle attrape le micro d'une main assurée et entrouvre ses lèvres. Le doux son qu'elles laissent échapper dès les premiers mots, mettent tout le monde d'accord.

Tandis que Léa entame le deuxième couplet de la célèbre chanson d'Édith Piaf, *La vie en rose,* des voix masculines jaillissent du fond de la salle. Les mots qu'elles envoient sont inaudibles mais se veulent plus précis et insistants au fur et à mesure que les deux hommes se rapprochent, contraignant Alix et Léa à interrompre leur prestation.

Ils sont à présent proches de la scène et scandent des horreurs au sujet de la récente relation entre les deux jeunes femmes. Alix reste sans bouger. Elle est sous le choc. Parmi la foule, elle remarque un homme en costume clair et semble le supplier de lui venir en aide. Les propos sont ignobles et personne ne bronche, même pas la *Muraille*, qui semble plutôt satisfait d'être aux premières loges. Deux de ses collègues parviennent difficilement à se frayer un chemin puis agrippent enfin les deux perturbateurs.

Quelques secondes plus tard, le silence s'installe. Il est lourd, vicieux, lâche. Personne n'a bougé, personne ne les a défendues. Léa garde son sang-froid et tente de rassurer Alix, toujours assise sur son petit tabouret, immobile et absente, les yeux fixés sur la sortie du bar.

La porte vient de se refermer.

Un homme est dans la ruelle. Il s'est échappé de la salle lorsque le regard de la pianiste a croisé le sien. Son attitude abjecte ne le rend pas fier, loin de là. Mais il fallait qu'il digère ce qu'il venait d'entendre et qu'il aurait assurément compris s'il l'avait appris d'une tout autre manière. De sa bouche à elle par exemple, avec ses mots et sa sincérité.

Debout à quelques mètres de la sortie, planqué dans un recoin sombre, il les attend de pied ferme. Lorsqu'il les aperçoit enfin, bousculés par les deux vigiles qui les fichent dehors à coups de pieds, il les interpelle.

— Vous avez quelque chose à rajouter Messieurs ?
— T'es qui toi ? On t'a pas sonné !
— Je suis le père de celle que vous venez d'injurier.
— Ah bon ? Et tu crois vraiment que tu nous fais peur ? Qu'est-ce que tu comptes faire, papi ?

Malgré la détermination de Gabriel qui ne montre aucun signe de faiblesse, les deux hommes continuent de tenir des propos inacceptables envers Alix et ils se mettent même à le provoquer lui aussi. Ils se prennent pour des caïds.

À deux contre un – et un plus âgé qu'eux – ils se croient intouchables. Mais ils se trompent.

Gabriel ne s'attendait pas à ce que cela prenne de telles proportions, mais sa rage, décuplée par la lâcheté dont il a fait preuve quelques minutes plus tôt, prend soudain le dessus. Plus rien ne le retient. Il les massacre à coups de poings et à coups de pieds. La puissance qu'il met dans chacun de ses coups lui est totalement étrangère. Les deux jeunes hommes ne font pas le poids. Deux moins que rien finalement, qui ne se sentent puissants que lorsqu'ils s'attaquent à plus vulnérable et plus petit qu'eux.

Les deux mains en sang, Gabriel prend la mesure de ce qu'il vient de faire. Il se sent mal, honteux, sale. Mais les deux hommes recroquevillés à même le sol crasseux se taisent enfin, et c'est tout ce qui compte. Il vient de venger sa fille, qui n'en saura probablement jamais rien.

L'homme en costume clair, désormais maculé de taches brunes, quitte l'impasse comme un voleur et ne reviendra que quelques semaines plus tard, espérant la revoir, en quête d'un pardon.

41

Louis se balance calmement sur son fauteuil. Il admire l'intérieur de son bureau : un plafond végétal et des murs clairs ornés de superbes photos encadrées, représentant les plus beaux pays du monde. Ces clichés sont les siens – il souhaitait voyager sans portable, mais pour rien au monde, il serait parti sans son appareil photo.

Face à lui, une cloison semi vitrée lui offre une vue imprenable sur l'accueil. Et surtout sur Louise.

Il a commencé ce nouveau travail il y a deux mois. Théo et lui sont ravis, d'une part, parce que leur collaboration se passe à merveille, et d'autre part – c'est peut-être la plus importante à leurs yeux – ils ont réalisé leur rêve de gosses. Celui de travailler ensemble. Quant à celui de voyager côte à côte, il le font davantage au travers des projets de leurs clients que pour de vrai, mais ils disposent désormais de tout le temps nécessaire pour organiser une virée commune pourquoi pas dans les années à venir.

Louise vient de rabattre pour la sixième fois, une mèche de cheveux derrière son oreille. Toujours la même mèche indisciplinée qui ne tient pas en place depuis plus de trente minutes. Systématiquement, elle retombe et recouvre le côté gauche de son visage. Côté gauche, le côté du cœur. Louis est un éternel romantique, comme son père, et il ne peut s'empêcher d'y voir un signe.

Il n'a pas ouvert un seul dossier depuis une demi-heure. Cette fille lui plaît énormément et l'intrigue tout autant. Il est curieux. Elle n'est pas très bavarde, et depuis que Louis a commencé à travailler ici, ils n'ont échangé que des banalités. Mais, ce soir, il tente le tout pour le tout.

17 h 45. Il lui reste quarante-cinq minutes pour réfléchir à la meilleure méthode qui lui éviterait de se prendre un râteau.

18 h 28. Louis n'a aucun stratagème en tête – et toujours aucun dossier traité non plus. Plus le choix, il va rester lui-même et il verra bien.

18 h 30. Il s'apprête à quitter son bureau, quand il aperçoit le beau profil de Louise à travers la vitre – on y voit que depuis l'intérieur. Il fait un rapide demi-tour et feint de ranger ses affaires.

Elle frappe à la porte.

— Oui ?

— Louis, voici le dossier de Monsieur et Madame Bral. Je voudrais que tu y jettes un œil, il me semble qu'on peut trouver mieux comme offre. Ils doivent revenir demain avec leurs enfants. C'est un voyage familial qu'ils souhaitent s'offrir depuis un moment, je voudrais qu'on leur permettre de vivre ça et…

Louis n'écoute absolument rien. Il est absorbé par ce regard. Celui qui le frappa la toute première fois qu'il entra ici. Louise porte toujours ses larges lunettes et ses vêtements monochromes. Ils lui donnent une allure stricte mais qui n'altère en rien sa classe, son élégance ni même sa douceur naturelle.

— Louis ? Tu m'écoutes ?

— Non… euh… si… Excuse-moi Louise, j'avais la tête ailleurs. Oui, pose le dossier sur mon bureau et je verrai ça demain. Je te remercie.

Louis ne peut s'empêcher de la regarder et, au moment où elle se dirige vers la porte, il se lance.

— Louise ?

Il s'apprête à lui proposer de sortir ce soir, mais fait marche arrière aussitôt.

— Inutile de frapper la prochaine fois, fais comme chez toi, ok ?

— Ok. Bonne soirée, Louis.

— À toi aussi. À demain, Louise.

Quel idiot ! Elle vient de sortir du bureau et elle va très certainement quitter l'agence sans l'attendre – c'est lui qui a les clés.

— Louise, attends, je…

Il se précipite vers l'accueil. Elle est toujours là, debout devant le porte manteau en train d'enfiler sa veste. Louis est essoufflé, il se sent bête d'avoir couru comme ça.

— Tu as un train à prendre ou quoi ?

— Oui… euh enfin non… j'ai… en fait si !

Ses neurones se sont fait la malle et ont rejoint ceux que sa marraine avait perdus vingt ans plus tôt.

— Je ne sais pas à quelle heure est ton train, mais si tu n'veux pas l'rater, tu devrais y aller. Les embouteillages à cette heure-ci ne pardonnent pas.

Louis voit bien qu'elle se fiche de lui, à la fois gentille, douce et malicieuse.

— Tu veux venir avec moi ?

— Dans l'train ?

— Quel train ?... Euh, non, non, je…

Puis dans sa tête : « Louis, respire un peu mon gars. Tu passes pour un idiot devant la fille de tes rêves. Ressaisis-toi et pose-lui la question qui te brûle les lèvres depuis des jours. Tu n'es pas une mauviette alors grouille-toi ! »

— Bon, ok, oublie le train. Je voulais juste savoir si ça te disait qu'on aille boire un verre ce soir ?

— Tous les deux ?

— Oui, c'était l'idée mais si ça te dérange, on...

— C'est gentil mais je ne préfère pas.

Voyant que son collègue semble décontenancé par sa réponse, elle précise.

— Ce n'est pas du tout contre toi, Louis. C'est juste que ma dernière expérience avec un collègue s'est mal terminée et je n'ai pas envie de revivre ça.

— C'est simplement pour boire un verre. Si tu veux, on peut y aller dès maintenant, sans repasser par chez nous, ça fait moins rencard comme ça, non ? Juste deux collègues qui fêtent la débauche après une rude journée. Et si ça peut te rassurer, j'ai le même principe que toi de ne pas mélanger l'amour et le travail. En revanche, l'amitié ne me pose aucun problème. Théo et moi en sommes l'exemple parfait. Qu'est-ce que t'en dis ?

Louise hésite puis finit par accepter.

Théo et Linda, en revanche, ne se posent pas autant de questions et ont une petite longueur d'avance. Ils prirent chacun leur après-midi et Théo laissa le soin à Louis et Louise de fermer l'agence en fin de journée – sans aucun doute une stratégie pour les laisser seuls tous les deux. Théo mit Louis devant le fait accompli après leur déjeuner.

Devant l'entrée du théâtre, il attend Linda sur le parvis. Une pièce contemporaine va s'y jouer dans moins de vingt minutes, et la demoiselle se fait désirer. Théo regarde sa montre pour la dixième fois et commence à s'impatienter. Il déteste louper le début d'une représentation.

— Hey, déstresse ! T'inquiète, on sera assis avant les trois coups, tu verras.

Linda se tient juste derrière lui. Par où est-elle passée ? Il a une vue panoramique sur l'esplanade et il ne l'a pas vue arriver.

— Tu as des dons de téléportation ou quoi ?

— J'arrive d'en haut. Impossible de trouver une place dans les rues en contre-bas. Du coup, je me suis garée rue Beaumont et il y a un accès direct au théâtre en traversant par le parc.

— Ok. Je le saurai, merci pour le tuyau. On y va ?

Les deux amis d'enfance ne sont pas passés à la vitesse supérieure pour le moment. Ils partagent des après-midis comme celui-là, des soirées aussi quelquefois, puis ils rient devant de vieux albums photos et, de temps en temps le midi, ils se régalent autour de la même pizza – celle avec du pepperoni, leur préférée à tous les deux.

Théo sent naître des sentiments différents et plus forts pour Linda. Il a envie de la voir tout le temps, il pense à elle tout le temps. Elle le fait rire autant qu'elle l'agace avec sa manie de toujours vouloir le dernier mot. Elle est à la fois attachante et très énervante, mais il est totalement conquis. Conquis par son parfum aux notes florales de chèvrefeuille et de jasmin, par son insolence que chacun lui connaît depuis toujours, et par cette aura qu'elle dégage partout où elle met les pieds. Dès qu'il la voit, son cœur s'emballe, sa gorge se noue, il n'arrive plus à respirer. S'il n'est pas en train de tomber amoureux, il en a en tout cas tous les symptômes d'usage.

Ils grimpent les dernières marches et Théo tente une main délicate en bas du dos de Linda, comme pour la guider dans son déplacement – comme si elle ne savait pas mettre un pied devant l'autre toute seule. Ce geste plutôt anodin, lui procure un plaisir qu'il aurait envie de revivre dans la seconde, mais Linda risquerait de s'en apercevoir, et dieu seul sait comment elle pourrait réagir. Chaque chose en son temps.

Les épais rideaux rouge s'ouvrent enfin. Ils se sont installés in extremis. Théo est soulagé, Linda le taquine.

— Détendu, gros grincheux ?

— Il y a encore deux minutes, je réfléchissais à la meilleure punition que tu pouvais recevoir pour m'avoir fait louper le début.

— Et ?

— C'est indécent, tu risquerais d'être choquée.

— Ou de te voir différemment, peut-être ?

— Probable. Chut, ça commence.

Linda sourit. Elle commence, elle aussi, à ressentir bien plus que de l'amitié pour cet homme. Petite déjà, elle

« aimait bien » le copain de son grand frère, puis, du jour au lendemain, il suivit ses parents à l'autre bout de la France. Elle ne le revit jamais. À l'époque, leurs cinq ans d'écart auraient été préjudiciables et l'auraient de toute façon contrainte à attendre. Mais aujourd'hui, qu'est-ce qui la retient ?

Linda aime l'humour de Théo et sa personnalité si bien assumée, alliant timidité et maladresse, et qui contraste avec son allure de grand gaillard. Elle apprécie tous les moments qu'elle passe auprès de lui depuis presque deux mois. Il ne s'est jamais rien passé de plus que des déjeuners partagés et des regards échangés. Elle a envie de tenter quelque chose, cet après-midi peut-être. Ça pourrait marcher. Mais qu'en penserait Louis ? Sa petite sœur avec son meilleur ami ? Elle ne veut pas y penser pour l'instant. Elle compte profiter du spectacle qui se joue devant elle – même si elle ne porte aucun intérêt à la dramaturgie, qu'elle soit classique, moderne ou baroque, elle n'en a fichtrement rien à faire. Elle voulait simplement faire plaisir à Théo, qui était comme un gamin quand elle lui a offert les places la semaine dernière.

Linda a les mains posées sur ses cuisses. La pièce se joue depuis bientôt une heure trente, la fin doit être proche. Elle l'espère en tout cas. Elle jette un œil discret à son voisin de droite et ne peut s'empêcher d'apprécier ce profil parfait, ce nez droit, ces lèvres pulpeuses, ces cheveux bruns légèrement bouclés et ce cou qu'elle aurait envie de dévorer sur le champ, si elle s'écoutait.

Soudain, une main chaude vient se poser sur la sienne. Théo reste impassible, le regard toujours figé droit devant.

Linda ne dégage pas sa main, elle choisit d'entremêler ses doigts à ceux qui sont venus à la rencontre des siens, et ils resteront ainsi jusqu'à ce que les derniers applaudissements retentissent dans la salle.

Tous les sièges de velours sont à présent vides. Linda et Théo sont les derniers à se lever. Leurs mains sont toujours liées et Théo ressent comme un élan de courage – ou de fantaisie – qui le pousse à attirer Linda vers lui et à l'embrasser. Linda est surprise par cette soudaine initiative mais elle se laisse faire, une nouvelle fois. Leurs langues se mélangent, elle aime ça. Ils ne se séparent plus, ils restent collés l'un contre l'autre comme deux adolescents qui découvriraient cette délicieuse sensation pour la première fois.

Soudain, une voix plutôt énervée, remplit la salle de sa tonalité grave et roque.

— Hey, les tourtereaux ? Il s'agirait de quitter les lieux maintenant, je dois nettoyer la salle avant la représentation de ce soir. Allez oust ! Fichez-moi l'camp d'ici avant que je vous flanque mon balai au derrière !

Amusés par les propos désuets de l'homme qui a osé interrompre ce moment de volupté, Linda et Théo longent la rangée de sièges relevés, et emboitent le pas à l'agent d'entretien qui, une fois hors de leur champs de vision, balance une dernière remarque.

— Il y a des hôtels pour ça, bon sang !

42

— C'est ici. Arrête-toi un peu plus bas dans la rue, s'il te plaît, je ne voudrais pas être vu tout de suite.
— Ok.

Mathilde s'exécute et gare sa voiture quelques dizaines de mètres plus loin. Noah est pensif, hésitant.

— Ça va aller ?
— Tu sais, j'ai repensé à ce que tu m'as dit sur la terrasse l'autre soir, et tu avais raison. On ne peut pas changer le passé mais on doit se battre pour le futur. Et j'ai envie qu'elle en fasse partie, elle au moins. Je ne sais pas comment, lui, prendra les choses mais je veux tenter. La relation que tu as avec ta mère et celle que Louis a avec la sienne, me rappellent que j'ai connu ça moi aussi et elle ne peut pas l'avoir oublié. Ma mère est tombée enceinte très jeune. À 19 ans. Nous avions une relation privilégiée tous les deux, jusqu'à ce que celui que j'ai toujours appelé papa, vienne tout gâcher. J'avais quatre ans quand il entré dans nos vies, et depuis ce jour-là, ma mère n'a plus jamais été la même. Si elle n'a pas cherché à me revoir ni même à me contacter pendant tout ce temps, je suis convaincu qu'il l'en a empêchée. Il a toujours eu une sale emprise sur elle

et j'espère qu'aujourd'hui, elle parviendra à s'en défaire pour me laisser une chance de la retrouver.

— Ils ont certainement changé tous les deux. La situation ne peut pas durer comme ça indéfiniment. Tu es leur fils et ils apprécieront certainement ce pas que tu fais vers eux aujourd'hui. Un début de réconciliation.

— Mathilde, tu veux bien venir avec moi ?

Noah passe le portail. La maison n'a pas changé. La même façade en pierre, les mêmes volets en bois bleus, la même allée de cailloux qui serpente au milieu d'un jardin qu'il aura connu bien moins entretenu. Noah ne reconnaît pas la voiture stationnée devant le garage. L'ancienne a certainement rendu l'âme depuis. Son père a toujours conservé ses véhicules jusqu'à ce qu'ils ne soient plus capables de rouler. Elle est jolie, elle est grande aussi. Une sept places.

Mathilde n'a pas souhaité le suivre. C'est un moment qu'il doit vivre seul. Elle l'attend dans la voiture, le portable dans les mains, juste au cas où.

Noah prend une grande inspiration et frappe à la porte. Quelques secondes plus tard, le battant s'ouvre.

— Bonjour.

Une petite fille d'environ trois ou quatre ans se tient devant lui. Il baisse la tête tant leur différence de taille est importante. La petite est encore en pyjama et elle regarde Noah avec un grand sourire. Soudain, la porte s'ouvre davantage et apparaît alors un petit garçon, possiblement du même âge. Ils se ressemblent beaucoup.

— Maman, il y a un monsieur devant la porte.

Maman ? Noah est pourtant certain que c'est sa maison, celle qu'il aura quittée il y a plus de six ans.

— Et on dirait le monsieur sur la photo.

La photo ? Noah vacille. Il est donc au bon endroit. Mais qui sont ces…

— Noah, c'est toi ?

Une femme brune, pas très grande et âgée d'une petite quarantaine d'années, se présente devant lui. Elle n'a pas changé. Toujours ce visage ovale, ces grands yeux noirs et ce grain de beauté sur la joue droite. Ses cheveux sont plus courts mais ça lui va bien. Sa mère se tient là, si proche. Cela fait si longtemps qu'il ne l'a pas vue, et bien plus encore qu'il ne l'a pas serrée contre lui. Elle est restée la même dans ses gestes et dans sa voix, néanmoins, Noah relève quelque chose qui n'est pas exactement comme dans son souvenir. Il constate que la tristesse qui abîmait chacun de ses traits, celle qui remplissait le moindre pore de sa peau, cet air malheureux qui l'envahissait tout entière, a enfin disparu.

— Salut maman.

— Euh, les enfants, vous avez le droit d'allumer la télévision. Allez oust ! Je vous rejoins dans une minute. Noah, mais qu'est-ce que…

— Tu n'es pas contente de me voir ?

— Bien-sûr que si, quelle question ! Mais je croyais que tu ne voulais plus entendre parler de moi. Ça fait si longtemps que j'attends ce moment, Noah.

— Il est là ?

— Non. Il ne fait plus partie de ma vie.

— C'est une très bonne nouvelle.

— Mis à part celle de te garder il y a plus de vingt ans, c'est la meilleure décision que j'ai jamais prise de toute ma vie. Tu... tu veux entrer un moment ?

Partagé entre hésitation et excitation, Noah décide de franchir le seuil. L'intérieur de la maison lui rappelle tant de choses et lui paraît à la fois tellement différent. Des jouets traînent sur le sol, du linge propre sèche sur un étendoir au milieu du salon, des livres recouvrent le dessus d'une petite table d'appoint posée près du canapé. Lui aussi a changé. Il est neuf et plus accueillant. Noah remarque alors que cette maison respire désormais la vie, dans sa forme la plus simple qui soit, et il ressentirait presque une pointe de jalousie. Il aurait aimé vivre cela lui aussi, entouré d'une mère et d'un père attentifs, souriants, aimants. Il n'est peut-être pas trop tard pour rattraper le temps perdu.

Noah et sa mère sont assis autour de la table de la cuisine. Ils sont rapidement rejoints par deux petits curieux qui n'accordent plus aucun intérêt à leur écran depuis que Noah est entré.

— C'est le monsieur de la photo, hein maman ?

— Oui Lilou, c'est lui. C'est votre grand frère, Noah. Je vous en ai déjà parlé.

En entendant ces mots, Noah ressent une explosion de sentiments contradictoires. Il se sent tout à la fois : trahi, remplacé, décontenancé, oublié, excité et curieux lui aussi.

— Je sais ce que tu dois penser, Noah. Mais surtout ne crois pas ça, d'accord ?

Noah n'a encore rien dit. Elle a certainement lu dans ses pensées.

— Alors, explique-moi, maman.

— Peu de temps après que tu as été parti, j'ai quitté cette brute. Je n'en pouvais plus de son agressivité, de son impulsivité. Il m'a harcelée pendant des jours et des nuits, sans arrêt. L'année dernière, quand il t'a revu, il est venu me narguer. Il ne supportait pas l'idée que j'ai pu refaire ma vie aussi vite. Il fallait qu'il me fasse souffrir, encore. Il se sentait vivant qu'au travers de ça. Il m'a dit qu'il t'avait parlé et que tu ne voulais plus jamais me revoir. Que tu m'en voulais à mort de ne pas t'avoir empêché de partir à l'époque. Ce sont ses mots. Il m'a fait culpabiliser et il n'a jamais voulu me dire où tu étais. Je te promets que j'ai cherché à te revoir Noah, mais après ce qu'il venait de me dire, j'ai fini par abandonner, dans l'espoir que ce soit toi qui choisisses un jour de revenir.

— Comment il s'appelle ?

— Ludovic. Il est charmant. C'est un bon père et je suis certaine que tu l'apprécieras, si tu as envie de le connaître.

Noah sent quelque-chose qui l'agrippe et qui secoue énergiquement la manche de sa veste.

— Et moi, je m'appelle Lilou et j'ai quatre ans. Et lui, c'est mon frère jumeau, Mathis, et il a quatre ans aussi. C'est vrai que tu es notre grand frère ?

Noah ne sait pas quoi répondre à cette question qui le bouleverse. Il ne s'attendait pas à ça. Et en même temps, il ne s'attendait à rien en particulier. Juste à revoir sa mère, heureuse, qui lui accorderait une chance de rattraper le temps perdu. Et cela semble être le cas.

— Enchanté Lilou, je m'appelle Noah et je crois que je suis ton grand frère, oui.

— Je suis si heureuse de te voir et je te demande pardon.

— Maman, tout va bien. Tu sais, je n'ai jamais dit du mal de toi.

— Mon grand, je…

— Ce jour-là, je ne lui ai même pas adressé la parole. Il s'est contenté de me balancer des horreurs et il est reparti d'où il venait. Je ne l'ai plus jamais revu. Je sais qu'il avait un pouvoir diabolique sur toi et j'ai voulu fuir tout ça à l'époque. C'est moi qui devrais te demander pardon pour ne pas t'avoir arrachée à lui en même temps. J'aurais dû t'emmener avec moi, mais j'ai préféré t'abandonner.

— Mon chéri, viens dans mes bras, s'il te plaît.

Noah obéit, il en a tellement envie, tellement besoin. Ils se serrent l'un contre l'autre un long moment, leurs deux tasses de café sont encore pleines mais ne dégagent désormais plus aucune fumée. Puis, Noah se rappelle que Mathilde l'attend à l'extérieur.

— Une amie m'a obligé à venir, tu sais ?

— Une amie ? Obligé ?

— C'était une des conditions pour qu'on s'installe ensemble. Je suis sûr qu'elle te plaira beaucoup. Elle me rappelle la mère que j'ai connu quand j'étais tout petit. Une femme sûre d'elle, pétillante et pleine de vie.

— Noah, je suis tellement désolée, si tu savais, j'aurais dû le sortir de nos vies bien avant, et alors tu n'aurais pas été obligé de partir. Je m'en veux terriblement.

— Maman, ne culpabilises pas, je t'en prie.

— Mais, je voudrais tellement que tu saches que…

— Je sais. Tout va bien, je te l'ai dit. Tu peux me laisser terminer maintenant ?

— Bien-sûr. Pardonne-moi. Donc, cette jeune femme te rappelle ta mère ?

— Oui, énormément. Elle s'appelle Mathilde, je l'aime plus que tout et nous allons nous installer ensemble à une cinquantaine de kilomètres d'ici.

— C'est une très bonne nouvelle.

— Mis à part celle de revenir ici aujourd'hui, c'est la meilleure décision que j'ai jamais prise de toute ma vie.

43

Louis entre dans sa chambre et aperçoit un costume bleu marine étendu sur son lit. Marion, qui guettait son arrivée, le rejoint.

— Il te plaît ?

— Maman ? Il a l'air très beau, oui, mais pourquoi ?

— Bah, l'autre jour, tu te plaignais de ne pas avoir de vêtements chics pour sortir, et comme j'ai cru comprendre que tu voyais cette petite…

— Maman, s'il te plaît ! J'ai pas envie de parler de ça avec toi.

— Mais pourquoi mon chéri ? Tu sais, je suis aussi douée que ton père, si ce n'est davantage, dans les relations amoureuses, alors…

— Parce que c'est gênant, maman.

— Dis-moi au moins si elle est gentille ?

— Oui. Elle est plutôt réservée et distante parfois mais je l'aime bien. Je l'aime même beaucoup, je crois. Je ne me l'explique pas, c'est… Ah, non, je te vois venir, maman ! Ne t'assoie pas sur le…

Marion vient de s'assoir sur le lit.

Depuis que Louis est tout petit, elle agit de la même manière et ça fonctionne à chaque fois : il refuse de se confier à elle, alors elle se contente d'un « …dis-moi au moins si… » et hop, Louis devient d'un seul coup un peu plus bavard et déballe tout ce qu'il a à dire.

Marion ne compte plus toutes les fois où il s'est fait avoir, et elle est toujours aussi satisfaite d'y arriver, malgré les années qu'ils prennent tous les deux.

Louis aime énormément sa mère et il sait qu'elle ne portera jamais aucun jugement sur lui. Elle est toujours de bon conseil et sait trouver les mots qu'il faut pour le rassurer, l'encourager, l'aimer en retour. Son père assure à ce jeu lui aussi, mais au fond de lui, Louis sait que ça n'a toujours été que sa mère qui comptait, qui compte et qui comptera toujours à ses yeux.

— Bon, retourne-toi que j'essaie cette merveille.

Marion s'exécute et ne dit rien pendant quelques secondes. Puis elle ajoute :

— Mon chéri, je reconnais que j'ai peut-être eu la main lourde quand j'ai trié tes placards. Inconsciemment, c'était ma manière d'oublier que tu étais parti. D'oublier ton absence qui me faisait tant souffrir.

— Maman, je suis désolé. Je me doute que ç'a dû être dur pour toi, plus que pour quiconque, mais tu as compris ce qui me motivait à le faire, dis ?

— Bien sûr. Allez, c'est du passé. Désolée d'avoir remis ça sur le tapis. Tu es là à présent et c'est tout ce qui compte. Bon, je peux me retourner maintenant ou pas ?

— Oui, vas-y.

Marion est à deux doigts de pleurer. Son bébé est devenu un très beau garçon. Un très bel homme même. Elle est fière de lui, de ce qu'il est devenu et, même si elle aimerait le garder près d'elle encore longtemps, elle espère qu'il prendra vite son envol et quittera enfin la maison.

— Vu ta tête, j'imagine que c'est moche sur moi !

— Pas du tout mon cœur. Je me disais simplement que cette jeune fille timide et distante avait bien de la chance de t'avoir dans sa vie. Et j'espère qu'elle s'en rendra vite compte, elle aussi.

— Je t'aime maman.

— Moi aussi. Tellement.

Marion essuie ses larmes.

— En revanche, il va falloir que tu t'endurcisses un peu, j'en ai ras-le-bol de tes pleurnicheries !

Louis lui dépose un baiser sur la joue et s'échappe de la chambre pour rejoindre celle à qui il compte bien déclarer sa flamme ce soir.

— Louis ? Tu oublies ça !

Marion le rattrape et lui remet un petit objet qu'il range aussitôt dans la poche intérieure de sa veste. Elle sait ce qu'il s'apprête à faire. Il l'a mise dans la confidence tout à l'heure. Il avait besoin de son avis, de son regard de maman et de femme aussi. Elle l'a encouragé à suivre son intuition. Elle trouve son attention touchante et espère qu'elle aura l'effet escompté.

Louise est debout sur le trottoir. Louis doit passer la prendre dans quelques minutes. Il fait doux et elle apprécie ce petit air qui s'engouffre dans ses cheveux, bien qu'elle les porte toujours attachés. Elle ne s'était pas sentie aussi bien depuis longtemps. C'est la cinquième fois qu'ils se voient rien que tous les deux. Elle aime bien ce garçon. Il la met à l'aise et elle sent qu'elle peut être elle-même lorsqu'elle est avec lui. Même si certains démons la hantent encore et la pousse parfois à rester sur ses gardes, elle a envie d'essayer. Louis est gentil, doux et attentionné.

Serait-ce possible finalement qu'il en existent des comme ça pour de vrai ?

C'était il y a un an.

Il savait la séduire, lui dire ce qui lui plaisait et ce qu'elle voulait entendre. Il était l'homme idéal, le prince charmant, galant et attentif. Louise était comblée. Jusqu'à ce que le masque tombe et qu'il se révèle odieux.

Il lui rendait la vie infernale. Mais de l'extérieur rien ne paraissait, il restait adorable avec les autres. Lorsque Louise parvenait à se confier à qui voulait bien l'écouter, elle était de suite considérée comme une folle dépressive, voire paranoïaque. Il était si parfait, cela ne pouvait pas être vrai. Et forcément, Louise fabulait.

Elle savait qu'il fallait qu'elle le sorte de sa vie. Malgré tout, cela lui était impossible. Il la harcelait et la violentait. Il l'humiliait sans cesse et la faisait passer aux yeux des autres pour une pauvre fille perdue qu'il avait *sauvée*. Il décidait tout à sa place : ce qu'elle devait dire, ce qu'elle devait faire, les vêtements qu'elle devait porter et où elle devait travailler – avec lui, ça va de soi. Il voulait garder un œil sur elle et ses fréquentations. Enfin, il décidait aussi de ce qu'elle devait manger – uniquement des choses qui ne faisaient pas grossir, il ne voulait pas être vu aux bras d'une femme repoussante qui donnerait l'impression de ne pas prendre soin d'elle. Parfois, il lui demandait pardon et, dans les moments où il se montrait *gentil*, elle retombait systématiquement dans le piège. Alors ce cercle infernal et vicieux l'engloutissait à nouveau, tout entière.

Au bout de quelques longs mois à se sentir démunie et incomprise, elle révéla à ses parents la terrible vérité. Eux l'ont crue et l'ont accompagnée, lorsqu'ils découvrirent le vrai visage du monstre qui partageait la vie de leur fille depuis presqu'un an. Ils s'en voulaient de ne rien avoir vu. Louise parvint alors à reprendre le dessus mais cela ne fut pas facile. D'autres n'y parviennent malheureusement pas, et elle se félicite aujourd'hui d'y être arrivée. Non sans aucune séquelle psychologique mais elle s'était enfin libérée de l'emprise perverse de cet homme. Elle pouvait avancer.

La pression au travail devenait si forte et incontrôlable qu'elle n'eut d'autre choix de démissionner. L'autre finit par se calmer au bout de quelques semaines, quand il trouva une nouvelle victime à manipuler.

Théo venait d'ouvrir son agence et recherchait une assistante. Louise postula et fut officiellement embauchée dès le lendemain. Leur relation professionnelle fut tout de suite honnête et sans aucune ambiguïté. En confiance, Louise lui raconta les raisons qui la rendaient sur la défensive, souvent, et ces mêmes raisons qui l'avaient poussée à quitter son ancien poste – pourtant bien plus valorisant que celui qu'elle venait d'accepter, si l'on considère ses diplômes et ses compétences. Théo comprit et la rassura. Il ne chercha pas à donner son avis, il l'écouta tout simplement. Il lui offrait cette oreille attentive et sans jugement qui lui avait tant manqué dans le passé. Puis, d'un commun accord, ils n'abordèrent plus jamais le sujet.

Une voiture s'arrête devant elle. Le conducteur baisse la vitre côté passager et annonce d'une voix suave :

— Bonsoir, Mademoiselle Carnot. Puis-je vous enlever à ce trottoir sombre et vous emmener dîner ?

— C'est vrai que ça manque un peu de couleur par ici, je vous suis de bon cœur, Monsieur Joubert.

Sur le trajet, personne ne parle. Timides l'un et l'autre, aucun n'ose rompre le silence qui règne dans l'habitacle. Seule la radio en fond, leur offre un peu de contenance.

Ils ont trouvé une place à quelques rues du restaurant. Ils marchent à présent côte à côte et s'arrêtent un instant devant la façade éclairée du bâtiment. C'est Louis qui proposa l'adresse sur les conseils de Théo, et l'endroit a plutôt l'air accueillant et chaleureux. La soirée commence bien.

Louise s'installe en face de Louis et rapproche sa chaise de la table dans un léger mouvement vers l'avant qui laisse échapper une mèche de cheveux. Toujours la même. Celle qu'elle ne coince jamais dans sa queue de cheval et qu'elle laisse libre de vadrouiller comme bon lui semble, et surtout celle qui rend Louis complément accroc de cette fille. Il tend immédiatement son bras et se surprend à la replacer lui-même derrière son oreille gauche. Instinctivement, elle s'apprête à le stopper, puis finalement elle le laisse faire et esquisse même un léger sourire.

— Tu ne portes pas tes lunettes ce soir ?
— Tu l'as remarqué ?

— Il faudrait être aveugle pour ne pas le voir, elles sont énormes.

La jeune femme semble déstabilisée par cette remarque, qui pourtant ne contenait aucune méchanceté. Louis essaie de se rattraper aux branches.

— Mais, je les trouve très belles tes lunettes. Je t'aime aussi bien avec que sans.

Je t'aime ? Louise ne réagit pas.

Un serveur, différent de celui qui a pris leur commande, dépose les plats et remplit directement les deux verres de vin devant eux. Il leur souhaite un bon appétit et repart aussitôt s'occuper d'autres clients.

— Tu commandes presque tout le temps la même chose. C'est par peur du changement ou il y a une autre…

— J'adore les plats en sauce, Louis. Rien de plus. Et ne te sens pas obligé de surveiller tout ce que je mange !

Louis se sent mal à l'aise face à cette réaction pour le moins impulsive et si peu justifiée. Qu'est-ce qui lui prend tout à coup ? Louis est vraiment embarrassé mais il ne se dégonfle pas. Il rebondit aussitôt.

— Écoute Louise, je suis vraiment désolé si tu me trouves maladroit ou désobligeant depuis le début de la soirée, ou depuis toujours d'ailleurs, mais je ne sais pas comment m'y prendre avec toi. J'ai l'impression de marcher sur des œufs à chaque fois que j'ouvre la bouche. Je sais à quel point ta précédente relation t'a rendue mal, et j'ignore ce qui a bien pu se passer précisément pour que tu sois autant sur la défensive, mais sache que je ne suis pas comme lui. Je t'aime comme un fou. J'aime tout de toi. Ta timidité, ta froideur aussi parfois, et même tes affreuses lunettes et cette stupide mèche de cheveux qui n'en fait qu'à sa tête. J'avais prévu de t'offrir ça ce soir mais du coup je ne suis plus sûr de rien. J'ai peur que tu détestes, ou pire, que tu trouves ça totalement ridicule. Je ne sais plus quoi faire, Louise. Dis-moi ce qu'il faut que je fasse pour que tu me laisses une chance ?

Louis a déposé un petit écrin sur la table, juste devant l'assiette de Louise. Elle est confuse et regrette la situation qu'elle vient de provoquer malgré elle. Louis ne mérite pas ça. Il se plie en quatre pour qu'elle se sente bien, elle le sait, elle le voit. Il faut absolument qu'elle rattrape le coup. Elle ne doit pas le laisser partir. Il peut lui apporter ce qu'elle attend, ce qu'elle a oublié et ce dont elle a follement besoin. Il est temps pour elle de passer à autre chose et apprendre à faire confiance à nouveau à un homme. Et celui-là semble être parfait pour cela.

— Je peux l'ouvrir maintenant ?

Sa voix s'est radoucie et on devine un peu de culpabilité dans son intonation. Chercherait-elle, de manière indirecte, à s'excuser de son comportement ? Lui laisserait-elle enfin une chance de la séduire ? Louis ne souhaite pas revenir sur ce qui vient de se passer. Il lui répond tout naturellement.

— Si tu promets de ne pas te moquer, bien-sûr, tu peux l'ouvrir.

Louise tient la petite boîte en velours entre ses mains. Elle la rapproche de ses yeux – les lentilles ne sont pas aussi efficaces que les lunettes – puis elle l'ouvre enfin, sous le regard inquiet de Louis.

— Tu ne dis rien, elle ne te plaît pas ?

— Si, elle est parfaite Louis, merci beaucoup. Je vais d'ailleurs l'essayer tout de suite, si tu es d'accord.

— Elle est à toi, tu fais comme tu veux.

La jeune femme est émue. Cette attention peu ordinaire la touche beaucoup. Elle est le signe évident que Louis la regarde vraiment et la considère jusque dans le moindre détail. Elle n'a jamais connu cela auparavant et elle est troublée.

— Je suis ravi qu'elle te plaise. Elle te va divinement bien. Tu n'en as pas déjà une comme ça, au moins ?

— Juste une bonne dizaine mais celle-ci est de loin la plus jolie d'entre toutes.

Les regards qu'ils s'échangent depuis une bonne demi-heure, trahissent leur impatience de quitter les lieux pour se retrouver seuls. Une fois la dernière gorgée de café engloutie, ils demandent l'addition et s'en vont.

À peine ont-ils franchi la porte qu'ils s'autorisent à exprimer ce qu'ils gardaient jusqu'alors secret, intimidés par le regard des autres. Ils ne prennent même pas le temps d'attendre de rentrer, et s'embrassent en plein milieu de la rue presque déserte à cette heure-ci. Rien ne peut les stopper, même pas les gouttes de pluie fraîches qui commencent à tomber et mouiller leur peau, se faufilant sournoisement au travers de leurs vêtements.

Le trajet du retour est presque aussi silencieux que celui de l'aller. Mais cette fois-ci, leurs mains parlent pour eux avec une succession de gestes tendres et sans équivoque. Arrivés devant l'immeuble, Louise n'a pas besoin de beaucoup insister pour que Louis la suive chez elle.

Leurs deux corps enivrés et trempés jusqu'aux os, se mettent à l'abri dans le hall d'entrée. Ils se touchent maladroitement, se cognent contre les murs, ils ne savent pas dans quelle direction aller tant ils sont concentrés sur ce qu'ils sont en train de faire.

Au bout de quelques heurts supplémentaires, ils parviennent à pénétrer dans l'ascenseur. Tous leurs sens s'exaltent, le goût et le toucher surtout. Puis, c'est le palier, et enfin la porte de l'appartement qui se referme et les isole de tout le reste. Elle leur permet alors de profiter pleinement de cette intimité dont ils avaient tant envie.

La nuit a été délicieuse, douce et sauvage à la fois. Louis est réveillé et il la regarde. Il contemple les traits parfaits de son visage, ses yeux encore clos, ses épaules nues et ses seins ronds qu'il devine sous le drap qui la recouvre. Il se sent bien, conquis, heureux. Il la trouve encore plus belle ainsi, vulnérable et naturelle. Un détail attire soudain son attention. Au milieu de l'épaisse chevelure étalée sur l'oreiller, une petite barrette dorée emprisonne désormais l'insolente mèche de cheveux qui, à l'avenir, restera à sa place une bonne fois pour toutes.

Louis sourit et attrape son portable. Il rédige un rapide texto avant de se blottir à nouveau contre le corps chaud de cette fille, tant mystérieuse qu'envoûtante, qu'il a enfin réussi à séduire.

Encore une fois, tu avais raison. J'ignore si c'est le costume, le cadeau ou tes précieux conseils, mais je te remercie pour tout. Je t'aime maman.

Je suis sincèrement contente pour toi mon chéri. Et je crois que j'aime déjà beaucoup cette fille. J'imagine qu'on ne t'attend pas pour le petit-déjeuner ?

44

Six mois plus tard

— Un marathon des crémaillères.
— Mais qu'est-ce que t'es allée chercher encore ?
— Ma, si tu y réfléchis bien, c'est l'idée du siècle !
— Argumente. Je suis vraiment curieuse de savoir ce que tu nous as dégoté.
— Bah, c'est avant tout, économique. Une formule trois en un parfaite pour éviter de mobiliser tout le monde sur trois dates différentes.
— Pragmatique aurait été plus approprié selon moi, mais continue.
— Bon, ok, les invités devront quoi qu'il en soit acheter trois cadeaux, donc sur ce coup-là, je ne vois pas trop où est l'économie, mais peu importe…

Julia fait des allers-retours devant Marion, elle lui file le tournis. Elle prend un air très persuasif et gesticule à la manière d'un VRP qui essaierait de vendre un fer à repasser à un manchot. Un très bon commercial y arriverait sans aucun doute, mais dans ce cas précis, ce n'est absolument pas garanti que Julia parvienne à convaincre son amie que sa proposition soit « l'idée du siècle ».

Les deux mains jointes, concentrée sur son explication, Julia continue de s'agiter en regardant vers le sol.

— … en revanche, il est indéniable que pour ceux qui reçoivent, c'est un concept totalement économique… Ma, tu m'écoutes ?

Marion feint de s'être endormie et ronfle bruyamment. Soudain, elle reçoit un coussin en pleine figure et bondit exagérément de sa chaise, comme si elle s'y attendait. Elles s'esclaffent toutes les deux.

— T'aurais dû voir ta tête ! Ma, reste concentrée, s'il te plaît, j'ai bientôt fini. Tu vas voir, c'est vraiment ingénieux, et puis de toute façon, ce sont les jeunes qui décideront. Je ne ferai que leur proposer, mais je voulais t'en parler avant.

— Bah vas-y, crache le morceau, où je vais vraiment finir par rejoindre Morphée pour de bon.

— Un ma-ra-thon !

— Oui, tu l'as déjà dit, mais je ne comprends toujours pas où tu veux en venir.

— Ma, tu me désoles parfois. Qui dit marathon, dit épreuves, expériences… Voilà ce que je propose…

— Eh bien ! Vingt-cinq minutes plus tard et on en est toujours au même point !

— Pfff ! Voilà. L'apéro chez Noah et Mathilde, le plat chez Louise et Louis, et le dessert chez Linda et Théo !

— Tu as compté la fatigue et le prix de l'essence dans ton scénario ?

— N'exagère rien non plus. Ils sont presque tous dans le même quartier. Impossible de les séparer ceux-là. Et puis, tu n'auras qu'à laisser Nathan conduire. De toute façon, on se serait tous déplacés trois fois, quoi qu'il en soit. Tu écoutes quand je te parles ?

— Je ne fais que ça !

— Ma, avoue qu'elle est vraiment géniale mon idée ? Ils s'installent tout juste ensemble, leurs moyens sont peut-être encore fragiles et nous serons nombreux à débarquer. Grâce à moi, ils n'auront qu'à prévoir un tiers de la soirée chacun.

— Economique et pragmatique, donc, c'est bien ce que je disais. Bon, d'accord, on peut toujours leur proposer, mais promets-moi que tu ne feras pas *ta* Julia s'ils refusent ?

— Pardon Ma, mais pourrais-tu me rafraichir la mémoire, s'il te plaît ? Qu'entends-tu par faire *ta* Julia ?

— Bah, c'est très simple, je deviens pro en la matière à force de te pratiquer. Je me suis moi-même faite avoir quand tu as kidnappé ma fille.

— Non mais qu'est-ce qui faut pas entendre !

— Prête ? Alors, tout d'abord : les yeux de merlan frit. Un stratagème inoffensif à première vue, mais qui peut durer des heures s'ils ne te fichent pas à la porte avant. Ils devront alors se coltiner le poisson pané jusque dans leur lit s'ils ne capitulent pas. Ensuite, même si généralement le premier suffit : un interminable rabâchage d'arguments qui va tous les rendre barjots s'ils ne cèdent toujours pas. Et enfin, mais je leur souhaite sincèrement de ne pas en arriver là : des plans, des croquis, des schémas et des calculs incompréhensibles à leur faire saigner les yeux, pour leur prouver par A plus B que c'est la meilleure solution, et surtout, la seule qui s'offre à eux. Voilà comment tu es quand tu fais *ta* Julia. Satisfaite ?

— Ma, tu es dure avec moi, là !

— Promets-moi que tu n'insisteras pas s'ils refusent ? Ju, c'est leur moment, c'est donc à eux de décider ce qu'ils voudront en faire.

— Ok. C'est promis.

La circulation est dense. Nathan est concentré sur les feux arrière de la voiture qui les précède. Des impatients forcent le passage et s'immiscent entre les deux véhicules. Nathan le perd rapidement de vue et pile brusquement. Il a failli griller le feu rouge.

— Tu es certaine que c'est la bonne route ?

— Nathan, j'en sais rien. Tu n'avais qu'à rester derrière Julia et Gabriel. On se suivait et il a fallu que tu t'arrêtes à l'orange. Voilà le résultat ! Et je n'ai pas l'adresse en plus. Même quand l'appart était occupé par les jumelles, nous n'y sommes jamais allés.

— Calme-toi et envoie un message à Julia.

— C'est ce que je viens de faire mais elle ne me répond pas et mon portable n'a pratiquement plus de batterie. Et pourquoi tu rigoles ?

— Je ne rigole pas.

— Tu mens. J'ai vu ta fossette se creuser, et c'est bien la preuve que tu rigoles.

— Je t'aime, Marion. J'adore quand tu es énervée. Cette petite veine qui gonfle dans ton cou m'a toujours rendu dingue. Écoute, c'est pas très grave. Au pire, on connaît l'adresse de Louis, on n'a qu'à s'arrêter boire un verre quelque part tous les deux, et on rejoint les autres pour le plat.

— Franchement, ça m'ennuie. Noah et Mathilde étaient si heureux de recevoir tout le monde. Ils ont dû se plier en quatre pour nous offrir un bel apéritif, je ne...

Un bip retentit.

— Ah ! C'est Julia. Ça y est j'ai l'adresse. Tu peux la rentrer dans le GPS s'il te plaît ? 18 chemin des Merlans. C'est une blague ? Elle se fiche de moi, c'est pas possible !

— Hein, pourquoi ?

— Oh, pour rien, mais si l'adresse n'existe pas, on va en effet prendre un apéro tous les deux mon amour, et je te jure qu'une fois arrivés chez Louis, je la noie dans son assiette de ragoût !

— Du ragoût ? Bon, finalement, on n'a qu'à rejoindre tout le monde pour le dessert chez Linda.

— T'es pire que moi, ma parole. Tu sais très bien que Louise ne cuisine que des plats en sauce. J'en ignore toujours la raison mais peu importe. La seule chose que je peux à la rigueur lui reprocher, est d'avoir fait prendre quelques kilos à notre fils.

— Louis est très bien comme il est. Fiche-lui la paix. Dis-donc, tu vas pas jouer les belles-mères aigries et rabat-joie, j'espère ?

— Hé ho ! Tu peux parler, Monsieur je critique les goûts culinaires de sa future belle-fille.

Nathan sourit et termine d'enregistrer l'adresse.

— Bon, tu n'auras pas à noyer qui que ce soit, et adieu notre verre en amoureux, l'adresse est correcte. C'est à trois kilomètres seulement mais totalement à l'opposé.

Nathan et Marion se garent enfin. Un parking privatif est à disposition des visiteurs, ce qui est plutôt agréable.

— Appartement 103. Vas-y sonne.

Après seulement quelques secondes, Mathilde répond.

— Oui ?

— C'est ton oncle et ta tante, les retardataires !

— Pas de souci, on vous attendait. Je vous ouvre. C'est au premier, il n'y a qu'une seule porte, vous ne pourrez pas vous tromper.

— Entendu.

Noah et Matilde ont aménagé leur petit intérieur avec goût. Noah prit rapidement ses marques et eut un véritable coup de cœur pour cet appartement. Il s'est tout de suite bien entendu avec Madame Verneuil, ravie d'avoir un nouveau partenaire de belote, au grand désespoir de Mathilde, qui se pensait enfin libérée de cette habitude de fin de journée. Mais la vieille dame est vraiment sympathique, elle les fait beaucoup rire et surtout elle a besoin de compagnie, alors ses deux locataires au grand cœur ne pouvaient pas lui refuser cela. Et finalement, chacun semble y trouver son compte.

Noah s'y sent bien. Plus rien à voir avec sa chambre d'hôtel, tant au niveau de la superficie que de l'aménagement, et surtout, il n'est plus seul. Mathilde est désormais auprès de lui, mais pas seulement. Plusieurs fois depuis leurs retrouvailles, Noah revit sa mère et les jumeaux. Il rencontra son beau-père également, un homme charmant comme l'avait décrit sa mère. Il est heureux pour elle. Malgré la gentille invitation de partager cette soirée avec eux, ils ne se sentaient pas très à l'aise et furent confus de refuser, mais ils promirent à Noah qu'ils remettraient cela très vite, en plus petit comité.

— Marion, Nathan ! Je déclare officiellement ouvert le marathon des crémaillères des Joubert ! Et tout en rime, s'il vous plaît !

Julia brandit une coupe de champagne et fait le tour des convives pour trinquer. Une fois en face de Marion, cette dernière lui lance :

— J'ai cru sincèrement que tu te fichais de moi avec ton chemin des Merlans. T'avoueras que c'est quand même pas croyable ?

— Quand Mathilde m'a envoyé l'adresse, j'ai cru moi aussi qu'elle me faisait une blague. J'avais tellement honte, que je n'ai même pas répondu. Je reconnais que j'ai immédiatement cherché à savoir si elle existait, et oui. Et surtout, je tenais à garder ça secret pour toi plus tard.

— Comment ça, tu tenais à garder ça secret pour moi plus tard ? Ne me dis pas que tu as fait exprès de nous semer pour que je te demande l'adresse, et que tu te fasses ensuite un plaisir de me l'envoyer pour me faire douter ?

— La Julia que je suis ne voulait pas en rester là. On est quitte à présent. Santé, Ma, et sans rancune.

Marion ne relève pas. Elle se remémore la discussion et autre chose la préoccupe.

— Mais d'ailleurs, comment Mathilde aurait pu te mener en bateau alors qu'elle ignore totalement tes… Oh punaise, j'y crois pas !

45

Le ragoût de veau de Louise était vraiment divin. Nathan s'est resservi plusieurs fois, c'est pour dire ! Tout le monde s'est régalé. Louise et Louis sont eux aussi très bien installés et leurs convives ont été reçus comme des rois. Louise quitta son ancien studio sans aucun regret. Lorsque Louis vint s'installer chez elle, l'espace leur manquait et il était temps de changer pour plus grand.

Le cortège de voiture entame son ultime voyage en direction de sa toute dernière halte, pour terminer la soirée sur une note sucrée cette fois-ci.

Linda et Théo ouvrent la marche. Comme les autres hôtes de la soirée, ils avaient tout préparé avant de débuter le marathon. Il leur restait juste quelques mignardises à sortir du réfrigérateur.

Chacun est à présent installé autour de la table et Linda dispose les derniers gâteaux. Puis, elle propose à ceux qui le souhaitent, du café, du thé ou encore du champagne – une excellente bouteille gentiment offerte par Julia et Gabriel, tous deux de fins connaisseurs, ça ne fait aucun doute. Une fois rassise en bout de table, et après s'être assurée qu'il ne manque rien, Linda lève sa coupe pleine à ras-bord, et requiert l'attention de ses invités.

— S'il vous plaît, je souhaiterais profiter de ce moment pour porter un toast. J'attendais la dernière étape à la maison pour le faire.

Les discussions jusqu'alors lancées autour de la table, cessent aussitôt et chacun écoute attentivement.

— Je tenais tout d'abord à remercier Noah et Mathilde pour cet excellent apéritif qui ne manquait pas de belles découvertes gustatives. Merci aussi à Louise et Louis pour leur accueil et leur plat digne d'un restaurant étoilé. Louise, je n'ai jamais autant saucé mon assiette et j'en ai encore le délicieux goût fumé dans la bouche. Enfin, et surtout, je tenais à remercier ma marraine, que tout le monde connaît sous le prénom de Julia...

Cette dernière n'aime pas le ton que prend sa filleule à ce moment précis. Son insolence et son sarcasme ont le don de l'agacer au plus haut point. Elle s'attend au pire mais tant pis, il est trop tard pour faire diversion.

— ... après tout, c'est un peu grâce à elle si cette soirée a pris des allures de séries américaines à la *Desperate Housewives*. Pas une seconde, je n'aurais imaginé que les choses se passent ainsi. Je pensais plutôt à quelque chose de plus traditionnel, mais...

Marion se penche vers Julia qui blêmit de plus en plus, et en rajoute une petite couche.

— C'est l'heure des révélations.
— Tais-toi, Ma !

Marion se redresse et sirote son champagne, tout en gardant ses yeux inquisiteurs dirigés vers son amie.

Julia ne bouge pas d'un iota.

— ... comme d'habitude, elle usa de son super pouvoir de persuasion et de quelques autres stratagèmes dont je ne la pensais pas capable et qui ne manquaient pas de surprise et d'originalité. Tout ça pour vous dire, que nous n'avons pas eu d'autre choix que de céder.

Marion se balance à nouveau et chuchote à l'oreille de son amie.

— J'en étais sûre. Tu es irrécupérable, Ju. Tu n'as pas pu t'en empêcher et tu m'as menti ouvertement en plus.

Julia reste de marbre. Tous les regards sont tournés vers elle et, au moment où elle s'apprête à se défendre, Linda, pas mécontente de son petit effet, continue son discours.

— Mais, si je tenais à la remercier personnellement, c'est tout simplement parce que j'ai passé une excellente soirée. Je n'avais jamais fait de marathon des crémaillères de toute ma vie et j'ai trouvé ça vraiment super. C'était une merveilleuse idée. Nous sommes tous d'accord là-dessus, n'est-ce pas les enfants ?

Linda dirige son regard vers son frère et sa cousine. Ils comprennent alors où elle voulait en venir avec ses révélations, et esquissent un sourire. Tout le monde est en effet content du déroulement de cette soirée pour le moins novatrice, mais Julia méritait malgré tout une petite leçon.

Quelques jours plus tôt

Gabriel s'est abstenu. Marion l'a dissuadé de participer à cette rencontre, sous peine de voir Julia d'un autre œil.

Linda et Théo, Louis et Louise, Mathilde et Noah, sont assis en rang d'oignon sur le canapé et ne savent pas du tout à quoi s'attendre. Même Linda, qui connaît par cœur sa marraine pour l'avoir souvent pratiquée, ne se doute de rien. Un autre de ses jeux débiles pour animer la soirée ? Elle n'en sait vraiment rien et commence secrètement à paniquer.

Julia se tient debout devant la petite assemblée et prend enfin la parole.

— Bon, les enfants, si je vous ai réunis ici ce soir, c'est pour vous proposer quelque chose.

— Marraine, évite trop de suspens d'accord, tu sais que je déteste ça.

— T'inquiète ma puce. Pour que ce soit rapide, tout ne dépend que de vous.

Les trois jeunes couples se regardent. Ils ne savent pas quoi penser de cette remarque. Julia, quant à elle, poursuit sur sa bonne lancée, plus déterminée que jamais – son regard ne trompe pas, pour ceux qui la connaissent le mieux.

— Alors, j'ai pensé à quelque chose de particulier et d'innovant pour vos... Ah, excusez-moi, juste une minute.

Alors, ils ont dit quoi ?

Je m'apprêtais justement à leur demander mais tu m'as interrompue.

Ah. Désolée. Tiens-moi au courant et souviens-toi de ce que je t'ai dit.

Ouais. Salut.

Julia pose son portable sur la table basse et reprend son discours, devant un auditoire toujours aussi concentré.

— Ok, pardonnez-moi. C'était une erreur. Alors, j'ai bien réfléchi et je voulais vous proposer une organisation qui change un peu pour vos crémaillères respectives. C'est le... Pardon, encore désolée.

Toujours rien ?

Ma, ça suffit, tu me gonfles !

C'est juste pour être bien certaine que tu respectes ta promesse.

J'ai les choses en main.

Bah, c'est bien ça qui m'inquiète.

— Ça t'arrive souvent d'échanger des textos avec des erreurs de numéro ?

De toute évidence, Louis commence à s'impatienter et trouve le comportement de Julia plutôt louche. Il ne sait pas pourquoi, mais il se doute que quelque chose se trame et que sa mère est peut-être même dans l'coup elle aussi.

— C'est pas totalement une erreur. C'est... c'est juste Gabriel qui me demande un truc. Bref. Bon, où j'en étais, avec tout ça j'ai perdu le fil.

— Tu étais en train d'évoquer l'organisation de nos crémaillères respectives.

— Ah ! Merci Louise. Ça en fait au moins une qui suit. Donc, je pensais organiser un truc différent qui pourrait convenir à tout le monde et surtout être super économique pour chacun d'entre vous.

Je suis sûre que t'as pas pu résister et que tu en es déjà à l'étape 2.

Pfff ! Je n'ai même pas encore sorti le merlan, mauvaise langue !

Mouais.

Bas les pattes, Ma. Fais-moi confiance pour une fois.

— Et je suis curieuse de savoir pourquoi ce serait à toi d'organiser nos crémaillères, plutôt qu'à nous ?

Julia ne semble pas déstabilisée par la remarque de Louise, qu'elle prenait tout à l'heure pour son alliée, mais qui finalement a eu vite fait de changer de camp.

— Il n'est pas question que j'organise quoi que ce soit à votre place, les enfants, je voulais simplement vous proposer un truc sympa et qui change un peu. Laissez-moi au moins aller jusqu'au bout de mon explication.

— Vas-y. On a hâte de savoir.

— Linda, ma puce, ton côté insolent m'insupporte. Je me demande vraiment de qui tu tiens ça ! Donc, et si vous faisiez un marathon des crémaillères ? Ce serait chouette non ?

— Un quoi ?

— Un marathon des crémaillères.

— Qu'est-ce que c'est ce truc ?

— C'est *la* solution la plus économique pour vous les enfants, et je…

— Marraine, on n'est plus des enfants. Arrête de nous materner s'il te plaît. Et puis, pour être tout à fait honnête, c'est un peu vexant. La plus économique ? Tu es sérieuse ?

— J'ai été jeune moi aussi, et les débuts sont toujours un peu compliqués surtout quand on s'installe. Il y a toujours des choses à acheter et qui peuvent coûter bonbon. Mon idée de génie pourrait vous arranger. Vous diviseriez la soirée en trois, et par conséquent, tous les frais liés à l'organisation aussi. Qu'est-ce que vous en dites ?

Mis à part quelques raclements de gorges, gesticulations nerveuses sur le canapé et regards fuyants, Julia n'obtient pas un grand succès.

Tant pis pour eux. Elle passe à la première étape. Marion n'en saura rien de toute façon.

— Marraine, qu'est-ce que tu fabriques ? On dirait que tes yeux vont sortir de tes orbites.

— Euh, Louis ? Je crois que c'est sa manière de nous supplier, maman m'en a déjà parlé. Sauf qu'elle ne maitrise pas du tout le geste, de toute évidence.

— Bon, arrête ça tout de suite où on va tous faire des cauchemars. Les gars, on peut éventuellement y réfléchir, non ?

Louis prend les choses en main et Julia est assez satisfaite de son petit manège – même si apparemment elle a des progrès à faire en mimique faciale de supplication. Elle le laisse parler, mais très vite elle se rend compte que son filleul patauge dans la semoule et galère à convaincre le reste de la troupe. Cette traitresse de Louise ainsi que Théo, contre toute attente, s'expriment bruyamment.

— Non. Je refuse de partager la soirée en trois, c'est ridicule !

— C'est totalement ridicule, je confirme !

Julia ne s'avoue pas encore vaincue. Elle passe à l'offensive en dégainant l'étape deux. Elle devient tout à coup, un vrai moulin à arguments et chacun se demande même si elle respire entre chaque mot.

Rien n'y fait. Cette nouvelle jeunesse est vraiment récalcitrante. Elle passe à l'ultime étape et sort son arme absolue : son calpin et son stylo.

Tout le monde est enfin parti. Julia envoie un texto à Marion.

Ils ont accepté.

> Laisse-moi deviner. Tu les as eus à l'étape 2.

Même pas !

> Comment ça, même pas ?

Je n'ai strictement rien eu à faire. Ils ont validé mon idée dès que j'ai eu fini de leur présenter.

> Tu te fiches de moi ?

Pas du tout. Aucun poisson frit, aucun argumentaire à rallonge, pas d'yeux qui saignent, rien du tout.

Ok. Je dois reconnaitre que tu me surprends, Ju. Et je dois te féliciter. Tu vois quand tu veux.

Euh ouais. Bon j'te laisse, Gabriel vient d'arriver.

Julia n'est pas fière de ce qu'elle vient de faire. Si les enfants ne respectent pas leur promesse de garder secrètes les manières qu'elle a employées pour arriver à ses fins, Marion le saura, tout le monde le saura, et alors elle passera pour une folle alliée. Mais, tant pis, elle a une réputation à tenir et c'est plus important que tout le reste.

Son amie, n'est pas rancunière, elle s'en remettra vite. Et peut-être même qu'elle s'en doute déjà et ne sera pas du tout surprise si jamais cela finissait par se savoir.

46

— Marion m'avait prévenu, mais là, j'avoue que tu as fait fort.

— En toute franchise, elle n'était pas bien cette soirée ? C'est tout ce qui devrait compter, non ?

— Je dois reconnaître qu'on s'est tous bien amusé. Et à ce propos, serais-tu d'accord pour nous faire tes fameux yeux de merlan frit ? Linda et Louis nous ont mis l'eau à la bouche et on voudrait voir ce que ça donne en vrai. Leurs tentatives de démonstration ne nous ont pas convaincus.

Avant qu'ils se mettent à table, Julia avait fini par leur avouer ses pratiques douteuses. Ils n'avaient cessé de l'interroger. Léa surtout, la savait capable de bien des choses, mais elle fut surprise, elle aussi, par son ingéniosité et sa ténacité sans faille.

Léa et Alix rient franchement. Gabriel ne tardera pas à les suivre, puis Julia, qui finit par capituler et faire la mimique dont « les enfants » vantaient tous les mérites à table, la veille.

Ils prennent le repas tous les quatre ce soir. Chez Julia. Comme une vraie famille. Ou plus exactement tous les six. Julia a invité ses parents à partager le dîner. Étienne et

Laurence étaient ravis. Cela faisait bien longtemps qu'ils n'avaient pas profité de leur fille et secrètement, ils étaient aussi impatients de rencontrer ce client dont elle leur parlait sans cesse.

Julia se sent seule depuis que Linda est partie. Elle lui manque terriblement. Mais il fallait qu'elle s'en aille. Il fallait que Julia coupe ce cordon invisible qui les reliait toutes les deux. Marion le lui avait dit tant de fois, et elle pensait que lorsque ce jour arriverait ce serait facile et qu'elle parviendrait à s'habituer à nouveau à la solitude. Mais elle se trompait.

Ce fut un déchirement – elle n'en a bien entendu jamais rien dit à Linda, ni même à son amie. Cette dernière serait bien trop fière d'avoir eu raison une fois de plus.

Julia regarde les personnes autour de la table. Cela lui fait chaud au cœur de les voir, de les entendre rire et discuter ensemble. Les filles semblent plus épanouies que jamais, Gabriel heureux, et ses parents fiers de ce que leur fille est en train de construire lentement. Il serait temps !

— J'aimerais porter un toast.

Julia lève son verre d'eau pétillante – ils ont tous suffisamment picolé lors du marathon.

— Je souhaiterais dire un mot à chacun d'entre vous, si vous me le permettez.

— Fais comme chez toi, ma fille ! lance Laurence en se jetant sur les cacahuètes.

— Merci maman. Alors, Alix, ma grande, ton talent est indéniable et je tenais à te féliciter. J'ai cru comprendre que tu le tenais de ta mère et je ne doute pas une seule seconde, qu'elle devait être aussi extraordinaire que toi, et...

Gabriel la dévore des yeux. Il aime cette femme, ce qu'elle dégage, ce qu'elle inspire, ce qu'elle est avec toutes ses parfaites imperfections. Alix semble bien l'apprécier aussi – elle lui a déjà dit d'ailleurs. Il a l'intention de lui demander quelque chose mais il attend le bon moment. Pas encore.

— … et aussi, et c'est peut-être le plus important, c'est la première fois que je rencontre une femme qui a de plus beaux cheveux que moi.

Julia les surprendra toujours avec cette capacité à parler de choses sérieuses puis, en une seconde, revenir à quelque chose de plus superflu. Depuis toujours, c'est sa manière d'exprimer toute l'affection, tout l'amour qu'elle porte aux gens.

— Merci Julia, tes mots me troublent et m'apaisent à la fois. Maman était effectivement une femme extraordinaire et jamais personne ne la remplacera dans mon cœur. Mais si tu souhaites que je te partage ma routine capillaire, ce sera avec grand plaisir.

Alix semble avoir compris la tactique de Julia et s'en être inspirée. Elle demande l'autorisation de poursuivre.

— Je t'en prie, vas-y ma grande.

— Papa, on s'est déjà dit beaucoup mais je voulais que tu saches, une nouvelle fois, que je suis très contente que tu fasses à nouveau partie de ma vie. Je retrouve l'équilibre que j'avais perdu depuis trop longtemps. Merci d'être revenu.

Puis, elle se tourne vers Léa et prend ses mains dans les siennes.

— Mon amour, tu sais déjà tout ce que je pense de toi et ce que tu m'apportes au quotidien. Je t'aime et je voudrais le crier haut et fort, quitte à prendre le risque de me faire assommer par un réverbère moi aussi.

Seule Léa semble avoir compris cette dernière remarque et embrasse tendrement la joue d'Alix. Julia en profite pour reprendre les rênes.

— Bon, Léa, ma belle. Tu es la nièce de ma meilleure amie et je te considère un peu comme la mienne aussi. Je suis heureuse pour toi et je suis surtout fière de la femme libre et apaisée que tu es devenue. Continue d'assumer tes choix comme tu le fais et continue de nous faire rêver avec ta magnifique voix.

— Ah ! Et comment se passe votre nouveau travail, les filles ? Pas trop fatiguant ? interroge Laurence, curieuse de connaitre leur ressenti et manifestement pas décidée à laisser sa fille poursuivre.

— Tout est bien au-dessus de nos espérances. L'équipe est au petit soin et on a même nos prénoms inscrits sur la devanture du *Select*. C'est à peine croyable. Avec Alix, nous réalisons un rêve. Et je profite d'avoir la main pour demander quelque chose à Gabriel. Enfin, avec Alix, nous souhaiterions vous demander quelque chose...

Gabriel se redresse sur sa chaise. Il ne sait pas à quoi s'attendre.

— ... mais d'abord, Julia, je tiens à te répondre. Je te considère moi aussi un peu comme ma tante, vous êtes aussi tarées l'une que l'autre avec tout de même une petite mention spéciale pour toi, d'ailleurs tes dernières prouesses le prouvent encore. Mais surtout ne change rien d'accord ? Tu es parfaite comme tu es.

Léa et Alix sont à présent debout. L'atmosphère prend tout à coup un air plus solennel. Gabriel ne sait pas comment se comporter. Rester assis ou se lever lui aussi ? Il restera sur sa chaise finalement. Julia est venue se placer derrière lui, une main rassurante sur chacune de ses épaules.

— Je vous écoute les filles, mais ne tardez pas trop, j'ai toujours été nul en apnée.

— Papa, voilà, avec Léa nous voulions…

Ah, qu'est-ce qu'on est serré, au fond de cette boite, chante les sardines, chante les sar…

Julia s'est précipitée sur son portable laissé sur un coin de table, pensant arriver plus rapidement pour stopper cette horreur avant que tout le monde l'entende – et ainsi lui épargner la justification qu'elle redoutait et que sa mère vient de lui demander.

— Julia, tu peux nous expliquer s'il te plaît ?

— Maman, c'est une longue histoire sans importance que j'avais presque oubliée d'ailleurs, mais…

— Comment on peut oublier la sonnerie de son propre téléphone ?

— C'est simplement qu'il était en mode vibreur depuis plusieurs semaines et en plus ce n'est même pas moi qui l'ai choisie… Bref ! Est-ce que l'un d'entre vous pourrait me montrer comment la modifier, s'il vous plaît ? Cela éviterait des dommages irréversibles sur le beau minois de ma filleule adorée.

Alix prend plaisir à satisfaire la requête de Julia. Elle choisit une sonnerie plutôt banale mais au moins elle ne se fera plus remarquer et, surtout, Linda gardera toutes ses belles dents intactes.

— Bon, ça y est, on peut reprendre là où on en était ? Vas-y Alix, ajoute Julia pressée de passer à autre chose.

— Ok. Papa, je souhaiterais ton accord pour ajouter le nom de Léa sur l'acte de propriété de l'appartement. Cela fait déjà plusieurs mois qu'elle m'a rejointe et je voudrais que nous puissions officialiser les choses. Tu es d'accord ?

— Cet appartement est à toi Alix, tu en fais ce que tu en veux. Ta grand-mère te l'a légué avant sa mort, je n'ai rien à dire. Mais tu as quand même mon approbation, et ta mère te l'aurait certainement donnée elle aussi…

Julia se penche discrètement vers Léa et lui chuchote à l'oreille.

— Un héritage ! Tu pourras rassurer ta mère.

— Le blanchiment d'argent aurait été plus excitant mais je vais faire avec.

— D'ailleurs, tu n'étais pas obligée de tout balancer à Linda !

Léa ne réagit pas et Gabriel poursuit. Visiblement, l'occasion qu'il attendait est enfin là.

— … et en parlant d'officialiser les choses, j'aurais une petite demande à formuler moi aussi. Je déplore ses goûts musicaux pour le moins inattendus et le fait qu'elle m'ait pris pour un malhonnête homme…

Gênée, Julia regarde ses pieds. Gabriel ne souhaite pas s'étendre davantage. Ils ont déjà eu une discussion à ce sujet et Julia a réussi à s'en sortir indemne, j'ignore encore comment.

— ... malgré tout, j'ai envie de lui adresser quelques mots ce soir. Après tout, la soirée est placée sous ce signe depuis le début, n'est-ce pas ?

Il se lève et demande à Julia de se placer face à lui. Il lui attrape les deux mains et la regarde intensément. Elle rougirait presque mais ne détourne pas le regard pour autant.

— C'est quand vous voulez Gabriel, tout le monde est suspendu à vos lèvres.

— Maman, c'est bon.

— Bah quoi ?

— Tais-toi ! Vas-y mon chéri, avant que je fasse une syncope et que tu sois obligé de me faire du bouche-à-bouche devant tout le monde. Je préférais que nous soyons tous les deux pour ça.

— Bon, ça devient long et gênant, là ! enchaîne Léa qui ne tient plus en place, elle non plus.

— D'accord, je me lance. Julia, nous nous connaissons depuis peu de temps et pourtant j'ai l'impression de te connaitre depuis toujours. Tu m'amuses énormément, ton côté complètement fou me rend vulnérable parfois, et ton regard me trouble profondément. J'aime tes qualités autant que tes défauts et...

— Mes défauts ? Fais-moi penser à réaborder le sujet quand tout le monde sera parti, tu...

— Laisse-le continuer Julia, c'est pas vrai cette manie de toujours intervenir sans y avoir été invitée.

— On se demande bien de qui elle tient ça ! Pardonnez-les Gabriel, et poursuivez, je vous en prie.

— Merci beaucoup Étienne. J'imagine sans mal que vous ne devez pas vous ennuyer à la maison.

— Pas le moins du monde ! Et deux pour le prix d'une en plus. De quoi devrais-je me plaindre, dites-moi ?

— D'absolument rien. Elles sont parfaites comme elles sont. Je compte malgré tout sur vous pour me donner quelques conseils car mon décodeur n'est pas encore tout à fait bien paramétré.

— Juste au cas où vous ne l'auriez pas remarqué, nous sommes juste à côté de vous et on entend tout ce que vous dites, intervient une nouvelle fois Laurence.

— Excusez-nous Mesdames. Julia, ce sera inutile de revenir là-dessus plus tard, tes défauts sont parfaits et je ne voudrais pour rien au monde que tu les changes…

— Bien rattrapé, je…

Gabriel aimerait terminé ce qu'il a à dire sans être une nouvelle fois interrompu. Il pose donc une main sur la bouche de Julia et espère secrètement qu'il n'aura pas à utiliser la seconde pour boucler celle de Laurence.

Il poursuit donc.

— Je ne t'ai jamais caché mon passé, ma vie avec la mère d'Alix, mon épouse qui nous a quittés bien trop tôt. Je croyais que je n'arriverais jamais à remonter cette pente que j'avais dévalée sans m'en rendre compte, jusqu'à toucher le fond. J'ai tenté d'effacer ma souffrance dans les bras d'autres femmes, mais aucune n'y est parvenue. Et puis, il y a eu toi, et je suis prêt aujourd'hui à avancer. Alix, ma chérie, l'autre soir tu m'as donné ta bénédiction et à présent, je souhaiterais vous la demander à vous, Étienne et Laurence. J'aime votre fille comme un fou et je serais le plus heureux des hommes si vous acceptiez que nous nous installions ensemble. Et, bien entendu, si vous le souhaitez également, chère Maître.

— C'est tout ? Franchement, j'ai cru que vous alliez la demander en mariage !

— Laurence, tu ne peux pas te contenter de répondre simplement à la question qu'on te pose ? Gabriel, si Julia est d'accord, cela ne nous pose aucun problème. Vous avez notre bénédiction.

La sagesse d'Étienne a à nouveau parlé.

Julia a toujours la bouche ouverte. Elle n'a encore rien dit. Gabriel s'inquiète.

— Si tu penses que c'est précipité, on peut attendre et en reparler une prochaine fois. Ce n'était peut-être pas une bonne idée de le faire devant tout le monde… Julia ?

— Je me demandais justement quand est-ce que tu allais me poser cette fichue question. En revanche, il est hors de question que je quitte mon appart hors de prix, et j'aurais bien trop d'affaires à transporter en plus. Alors, c'est oui, oui et absolument oui, à la seule condition que ce soit vous qui emménagiez chez moi, Monsieur Marchand.

— Vos désirs sont des ordres, Maître.

— Excusez-moi, mais serait-il possible de commencer à manger ? Tous ces beaux discours m'ont creusé l'appétit. Je viens de terminer la troisième bouteille d'eau gazeuse et mon estomac me supplie de lui donner du solide.

— Tu t'es pourtant pas gênée pour finir les cacahuètes, hein, maman ?

Laurence fait mine de ne pas avoir entendu. Elle se contente de jeter un œil discret au récipient et constate en effet qu'il est totalement vide.

— Mais tu as raison, j'ai faim moi aussi. À table ! Pour commencer, je vous propose des rillettes de sardines !

47

Ce dimanche matin, il y a beaucoup de monde devant la grille. La dernière fois que la famille Joubert se retrouvait ici, on ne comptait que les habitués.

Cette fois-ci, les plus jeunes ont rejoint les plus anciens. De cette manière, ils tenaient à leur montrer que la relève était assurée et que la tradition familiale ne cessera jamais d'exister.

L'automne est là avec ses belles couleurs brunes et orangées. Les feuilles sèches craquent sous leurs pas et le soleil, bien que timide en cette fin de matinée brumeuse, laisse entrevoir ses rayons et crée un jeu de lumière apaisant au-dessus des stèles. Il ne pleut pas aujourd'hui et les tombes sont fleuries plus que d'ordinaire. En cette période, nombreux sont ceux qui rendent visite à leurs proches, nettoient, arrangent et fleurissent. Une unique fois pour certains, mais grâce à elle, chaque début d'automne offre aux visiteurs une atmosphère un peu plus colorée.

La famille s'avance. Nathan et Marion, Lucile et Léon, Linda, Louis et leurs compagnons respectifs sont là. Mathilde, Noah, Léa et Alix sont présents aux aussi. Julia et Gabriel souhaitaient les laisser profiter de ce moment, seuls. Ils les rejoindront pour le traditionnel déjeuner.

Devant eux, l'allée E, toujours la même. Puis, le caveau en marbre, toujours le même lui aussi. Et désormais ce deuxième prénom inscrit à côté de celui de Linda.

Ces derniers temps, Charles n'était plus lui-même. Il ne reconnaissait plus sa famille et répétait sans cesse qu'il *la* voyait dans son sommeil. Elle le suppliait de la rejoindre et lui, se languissait de la retrouver enfin. Il regrettait d'ouvrir les yeux chaque matin et, chaque jour, il attendait de se coucher à nouveau avec l'intime espoir de ne pas revivre une nouvelle journée sans elle. Ce matin d'octobre, Charles rejoignit celle qu'il n'avait jamais remplacée, ni dans sa vie, ni dans son cœur. Ce matin-là, il se coucha auprès de son épouse et n'ouvrit plus jamais les yeux.

Au-dessus des chrysanthèmes fraîchement déposés qui apportent une touche de couleur au caveau, chacun confie à voix haute ses derniers exploits, ses derniers échecs aussi et peut-être ses futurs projets. Une écoute bienveillante s'installe tout naturellement et chacun s'applique à accomplir sa mission dans un ordre définit de manière tout aussi évidente.

Parfois, l'écho de leurs voix ricoche contre les hautes structures et vient rompre le silence, comme si les défunts leur donnaient la réplique. Mais le plus souvent, c'est bien le silence qu'ils obtiennent comme seule réponse. Charles et Linda restent silencieux, toujours. La famille se plaît à croire qu'à l'endroit où ils se trouvent à présent, unis pour l'éternité, ils s'autorisent librement à rire, à crier, à chanter et même à danser. Là-bas, tout leur est à nouveau permis.

Cette douce vision rassure immédiatement le cœur des plus mélancoliques.

Les Joubert rejoignent à présent les véhicules garés à l'extérieur du cimetière. Le bruit des gravillons sous leurs pas, créé une ambiance douce et régulière. Marion s'écarte un peu du groupe et se rapproche de sa belle-sœur qui ferme la marche, seule. Elle lui agrippe doucement le bras et ajuste sa cadence à la sienne.

Pendant leur traditionnel cérémonial, Marion remarqua un geste tendre entre Lucile et Léon et ne put s'empêcher de s'en réjouir. Ces deux-là se voilent la face depuis bien trop longtemps.

— Tu n'aurais pas quelque chose à me dire par hasard, petite cachottière ?

— Je ne vois pas du tout de quoi tu parles.

— Bien sûr.

Lucile continue de regarder droit devant elle.

— On ne peut rien te cacher à toi, hein ?

— Je suis assez douée pour repérer ce que les autres ont parfois du mal à voir, en effet. Même si sur ce coup vos petites mimines qui se tripotent n'étaient pas très discrètes. Je me demande même comment se fait-il que personne d'autre ne s'en soit aperçu.

— Peut-être parce qu'ils auront eu tout simplement la décence de ne rien dire.

— Tu m'en veux ?

— Absolument pas. D'ailleurs, tu aurais été la première à le savoir, alors…

— Lucile, je suis contente pour vous deux, sincèrement, et j'imagine que tu dois te sentir mieux à présent ?

— Je vais bien, oui. Le décès de papa a fait tout exploser en moi, en nous. Il a tout révélé. La manière dont se sont déroulées ces dix dernières années était évidente pour moi au début, parfois déstabilisante aussi, et en même temps bienfaisante et nécessaire. On a appris à se découvrir autrement tous les deux. Et… Oh, tu dois me prendre pour une folle et rien comprendre à ce que je suis en train de te raconter. C'est difficile à expliquer clairement, mais…

— Je crois que j'ai tout saisi, t'en fais pas. Mais dis-moi, y'a juste un petit truc que j'aimerais savoir.

— Quoi donc ?

— Pendant tout ce temps, vous n'avez vraiment jamais recouché ensemble ?

— Inutile que je réponde à cette question. Quelqu'un m'a dit un jour que je ne savais pas mentir.

Marion sourit et enroule son bras autour de la taille de Lucile. Les deux femmes s'étreignent. Leurs gestes sont lents et remplis d'affection.

— Je suis heureuse pour toi. En revanche, il va falloir qu'on prévoit très vite un repas avec Julia. Tu es bien trop peu bavarde sur certains sujets et ça me déplaît fortement. Elle a une technique imparable qui te poussera à nous confier tout ce que tu gardes secret, et même le plus inavouable.

Novembre cécera bientôt la place à décembre. Cela fait un mois que Charles n'est plus là et il manque cruellement à tout le monde.

La famille et les amis sont tous réunis chez Nathan et Marion pour le déjeuner dominical. Nathan prend alors conscience, comme chacun d'entre nous à chaque parent que l'on perd, qu'en toute logique nous sommes désormais les prochains.

Assis autour de la table, il regarde sa femme, Marion, toujours aussi rayonnante malgré les quelques rides qui apparaissent lentement et qu'elle déplore de voir chaque matin dans le miroir. Puis, il tourne le regard vers ses enfants, Louis et Linda, épanouis dans leur vie, dans leur travail, et plus complices que jamais. Et alors il se dit, que lorsque son tour viendra, que son prénom s'ajoutera en lettres d'or sur cette plaque brillante, il n'aura absolument rien à regretter car il aura toujours fait de son mieux pour protéger les gens qu'il aimait et leur garantir le bonheur que chacun d'eux méritait d'avoir.

Le repas dura tout l'après-midi et chacun repartit chez lui avec la rassurante intention de se revoir, ici même, le mois prochain. Cette petite coutume leur permet de réunir la famille au moins une fois par mois et s'assurer ainsi que tout le monde va pour le mieux. Le quotidien a vite fait de nous dévorer tout crus et les nouvelles peuvent se faire rares.

Enfin seuls, Marion rejoint Nathan dans leur chambre. Les yeux grand ouverts, il fixe le plafond d'un air pensif et cela n'échappe pas à son épouse.

— Mon amour, tout va bien ?

— Tout va bien.

— Hmm. Je vais te répondre comme à Julia : Et sinon, tout va bien ?

— Ça va, je t'assure.

— Mais encore ?

— Tu ne vas rien lâcher, hein ?

— Pas tant que tu m'en auras pas dit davantage.

— Ok. Je pensais simplement aux enfants et à la façon dont ils vivront les choses quand on les quittera pour toujours nous aussi.

— Tu as encore un sacré bout de temps devant toi avant de t'encombrer l'esprit avec ça. On n'est pas encore deux vieux croûtons tout secs et rassis dont se régaleraient les canards de l'étang.

— Donc en fait, non, tu n'en as pas encore terminé avec ces bestioles !

— Jamais mon amour. Je n'y peux rien, je les associe à nous, à notre premier baiser, et ils feront toujours partie de moi, c'est comme ça.

— Tant que tu arrêtes avec tes cadeaux ridicules, ça me va.

— Promis. Bon, dis-moi ce qui t'ennuie ?

— Je me disais que maintenant que mes deux parents ne sont plus là pour veiller sur moi, je me sens investi d'une mission qui me semble insurmontable alors qu'en réalité c'est ni plus ni moins ce que je fais déjà depuis toujours. Veiller sur vous tous. Alors pourquoi ça prend une tout autre dimension à présent et surtout pourquoi je suis mort de trouille ?

— Je n'ai pas la réponse à ta question, mon chéri. En revanche, tu as toujours dit que rien n'était insurmontable, alors je suis intimement convaincue que maintenant, dans dix, ou encore dans vingt ans, tu seras toujours le même et tu assureras comme un chef pour veiller sur chacun de nous, comme tu le fais déjà si bien aujourd'hui. Louis et Linda le savent, et le jour où nous ne serons plus là, puisque c'est de cela dont il s'agit, alors ils se remémoreront le père extraordinaire que tu étais et…

— Et la mère extraordinaire que tu étais, toi aussi.

— Bien évidemment, mais s'il te plaît ne m'interrompt pas, le sujet est déjà suffisamment pénible comme ça, je ne voudrais pas m'y perdre pour de bon. Donc, je disais… Euh… Bah voilà, je ne sais plus ce que je disais !

— Ça ne fait rien, j'avais perdu le fil de toute façon et depuis un moment d'ailleurs.

— Hey ! Je n'te permets pas ! J'étais très sérieuse en plus, et toi, tu n'as rien écouté et tu te fiches de moi par-dessus l'marché !

Nathan lui sourit et remarque à nouveau cette petite veine qui jaillit dans son cou. Il l'embrasse du bout des lèvres et poursuit.

— Donc, oui, j'avais perdu le fil, en revanche, je pense avoir compris l'essentiel.

— Ah oui ?

— Oui. Je crois que tu voulais me dire que tu m'aimes, ce à quoi je répondrai tout simplement que je t'aime aussi, et tes rides, qui te vont à merveilles soit dit en passant, n'y changeront rien. Marion Joubert-Martin, je vous aime aujourd'hui et je vous aimerai demain, et cela comme au premier jour quand j'ai posé mes yeux sur vous dans ce parking sombre, alors que vous aviez un peu trop forcé sur…

— Inutile de continuer, je pense que tout le monde s'en souvient. Tout de même, je me permets une toute petite rectification.

— Laquelle ?

— Le premier regard que tu as posé sur moi mon chéri, était dans un bar deux ans auparavant.

— Tu fais bien de le préciser mais ça n'a aucune espèce d'importance, étant donné que dans les deux cas tu étais complétement…

— Arrêtez ça tout de suite Monsieur Joubert. Arrêtez-ça ou sinon…

— Ou sinon quoi ?

— Ou sinon, je vais devoir me défaire de ce joli pyjama en soie et ça m'embêterait vraiment, vraiment d'en arriver là.

— Je n'y suis pour rien si à l'époque vous étiez un peu trop friande de margaritas et, encore moins, si à peine trois verres suffisaient à vous dévergonder.

— Mais comment puis-je enfin vous faire taire ?

— Avec un peu d'imagination, vous devriez trouver la solution toute seule.

Épilogue

Il y a plus de vingt ans, tout commençait avec Marion et Nathan. Il était donc tout à fait inconcevable que cette histoire ne se termine pas de la même manière.

Au travers de ces quelques pages, j'espère que vous aurez apprécié ces personnes autant que je les ai appréciées moi-même. Aujourd'hui, je continue de veiller sur elles à ma manière, et je souhaite que chacune d'elle continue d'aller au bout de ses rêves. Qui sait, peut-être que j'ai une petite part de responsabilité dans tout ce qui leur est arrivé ces dernières années. Mais cela, jamais personne ne pourra le confirmer. Même pas moi.

Certains d'entre vous ont probablement déjà deviné qui je suis, n'est-ce pas ? Et pour ceux-là, sincèrement bravo, car je n'ai laissé quasiment aucun indice. Bien que mon rôle était presque insignifiant dans le premier opus, je me plais ainsi à croire que j'aurai marqué un peu les esprits malgré tout. Merci à vous pour cela.

Pour les autres, je ne vous en veux pas. Encore un peu de patience, les prochaines lignes vont vous aider, si tant est que vous vous souveniez réellement de moi.

Je pourrais faire plus simple et vous révéler dès à présent mon identité mais cela ne vous évoquerait rien car nous n'avons jamais été officiellement présentés.

Alors, voici quelques indices et on verra bien.

La vie ne m'a pas épargné, c'est vrai, mais je peux dire que j'ai eu une belle vie malgré tout. Marion et Nathan, puis Mathilde et Léa un peu plus tard, et tant d'autres aussi, n'auront jamais sous-estimé ce qu'un regard et un sourire peuvent représenter pour quelqu'un comme moi. Et de tout cela, je leur en serai éternellement reconnaissant.

Ils n'ont jamais véritablement quitté le quartier. Certains s'en sont éloignés, oui, mais j'avais malgré tout le plaisir de les revoir de temps en temps à l'occasion d'une balade dans le parc par exemple. Les plus grands avaient vieilli et les plus petits avaient grandi.

Alors, non, je ne suis pas le canard de l'étang, devenu célèbre, que Marion s'évertuait à vouloir récompenser de quelques croûtons de pains durs, malgré les interdictions pourtant visibles et affichées un peu partout.

Quelques fois, ils s'asseyaient près de moi pour parler, peut-être dans le vide parfois quand je dormais. Chacun en quête d'une écoute, d'un réconfort, d'un conseil, ou d'une motivation. Ou peut-être qu'ils ne me voyaient même pas, mais peu importe. Dans des moments d'incertitude, ils ressentaient probablement aussi le besoin de comparer leur vie à la mienne, pour se sentir un peu mieux et se remettre en selle pour continuer d'avancer, pour continuer de vivre.

Je ne leur en veux pas à eux non plus, car par leur présence, même discrète parfois, leurs regards et leurs sourires, chacun d'entre eux a contribué à mettre un peu de couleurs dans le gris de mon existence. Notre vie est précieuse car nous n'en avons qu'une. Nous n'avons pas le droit à une seconde chance alors profitons d'elle tant qu'il est encore temps.

Je m'appelle Joël et cela fait bien longtemps que je n'occupe plus le trottoir de la rue d'en face. Chaque jour, j'espère avoir cédé ma place à quelqu'un qui la mérite – si vous me permettez cette expression pour le moins insolite, dans un contexte aussi particulier et très souvent synonyme de malheurs vécus et d'épreuves à surmonter... Mais vous aurez probablement compris le fond de ma pensée.

Fin

MERCI

Cette fois-ci, c'est bien moi qui m'adresse à vous. Je tiens à remercier chaleureusement toutes les personnes qui ont pris plaisir à lire les premières aventures de Marion et sans qui cette suite n'aurait jamais vu le jour.

C'est grâce à vous tout ça !

Grâce à tous vos encouragements, vos félicitations et vos précieux conseils (j'espère que le manque de détails que regrettaient certains dans « Casser trois pattes à un canard » aura été satisfait ce coup-ci). Sachez tout de même que je me suis retenue, je doute qu'un pavé de plus de 500 pages vous aurait séduits, je me trompe ?

L'expérience du premier tome m'a beaucoup apporté, tant dans la recherche des idées que dans la rédaction et l'organisation des différents chapitres. J'aime chaque nouveau personnage comme s'il faisait partie de ma vie. Et d'ailleurs, ils font tous désormais partie de ma vie et ce semblant de séparation est compliquée pour moi. Si bien qu'au moment où j'écris ces quelques lignes, je ressens déjà un vide immense au fond de moi. Un peu ce sentiment étrange de manque qui surgit lorsque nous terminons l'ultime épisode d'une série qui nous a transcendés. Vous voyez ce que je veux dire ?

Pour autant, il n'y aura pas de tome 3. Je tiens à le préciser pour les plus insatiables d'entre vous, et aussi à rassurer ceux qui en auraient assez. Deux, c'est déjà bien suffisant !

Sachez en tout cas que le plaisir que j'ai pris à écrire cette suite était encore plus grand que la première fois, et j'espère de tout cœur que le vôtre aura été tout aussi intense au fur et à mesure de votre lecture.

Il y a encore un mois et demi, cette suite n'existait pas, et j'ai l'intime espoir qu'elle vous aura transportés, peut-être émus aussi, selon votre sensibilité, mais surtout, j'espère qu'elle vous aura permis de passer un bon moment de lecture. Car c'est bien tout ce qui compte finalement, n'est-ce pas ?

Lucy